GRAVITY

Verbotene

Versuchung

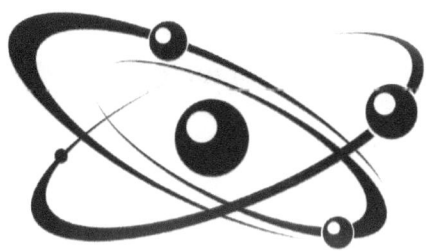

Isabelle Richter

Isabelle Richter
Gravity: Verbotene Versuchung

© 2017 Written Dreams Verlag
Herzogweg 21
31275 Lehrte
kontakt@writtendreams-verlag.de

© Covergestaltung: Sabrina Dahlenburg
(www.art-for-your-book.weebly.com)

ISBN ebook: 978-3-946726-63-0
ISBN print: 978-3-946726-64-7

KAPITEL 1

Emilia

Sie haben mich vergessen. Meine Cousins haben mich tatsächlich vergessen. Die Männer, die mich angefleht haben, nach Toronto zurückzukommen. Was für eine grandiose Rückkehr.

Obwohl ich nach einer halben Stunde Wartezeit nicht mehr wirklich mit einem der Davenport-Brüder rechne und ich mich zunehmend verloren fühle, sehe ich mich noch einmal suchend in der Ankunftshalle um. Eigentlich wollte mich mein Cousin Logan abholen.

Eigentlich.

Fakt ist aber, dass weit und breit keine Spur von ihm zu sehen ist. Ich kann auch nicht das Kreischen von Fans hören, die eventuell den Leadsänger von *Gravity* entdeckt haben und ihn nun für Selfies und Autogramme belagern. Das hätte ich ja noch verstanden.

Auch ein weiterer Blick auf mein Mobiltelefon bleibt ergebnislos, Logan hat auf keine meiner Nachrichten und auch nicht auf meine Anrufversuche reagiert. Ethan ebenso wenig. Es ist, als wären die Davenports vom Erdboden verschluckt, obwohl ihre Tournee schon einige Wochen lang vorbei ist.

Mit einem resignierten Seufzen setze ich mich in Bewegung und ziehe meinen Koffer in Richtung Ausgang hinter mir her. Entnervt schiebe ich mich durch die Massen und versuche, die sich in die Arme fallenden Menschen zu ignorieren.

So hatte ich mir meine Ankunft in Toronto eigentlich vorgestellt, nicht, dass ich hier einsam und allein strande. Ich fühle mich im Stich gelassen. Dieses Gefühl ähnelt dem des Verrats, das ich am eigenen Leib erfahren durfte, als ich hinter das verlogene, betrügerische und miese Verhalten meines Exfreundes gekommen bin. Der Typ, wegen dem ich überhaupt nur mit gebrochenem Herzen und dem Verlust meines Glaubens an die Männer zurück nach Hause komme. Mein Leben, meine Karriere, habe ich eigentlich in London gesehen. Und jetzt komme ich hier an und wurde vergessen. Oder war ich meinen Cousins nur nicht wichtig genug? Ist ihnen etwas Besseres dazwischen gekommen, wie es bei meinem Ex in Form anderer Frauen immer gewesen ist?

Beinahe augenblicklich bekomme ich ein schlechtes Gewissen, weil ich im Grunde genommen weiß, dass ich Logan und Ethan Unrecht tue, wenn ich sie mit Benedict auf eine Stufe stelle. Sie haben sich die letzten Monate, so gut es aus der Ferne ging, um mich gekümmert, und sicher gibt es triftige Gründe, warum der ältere der Davenport-Brüder es nicht zum Flughafen geschafft hat. Auf meine Cousins konnte ich mich immer verlassen, manchmal sogar mehr, als mir lieb gewesen wäre, so behütend, wie sich alle beide mitunter aufführen können.

Dennoch … hätte Logan mich nicht zumindest anrufen können?

Dann wäre mir diese halbe Stunde Wartezeit erspart geblieben. Ist ja nicht so, als wäre ich nach diesem mehrstündigen Flug nicht erschöpft.

Ich verlasse die Flughafenhalle und atme tief durch, als ich die Warteschlange vor dem Taxi-Stand sehe. Aus genau dem Grund wollte ich abgeholt werden, denn bis ich an der Reihe bin, wird noch einmal eine halbe Stunde vergangen sein. Kurz zähle ich die Menschen ab und korrigiere meine Schätzung auf eine Dreiviertelstunde nach oben, als ich mich in die Schlange reihe.

Warten bedeutet, dass ich Zeit habe. Zeit zu haben,

bedeutet, dass ich nachdenke. Und nachzudenken bedeutet, dass sich wieder alles nur um *ihn* in meinem Kopf dreht. Benedict. Oder aber das fremdgehende Stück Dreck, wie ich ihn gern ab und an betitele. Der Mann, der mein Herz für alle Zeit zerschmettert hat. Etwas wie mit ihm wird mir nie wieder passieren. Vielleicht deprimiert mich der unschöne Start in meiner Heimat deshalb so sehr.

Willkommen zu Hause, denke ich zynisch und kann dennoch ein trauriges Seufzen nicht unterdrücken.

Beinahe vier Jahre sind vergangen und dennoch steht alles wieder auf Anfang. Ich fühle mich wie eine Versagerin, die nichts weiter getan hat, als ihre Zeit zu verschwenden. An einen Mann, der mich von Anfang an belogen und betrogen hat.

Als ich beinahe zwei Stunden später aus dem Taxi steige, bin ich versucht, einfach wieder einzusteigen und zu verschwinden. Ich habe mir eingeredet, dass dieses seltsame Gefühl nur der Erschöpfung geschuldet ist, aber nun stehe ich vor dem Anwesen meines Cousins und fühle mich wie eine Fremde. Auch wenn ich mich auf Logan und Ethan freue, spüre ich dennoch ein Ziehen in der Magengegend. So viel hat sich seit meinem Weggang für uns alle geändert.

Logan und Ethan leben ihren Traum. *Gravity* ist seit ihrem ersten Album vor nunmehr drei Jahren in aller Munde und ihre Erfolgsgeschichte reißt nicht ab. Ihre letzte Tour haben sie vor knapp einem Monat beendet und sie tüfteln bereits an ihrem dritten Album.

Ein kalter Schauder läuft mir über den Rücken. Auch wenn wir bereits Spätsommer haben, habe ich dennoch nicht damit gerechnet, dass die Nächte in Toronto schon derart kühl sind. Gekleidet in ein dünnes Spitzentop, eine enge Jeans und bequeme Sneaker bin ich definitiv zu leicht angezogen.

Fassungslos aber andererseits nicht wirklich überrascht betrachte ich die Auffahrt von Logan. Sie steht voll mit Autos. Dazu passt die laute Musik, die aus seinem Haus schallt. Jetzt wird mir klar, warum er vergessen hat, mich abzuholen und weshalb weder Logan noch Ethan auf meine Anrufe reagiert haben.

Einen Augenblick lang überlege ich, ob ich nicht doch bei meinen Eltern unterschlüpfen sollte, verwerfe diesen Gedanken dann aber wieder. Wenn ich jetzt fahre, steigere ich mich in meine Enttäuschung und die beginnende Wut rein und würde damit weder mir noch meinen Cousins helfen.

Dem Security-Typ zeige ich meinen Ausweis. Dass ich Emilia Davenport bin, erspart mir die Prozedur, die alle Fremden, die nicht zur *Gravity*-Familie gehören, über sich ergehen lassen müssen. Danach ziehe ich den Henkel meines neben mir stehenden Trolleys heraus und mache mich auf den Weg Richtung Vordereingang. Vielleicht habe ich ja Glück und komme mit einer kurzen Begrüßung davon. Mir steht der Sinn so gar nicht nach einer Feier, und dass Logan mich wegen einer Party vergisst, verärgert mich.

Ich drücke die Klinke probeweise hinunter, öffne die Tür und der Lärm, der mir bisher nur gedämpft entgegengeschlagen ist, wird um einige Nuancen lauter. Das Stimmengewirr und die Rockmusik bringen meinen ohnehin fluggeplagten Schädel noch mehr zum Dröhnen und ich verziehe das Gesicht zu einer Grimasse.

Als ich mich einigermaßen an dieses Jet-Lag-Folterprogramm gewöhnt habe, orientiere ich mich, was bei der Masse an Besuchern gar nicht so einfach ist. Zum Glück ist mein ältester Cousin hochgewachsen, sodass ich ihn relativ schnell ausfindig mache. Er steht am anderen Ende des Raums, im Arm eine kurvige Brünette. Wenn mich nicht alles täuscht, dürfte das Elle sein. Die Frau, die ihm nicht nur komplett den Kopf verdreht, sondern ihn auch endlich geerdet hat.

Ein kräftiger Schlag auf meinen Rücken bringt mich beinahe ins Stolpern, aber bevor ich fallen kann, zieht mich der Gorilla neben mir an sich. Er ist zirka zwei Meter groß, hat lange blonde und zu einem Zopf gebundene Haare, einen muskulösen Körperbau und ein wettergegerbtes Gesicht.

»Alter, Logan, ich wusste gar nicht, dass du eine Stripperin bestellt hast?!«, brüllt er neben meinem Ohr in die Richtung meines Cousins und mir wird angesichts seines alkoholgeschwängerten Atems übel. »Wie geil!« Er drückt mich fest an sich und seine Hand wandert gefährlich dicht zu meiner linken Brust. »Ich zeige dir, wo du dich umziehen kannst, Schätzchen!«

Ich kenne die Kerle, die Logan und auch Gravity umgeben, weshalb ich nur angewidert, aber nicht verängstigt bin, immerhin weiß ich, was nun folgt. Ein Blick zu Logan, der mich mittlerweile entdeckt hat, gibt mir recht.

Die Miene meines Cousins würde ich als *angepisst* beschreiben, und wenn der Kerl neben mir wüsste, was gut für ihn ist, würde er nun schleunigst die Flucht ergreifen. Tut er aber leider nicht. Logan ist so schnell bei uns, dass mir schwindelig wird.

»Bist du Wichser eigentlich total bescheuert?! Das ist *Biddy*! Meine kleine Cousine! Anfassen unter Androhung der Todesstrafe strengstens untersagt«, schnauzt er meinen betrunkenen Verehrer an und verpasst ihm eine Kopfnuss. »Wenn du nicht unser ältester und zuverlässigster Roadie wärst, würde ich dir jetzt einen Arschtritt verpassen und dich auf der Stelle feuern.«

»Oh. Cousine.« Offenbar hängt der arme Kerl mit der Informationsverarbeitung etwas hinterher. Aber immerhin reagiert er prompt und gibt mich so ruckartig frei, dass ich lachen muss. »Das kann doch keiner wissen. Hätte ja sein können. Nichts für ungut, Schätzchen«, murrt der Roadie und macht, dass er davon kommt.

In dem Gesicht meines Cousins sehe ich so viel Verblüffung, Wiedersehensfreude und Verwirrung, dass meine Wut, die ich auf ihn hatte, umgehend verraucht. Weder Schuldbewusstsein noch Unsicherheit nehme ich bei ihm wahr, nichts, was darauf hindeutet, dass er mich vergessen hätte.

»Was machst du denn schon hier, dein Flug geht doch erst morgen?« Er nimmt mich in seine Arme und wirbelt mich einmal im Kreis, was uns noch mehr Aufmerksamkeit, als es die Aktion des Roadies bereits getan hat, einbringt. Lachend stellt er mich ab, hält mich aber nach wie vor fest umklammert.

»Welches Datum haben wir heute?«, frage ich ihn amüsiert und er nennt mir im Brustton der Überzeugung das vom Vortag. »Du hinkst immer noch hinterher, Großer«, necke ich ihn. Folgen der Tour und seines anschließenden Abstechers nach Australien. Meist braucht er danach Wochen, um sich wieder einzufinden.

»Oh nein, sorry, Süße«, murmelt er und drückt einen Kuss auf meinen Scheitel. »Für deine Ankunft hatte ich eigentlich ein ruhiges Abendessen mit Ethan, seinem Kürbis und Elle geplant.«

»Seinem Kürbis?« Ich runzele die Stirn und lehne mich etwas zurück, damit ich zu ihm aufschauen kann. »Du meinst Amy?«

Logan grinst und nickt.

»Die Arme. Noch eine Frau, die in den Genuss eurer merkwürdigen Vorliebe für abscheuliche Spitznamen gekommen ist.«

Bei mir ist es *Biddy*. Diesen ätzenden Spitznamen haben mir Logan und Ethan verpasst, als wir noch Kinder waren. Weil ich sechs bzw. drei Jahre jünger bin als die beiden, glauben sie, mich ungestraft Küken nennen zu dürfen.

»Nicht nur Amy hat ihren Spitznamen bekommen. Wenn du wüsstest, womit ich Elle bedacht habe«, witzelt er und ich schmunzele.

Was ich bislang nur anhand seiner Stimme durchs Telefon gehört habe, kann ich nun auch in seinen Augen sehen. Die Liebe zu ihr lässt sie förmlich strahlen und ich kann nicht anders, als mich für ihn zu freuen. Logan war so lange rastlos und nach seiner ersten großen Liebe nicht in der Lage, sein Herz zu öffnen. Um ein Haar hätte er das mit Elle vermasselt, und ich bin froh, dass er über seinen Schatten gesprungen und um die halbe Welt geflogen ist, damit er sie wieder zurückgewinnen konnte.

»Ich bin mir sicher, auch diesen grässlichen Spitznamen erfahre ich bald.« Suchend schaue ich mich um, kann in der Masse von Menschen aber meinen anderen Cousin nicht ausmachen. »Wo sind denn Ethan und seine bessere Hälfte?«

Logan zieht seine Augenbrauen grübelnd zusammen und wirft einen Blick auf seine Uhr, um dann den Kopf zu schütteln.

»Vermutlich hängen sie noch im Studio fest, die Caged Birds nehmen gerade ihr erstes Album auf. Ethan wollte Amy dort abholen«, erklärt er und ich nicke. »Du bist sicher völlig geschafft, ich kann die Meute rauswerfen, damit du …«

»Das ist nicht nötig«, unterbreche ich ihn und lächele, obwohl mir nicht danach ist. »Bist du mir böse, wenn ich mich erst einmal zurückziehe und mich etwas frisch mache?« Logan verstrubbelt mir die Haare.

»Natürlich nicht. Fühl dich wie zu Hause. Ich habe dir oben das zweite Zimmer auf der rechten Seite fertigmachen lassen«, erklärt er. Ich stelle mich auf die Zehenspitzen und drücke einen Kuss auf seine Wange.

»Danke.«

»Ich bin froh, dass du wieder hier bist, Biddy.« Logans Augen unterstreichen seine liebevollen Worte noch.

Meine Kehle wird eng und ich spüre, dass mir Tränen in die Augen steigen. Verdammt, das Letzte, was ich jetzt will, ist heulen. Ich habe so dermaßen die Nase voll vom Weinen, das habe ich die letzten Wochen weiß Gott genug getan.

»Du hast uns gefehlt«, schiebt er hinterher und will nach meinem Koffer greifen, aber ich bin schneller.

»Ich bin nicht aus Zucker, den bekomme ich schon allein die Treppe hoch.« Ich muss dringend weg von ihm, um mich in den Griff zu bekommen.

Nicht auszudenken, wenn ich gleich oben unter vier Augen zusammenbreche, dann wird er mich die nächsten Wochen nonstop bemuttern. Logan würde es nie zugeben, aber er sorgt wie eine überfürsorgliche Glucke für die Menschen, die ihm am Herzen liegen. Manchmal benutzt er dafür zugegeben merkwürdige Methoden und schießt dabei gelegentlich übers Ziel hinaus, aber er meint es gut.

»Ich lasse mich später vielleicht noch einmal sehen. Ansonsten quatschen wir morgen ganz in Ruhe, wenn die Schnapsleichen dein Haus verlassen haben«, beruhige ich ihn und mache mich auf den Weg nach oben.

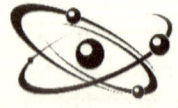

KAPITEL 2

Emilia

Eine halbe Stunde, einen ausgepackten Koffer, eine Kopfschmerztablette und eine Dusche später fühle ich mich nicht mehr ganz so durch den Fleischwolf gedreht. Dennoch verspüre ich nach wie vor keine Lust, wieder zu den anderen zu stoßen und zu feiern.

Zu meinem Zimmer gehört ein Balkon und dort habe ich mich auf einer Liege in eine Wolldecke eingekuschelt. Ich betrachte die Sterne am Himmel, während ich mich frage, wie mein Leben bloß so aus den Fugen geraten konnte.

Alles, was davon übrig geblieben ist, passt in einen Container und meinen Koffer. Logan war so nett, sich darum zu kümmern, dass meine übrigen Habseligkeiten eingeflogen und eingelagert werden, bis ich was Eigenes gefunden habe. In der Hinsicht ist seine Berühmtheit auf jeden Fall von Vorteil gewesen.

Gähnend lasse ich mich noch etwas tiefer in den Liegestuhl sacken und beschließe, mir morgen den Kopf darüber zu zerbrechen, was ich mit dem Rest meines Lebens anfangen will. Beruflich habe ich eine ungefähre Vorstellung von dem, was ich machen möchte, aber ansonsten? Ich fühle mich … taub. So leer und ausgehöhlt, als hätte mein Ex mich verschlungen und nur meine Hülle wieder ausgespuckt. Kopfschüttelnd senke ich die Lider, dieser Vergleich ist widerlich. Um mich abzulenken und mein Amok laufendes Gehirn auszutricksen, fange ich an, von Tausend rückwärts zu zählen. Bisher war das immer ein sicherer Garant, um mich in den Schlaf zu bringen.

Orientierungslos schrecke ich hoch und brauche einen

Moment, bis mir einfällt, wo ich bin. Toronto. Logans Haus. Balkon.

Irgendetwas hat mich geweckt, ein lautes Lachen - oder habe ich mir das nur eingebildet? Gerade, als ich beschließe, dass dieses Lachen tatsächlich meinem Traum entsprungen sein muss, höre ich es wieder. Noch eine Stufe lauter, höher und damit unverkennbar weiblich. Meine Augen weiten sich, als mir klar wird, dass das Geräusch direkt aus meinem Zimmer kommt.

»Oh Süßer, das ist so heiß«, gurrt die Unbekannte in einem derart übertriebenen Tonfall, dass ich nicht anders kann, als mit den Augen zu rollen. In welcher Welt bitte klingt so etwas in den Ohren eines Mannes sexy?

»Stillhalten, Baby«, antwortet der Angesprochene und meine Nackenhärchen stellen sich auf, weil ich die Stimme umgehend erkenne.

Liam Ashby.

Logans bester Freund.

Wenn ich der Boulevard-Presse, die ich auch in England fleißig verfolgt habe, Glauben schenken kann, hat der *Gravity*-Keyboarder an jedem Finger mindestens eine Affäre. Manche Pseudo-Journalisten unterstellen ihm sogar eine Sexsucht. Ich teile diese Meinung nicht. Liam liebt Frauen, das war schon immer so. Er hat noch nie etwas anbrennen lassen und war früher bereits der Hauptdarsteller in zahlreichen meiner letztlich unerfüllten feuchten Träume während meiner Teenagerjahre.

Ich habe Liam das letzte Mal gesehen, da war er Anfang Zwanzig und ich Vierzehn. Kurz danach ist er fortgegangen und meines Wissens erst nach Toronto zurückgekehrt, als ich bereits weit weg am College war.

Ein erneutes Kichern reißt mich aus meinen Erinnerungen.

»Liam, du bist aber ein unartiger Junge.« Ich rolle mit

den Augen. Liam war nie ein Junge. Mit Anfang Zwanzig nicht und jetzt ganz sicher auch nicht.

Ich muss mir auf die Zunge beißen, um nicht laut aufzulachen, weil er sie in diesem Moment auf exakt dasselbe hinweist. Sie gibt wieder einen dieser albernen Gurrlaute von sich, die mich an eine paarungsbereite Katze erinnern. Wie bekommt er bei der bloß einen hoch? Neugierde, wie die Frau wohl aussieht, steigt in mir auf. Liams äußeres Erscheinungsbild ist mir von Fotos bestens bekannt, aber ich kann nicht leugnen, dass ich mir nichts mehr wünsche, als ihn mit eigenen Augen zu sehen.

»Aber ich möchte dich doch ansehen können«, jammert seine Bettgefährtin. Da der Mond hell scheint, kann sie nicht die ausgeschaltete Beleuchtung meinen, also hat er ihr offenbar die Augen verbunden.

»Baby, für das, was wir miteinander tun werden, musst du mich nicht anschauen.« Täusche ich mich, oder ist da ein leicht genervter Unterton in seiner Stimme?

Ich sollte mich bemerkbar machen, sogar ganz dringend, bevor das hier richtig peinlich wird. Stattdessen schäle ich mich aus der Wolldecke und erhebe mich lautlos. Fröstelnd schlage ich die Enden meiner Strickjacke enger zusammen und verteufele mich, weil ich darunter nur dieses blöde Sleepshirt und einen Slip angezogen habe. Aber wer rechnet denn auch mit so was?!

»Du musst mich nur hören«, setzt Liam in seinem typisch-verführerischen Tonfall nach, der mich schon als Teenager schwach gemacht hat.

Für ein paar Sekunden stehe ich unentschlossen neben meiner Liege. Mich bemerkbar zu machen erscheint mir plötzlich wie eine Verschwendung. Aber nur zuzuhören ist mir auch nicht genug.

Ich will *sehen*, was sich zwischen den beiden abspielt.

Auf Zehenspitzen schleiche ich zur Balkontür und unterdrücke einen Fluch, weil ich gegen das kleine Beistelltischchen stoße, das ich in meiner Fokussierung auf das Geschehen in meinem Zimmer völlig übersehen habe. Dabei bin ich bereits dagegen gelaufen, als ich vorhin auf den Balkon gegangen bin.

»Liam, was war das?«, quietscht Liams Gespielin genauso affektiert erschrocken wie sie zuvor sexy gegurrt hat. Scheiße, ich bin geliefert!

Ich drücke mich gegen die Mauer in meinem Rücken und halte die Luft an, als ob mich das unsichtbar machen würde. Schritte kommen näher, der Vorhang wird beiseitegezogen und für einen Moment habe ich den irrationalen Drang, über die Brüstung nach unten zu springen. Ist doch nur der erste Stock. Da breche ich mir schlimmstenfalls die Füße oder die Beine. Nichts, was nicht in ein paar Wochen wieder verheilt ist, ganz im Gegensatz zu meinem ohnehin schon mehr als angekratzten Stolz.

Doch dafür ist es jetzt eh zu spät, denn ich sehe aus dem Augenwinkel einen Mann auf den Balkon treten.

»Nichts, Baby, alles in Ordnung«, antwortet Liam und das dunkle Timbre seiner Stimme lässt mich wie schon früher erschauern. Erst jetzt traue ich mich, ihn auch tatsächlich anzusehen, denn er scheint weder wütend noch in irgendeiner Form negativ überrascht zu sein. Ganz im Gegenteil …

Verdammt, die Jahre haben ihm gutgetan. Liam sieht noch besser aus als erwartet. Seine dunkelblonden Haare trägt er wild und verwuschelt wie früher, aber sein Gesicht ist markanter und rauer als damals. Seine grünen Augen funkeln und seine Lippen verziehen sich in ebendieser Sekunde zu jenem sexy-verruchten Grinsen, das mich schon als Teenie verrückt gemacht hat.

Er blickt mir in die Augen, legt einen Finger an

seinen Mund und tritt einen Schritt dichter auf mich zu. Mein Puls steigt in schwindelerregende Höhen, weil er mir so nahekommt, dass wir uns fast berühren. Obwohl wir uns nur anschauen, ist das Knistern zwischen uns förmlich greifbar.

»Ich bin gleich wieder bei dir«, ruft er, lässt mich dabei aber nicht aus den Augen. Er betrachtet mich mit unverhohlenem sexuellen Interesse und lässt seinen Blick über meinen Körper gleiten, als wäre ich nackt.

Ich kann nicht anders, als ihn ebenfalls anzustarren. Seinen muskulösen bloßen Oberkörper mit der alten Brandnarbe auf seiner rechten Brust, die man ohne das Wissen um ihre Existenz unter dem Tattoo gar nicht als solche erkennen würde. Ein majestätischer Adler im Sturzflug, der für mich untrennbar mit ihm verbunden ist. Anders als Logan trägt Liam das Gravity-Bandlogo auf dem linken Oberarm und nicht auf der linken Brust unter seiner Haut, weil er dem Raubvogel auf der rechten nichts hinzufügen wollte.

Meine Augen wandern tiefer, zu dem verführerischen V und der dunklen Haarlinie unterhalb seines Bauchnabels, die in den unter seiner Jeans hervorblitzenden Pants verschwindet. Anscheinend bin ich etwas zu früh gegen den Tisch gelaufen. Ein paar Sekunden später und er hätte die Hose bereits ausgezogen gehabt.

Unbewusst lecke ich mir über die Lippen und höre Liam leise keuchen. In meinen unbedarften Teenager-Träumen habe ich mir mehr als einmal vorgestellt, wie es wohl wäre, dieser Linie mit meinem Mund zu folgen. Seinen Schwanz auf diese Weise zu entdecken.

Liam macht einen Schritt rückwärts und ganz automatisch folge ich ihm, weil ich den Abstand zwischen uns nicht vergrößern möchte. Als wären wir durch ein unsichtbares Band miteinander verbunden, lasse ich mich von ihm in den Raum locken. Er macht eine bittende Handbewegung, mit der er mir wohl klarmachen will, dass ich leise sein soll. Ich nicke und frage mich gleichzeitig einmal mehr, was in mir vorgeht.

Das hier ist nicht vernünftig. Wir könnten erwischt werden. Man kann das hier nicht planen. Nicht vorhersehen, ob wir entdeckt werden oder nicht. Aber ich habe es satt, vernünftig zu sein. Zu kuschen. Nicht aufzubegehren. Benedict hat das mit seinen Lügen und seinem Verhalten aus mir gemacht, und ich will nicht mehr so sein.

Mittlerweile stehen wir am Fußende des Bettes. Haltsuchend klammere ich mich an den schwarzen Metallrahmen und betrachte die Frau auf dem Bett zum allerersten Mal, seit ich durch die Balkontür getreten bin. Ihre Augen sind mit einem Seidenschal verbunden und … Moment mal, ist das meiner?! Empört schnellt mein Blick zu Liam, der mich charmant angrinst. Dieser Arsch hat sich einfach an meinen Sachen bedient.

Er zwinkert mir zu, geht dann zu der Kommode rechts vom Bett und holt einen weiteren Schal aus der obersten Schublade. Dieses Mal blickt er mich wenigstens fragend an und ich nicke zustimmend. Wenigstens ist das keiner meiner Lieblingsschals. Aber wenn er glaubt, dass ich mir von ihm die Augen verbinden lasse, irrt er sich gewaltig.

Zu meiner Erleichterung geht er zu ihr und knebelt sie mit dem Schal. Scheinbar hat ihn ihr affektiertes Gegurre noch mehr genervt, als ich bisher angenommen habe und ich komme in ernsthafte Schwierigkeiten, nicht loszuprusten.

»Ich möchte, dass du dich nur auf meine Stimme konzentrierst und exakt das tust, was ich dir sage, Baby.« Sein Betthäschen nickt eifrig und ich setze meine Musterung fort, die ebengerade nach dem Erkennen meines Schals unterbrochen wurde, während Liam wieder zu mir ans Fußende kommt. Sie hat hellblonde lange Haare und eine hübsche Figur mit festen Brüsten. Also dürfte sie die Minimalanforderungen Liams Beuteschema betreffend erfüllen, wenn ich mich an seinen Geschmack mit Anfang Zwanzig noch recht erinnere.

Meine Haare sind von einem dunklen Rotblond und mittlerweile nur noch schulterlang. Als Teenie habe ich sie bis zur Hüfte getragen, aber irgendwann wurde das unpraktisch. Meine Augen haben die gleiche Farbe wie Logans, graublau, aber das war es auch schon mit unserer Ähnlichkeit. Meine Gesichtszüge habe ich von meiner Mutter, wie die typische Davenport sehe ich also nicht aus.

»Streichele dich, meine Schöne. Zeig mir, wie du es dir selbst machst.«

Er redet mit ihr, sieht mich dabei aber so auffordernd an, dass mir schwindelig wird. Die Frau auf dem Bett leistet seinem Wunsch Folge und fängt an, sich zu berühren.

Tu es, formt Liam stumm die Worte mit seinem Mund und kommt näher. Oh Gott, sein Geruch umwirbelt mich und katapultiert mich in Schallgeschwindigkeit zurück in die Vergangenheit. Er riecht noch wie früher, nur … maskuliner. Sinnlicher. Aphrodisierender. Ich schiebe die dünne Strickjacke von meinen Schultern, um noch etwas Zeit zu gewinnen.

»Ich will dir dabei zusehen, wie du kommst«, murmelt er. *Trau dich*, schiebt er tonlos nach.

Blondie neben uns auf dem Bett ist bereits in vollem Gang und erfüllt Liam seine vermeintlich an sie gerichtete Bitte. Ich öffne meinen Mund, stoße zittrig meinen Atem aus und ziehe das Sleepshirt über meinen Kopf, um anschließend meine freie Hand in mein Höschen schlüpfen zu lassen. Gebannt beobachte ich, wie Liam seine Hose samt Pants ein Stück herunterschiebt und so seinen Schwanz befreit.

Sein Penis ist groß und hart und die Spitze endet knapp unterhalb seines Bauchnabels. Seine Eichel glänzt leicht feucht und ein Teil von mir würde am liebsten auf die Knie gehen, um es ihm mit meinem Mund zu besorgen. Mit einem genüsslichen Stöhnen legt er seine Finger um seinen Schaft und sieht mich provokant an.

Der Steg meines Slips ist bereits völlig durchnässt von meiner Feuchtigkeit, so sehr macht mich dieses Spiel an. Ich massiere meine Klit und seufze kaum wahrnehmbar, aber der warnende Ausdruck in Liams Augen entgeht mir nicht. Im Gegensatz zu ihm muss ich leise sein, denn sollte seine Gespielin mich bemerken, ist das hier vermutlich vorbei - und das will ich nicht.

In kreisenden Bewegungen lasse ich meine Finger über meinen Kitzler tanzen, während Liam seine Hand immer schneller an seinem Penis auf- und abgleiten lässt. Mein Blick fliegt zu Blondie, die inzwischen ihre Schenkel weit gespreizt hat und es sich so hemmungslos mit ihren Fingern macht, dass ich tatsächlich erröte. Ihr dabei zuzusehen, wie sie sich selbst zum Höhepunkt treibt, verpasst mir einen zusätzlichen Kick.

»Du machst das ganz wunderbar, meine Hübsche.« Mein Kopf schießt wieder herum zu Liam. Seine Kosenamen für sie irritieren mich, vorhin hat er sie lediglich *Baby* genannt. »Dein Anblick macht mich so scharf, dass ich dich auf der Stelle ficken möchte.« Hitze steigt in mir empor und ein erregendes Kribbeln rieselt über meine Wirbelsäule, während mein Unterleib sich lustvoll zusammenzieht.

Dass er nicht Blondie meint, ist mir mittlerweile auch klar geworden, aber das geht doch nicht ...? Ich deute mit einem hektischen Armwedeln auf die stöhnende Fremde, aber Liam zuckt nur mit den Schultern. Er sieht mich fragend an und tritt dann noch einen Schritt auf mich zu.

Der Abstand zwischen uns ist so gering, dass ich nur meine Hand ausstrecken müsste, wenn ich ihn berühren wollte. Einen Moment lang habe ich Angst, damit diesen elektrisierenden Bann zwischen uns zu brechen, aber ich kann nicht länger widerstehen.

Ich schlinge einen Arm um seinen Nacken und ziehe ihn zu mir hinunter. Mein Verstand verabschiedet sich mit einem Knall, als sein Mund auf meinen trifft. Der überraschte Laut, den er ausstößt, geht unter, wird gedämpft von meiner Zunge, die seine zu einem erotischen Tanz herausfordert.

Er packt mich an der Hüfte und presst sich eng an mich. Nach anfänglichem Zögern erwidert Liam meinen Kuss, steht dem brennenden Verlangen, das in mir hochkocht, in nichts nach. Neben uns stöhnt seine ursprüngliche Bettgefährtin und ein letztes Mal melden sich Zweifel in mir zu Wort, die ich jedoch mit einem weiteren sinnlichen Kuss zum Verstummen bringe.

Liam war so lange ein Teil meiner Sehnsüchte, meiner Begierden, dass ich nicht anders kann, als diesen Moment zu genießen, so seltsam die Umstände und die andere Frau im Raum auch sein mögen. Es stört mich nicht - im Gegenteil. Der Reiz des Verbotenen, die unterschwellige Angst entdeckt zu werden und ihren Zorn auf mich zu ziehen, macht mich an und wirkt wie ein Brandbeschleuniger auf das Feuer in mir. Ein schneller heißer Fick, was ist denn schon dabei?

Ich löse mich kurz von ihm und zerre mein Höschen über meine Schenkel nach unten. Kaum, dass ich mich aufgerichtet habe, drängt Liam mich mit seinem Körper rückwärts, bis ich gegen die Wand neben der Balkontür pralle. Das Geräusch lässt sein Häschen kurz innehalten und einen besorgten, durch den weichen Knebel in ihrem Mund gedämpft klingenden, Laut von sich geben. Sie bewegt eine Hand bereits in Richtung des Seidenschals über ihren Augen und ich stoße Liam ungehalten an, damit er etwas sagt und sie beruhigt.

»Alles bestens, Baby, mach einfach so weiter«, quetscht er nach einem schnellen Blick auf sie hervor und zerrt gleichzeitig eine Blisterverpackung aus seiner Hosentasche. Ihm scheint völlig egal zu sein, dass sie uns jederzeit erwischen könnte. Im Gegenteil, der Umstand, dass sie uns Feuer unterm Arsch machen würde, wenn sie uns ertappt, facht offensichtlich nicht nur meine Gier immer weiter an.

Ungeduldig reißt er die Verpackung auf, wirft die Folie beiseite und rollt das Kondom über seinen prallen Schwanz. Er nimmt meinen rechten Oberschenkel, legt ihn um seine Hüfte, geht etwas in die Knie und umfasst dann seinen Penis, um sich zu positionieren. Keinen Wimpernschlag später ist er bis zu seiner Wurzel in mir und ich keuche angesichts dieser groben, aber doch lustvollen Inbesitznahme zischend auf. Liams Hand auf meinem Mund warnt mich, bedeutet mir, still zu sein - aber wie kann ich das?

Er fängt an, sich in mir zu bewegen.

Sanft.

Langsam.

Intensiv.

Nicht eine Sekunde lässt er mich aus den Augen, während er diesen quälend-süßen Takt beibehält.

»Das ist so viel besser, als ich erwartet habe, meine Schöne«, keucht er, nimmt seine Finger von meinen Lippen und küsst mich nach einem kurzen Zögern seinerseits zum ersten Mal von sich aus. »So viel besser.«

Ich verberge meinen Kopf an seiner Schulter, ersticke jeden noch so kleinen Seufzer an seiner nackten Haut und habe das Gefühl, vor Lust zu vergehen. Liam nimmt mich mit behutsamen und gleichzeitig doch so drängenden Stößen, dass ich innerlich taumele. Es ist vollkommen absurd, aber in diesen Sekunden fühle ich mich zum ersten Mal seit Wochen wieder … *normal.* Ich spüre … mich. Diese alles verschlingende Taubheit ist fort.

Liam schiebt eine Hand zwischen unsere Körper, will scheinbar gerade meine Klit massieren, aber einen zusätzlichen Reiz brauche ich nicht. Ich greife nach seinen Fingern und lege sie wieder an meinen Arsch. Unsere Position, seine bei jedem tiefen Eindringen über meine geschwollene Klit reibende Haut und die Situation, in der ich mich befinde, reichen aus.

Ich explodiere innerlich, spanne mich an und kratze so fest mit meinen Fingernägeln über seinen Rücken, dass ich sicher Spuren hinterlassen werde. Mein Orgasmus fegt mit der Gewalt eines Hurrikans über mich hinweg. Immer fester schließe ich mich um seinen Schwanz und bemühe mich verzweifelt, leise zu sein.

Liam sucht meinen Blick, während er den Rhythmus, in dem er mich fickt, ein wenig anzieht und sich noch tiefer in mich treibt. Sein Gesichtsausdruck ist von Lust und Anstrengung gezeichnet und das Gefühl, wie er immer wieder in mich eindringt, ist unglaublich. Er erstarrt tief in mir und vergräbt seinen Kopf an meiner Schulter, als er kommt. Sein unterdrücktes Stöhnen geht mir durch und durch und ich erschauere, als sein warmer Atem über meine Haut streift.

»Das war …«, murmelt er ganz leise und nur für mich hörbar. »Wahnsinnig heiß«, keucht er anschließend lauter. Nach Luft ringend lehnt er sich zurück, und ich nicke, küsse ihn noch einmal.

Seine Lippen sind so warm und weich und es fühlt sich so gut an, ihn zu küssen, dass ich ihn nur ungern freigebe. Er zieht sich aus mir zurück, entfernt das Kondom, verknotet es und entsorgt es nach kurzem Umschauen in dem Mülleimer neben der Kommode.

Langsam kommt er wieder zu mir und legt eine Hand an meine Wange. »Du bist unglaublich.« Er flüstert beinahe, aber seine Begleiterin fühlt sich dennoch angesprochen und gibt einen dieser lächerlichen Gurrlaute von sich, wenn auch nur gedämpft aufgrund des Seidenschals, als sie ihren Höhepunkt findet.

Mein Stichwort.

Jetzt sollte ich definitiv verschwinden, denn es wird nicht mehr lange dauern, bis Blondie meinen Schal von ihren Augen streift.

Nach kurzem Überlegen schiebe ich Liam von mir und schlüpfe seitlich an ihm vorbei. Ich schnappe mir meine Klamotten und haste zurück auf den Balkon, ohne Liam auch nur eines weiteren Blickes zu würdigen.

Atemlos lehne ich mich gegen die kühle Außenmauer in meinem Rücken und lasse das soeben Erlebte noch einmal Revue passieren. Ein Lachen bahnt sich den Weg aus den Tiefen meiner Kehle. Mit aller Gewalt dränge ich es zurück und lausche den Geräuschen im Zimmer, die mir verraten, dass Liam seinen eigentlich geplanten Fick von dem Seidenschal über ihren Augen und dem provisorischen Knebel erlöst hat. Nach einer kurzen und zunehmend hitziger werdenden Diskussion über den Umstand, dass ihre *Zusammenkunft* schon jetzt beendet ist, obwohl er sie doch eigentlich ficken wollte, verlassen sie beide den Schritten und dem Türknallen nach zu urteilen den Raum.

Willkommen zu Hause, denke ich und pruste los.

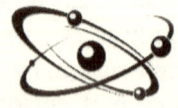

KAPITEL 3

Liam

Nachdem ich die Kaffeemaschine in Gang gesetzt habe, nehme ich an dem Tresen in Logans geräumiger Küche Platz und verberge meinen Kopf in den Händen. Die letzte Nacht steckt mir in mehrfacher Hinsicht in den Knochen und ich brauche *dringend* meine morgendliche Dosis Koffein.

»Wieder mal nicht den Weg nach Hause gefunden?«, zieht Logan, der in diesem Moment den Raum betritt, mich auf und ich nicke grinsend. »Erica?«, hakt er nach und spielt damit auf die Frau an, mit der ich gestern nach oben verschwunden bin.

»Das wäre der Plan gewesen«, antworte ich. »Erica dürfte mich vermutlich nicht mal mehr mit dem Arsch angucken.« Logan hebt eine Augenbraue und ich zucke mit den Schultern.

Was Erica von mir hält oder eben nicht, ist mir ehrlich gesagt herzlich egal. Sie wusste, worauf sie sich bei mir einlässt. Das wissen alle Frauen. Ich habe gerne Sex, aber ich bin deshalb trotzdem kein Drecksack.

Doch seit letzter Nacht kann ich nur noch an diese verboten heiße Traumfrau denken, die sich so hemmungslos von mir gegen die Wand hat vögeln lassen, während mein eigentlicher Fick sich auf dem Bett geräkelt und es sich selbst besorgt hat.

»Alter, jetzt lass dir doch nicht jedes Detail aus der Nase ziehen. Was war mit Erica?«, mault mich Logan an.

»Du glaubst eh nicht, was mir passiert ist«, setze ich an und Logan lacht auf.

»Lass mich raten: Plötzlich war da noch eine von diesen willigen Frauen, die uns umschwirren wie die

Motten das Licht?«

»So war es nicht«, blaffe ich ihn reflexartig an. Irgendwie missfällt es mir, dass er meine Unbekannte mit unseren üblichen Groupies in einen Topf wirft - obwohl sie objektiv betrachtet nicht weniger willig als Erica war. Im Gegenteil.

Allein bei dem Gedanken daran, dass sie sich durch die Andere im Zimmer nicht hat stören lassen, zuckt mein Schwanz wieder. Eine mir völlig Fremde wenige Augenblicke, nachdem sie mir das erste Mal begegnet ist, zu ficken, ist selbst für jemanden wie mich eine neue Erfahrung gewesen.

»Wie war es denn dann?«, hakt er nach. Vorhin habe ich Logan noch davon erzählen wollen, aber aus irgendeinem Grund zögere ich, was er falsch interpretiert.

»Hast du mal wieder einen deiner Dreier abgezogen? Du und dein Radar für experimentierfreudige Frauen. Hatte Erica dann letztendlich doch ein Problem damit?«

Ich schüttele lediglich den Kopf und lasse Logan ansonsten in dem Glauben, dass es nur um eines meiner üblichen Abenteuer geht. Elle betritt in diesem Moment die Küche und ich mache eine warnende Handbewegung, aber mein Kumpel checkt es nicht.

»Manche Weiber haben überhaupt keine Selbstachtung und verlieren schneller ihr Höschen, als wir *Zieh dich aus* sagen können.«

»Guten Morgen«, ertönt Elles spöttisch klingende Stimme und ich beiße mir auf die Zunge, um nicht laut loszulachen, weil Logan wie ein ertappter Schuljunge zusammenzuckt.

Er dreht sich mit schuldbewusster Miene zu ihr um und will sie in seine Arme ziehen, doch Elle weicht ihm aus. Sie starrt ihn mit hochgezogener Augenbraue in Grund und Boden, ehe sie zu grinsen anfängt und ihm einen Kuss auf die Lippen drückt.

»Stimmt schon«, klinkt sie sich lachend in unsere Unterhaltung ein, legt ihre Arme um Logans Hüften und kuschelt sich an seine Brust. »Erinnert ihr euch noch an dieses eine Groupie-Girl mit der essbaren Unterwäsche, die sich in Jacksons Garderobe geschmuggelt hat?«

Logan und ich lachen beide auf und nicken. Unser armer Bassist wusste gar nicht, wie ihm geschah, als die Tussi sich, kaum, dass er den Raum betreten hatte, mit den Worten *Vernasch mich!* auf ihn gestürzt hat.

»Wir sollten ne Wahl zum schlimmsten Groupie des Abends einführen«, schlägt Logan immer noch lachend vor.

»So lange ihr mich da raushaltet. Mein Höschen war ja auch ziemlich schnell …« Sie stockt und wird rot, was mich zum Lachen bringt.

»Elle, ich habe euch die halbe Nacht vögeln gehört, mich schockt nichts mehr«, necke ich sie und ihre Gesichtsfarbe wird noch eine Nuance dunkler.

»Liam!«, faucht Elle prompt, muss dann aber doch lachen. »Uns blieb ja nichts anderes übrig, als akustisch gegen zu halten, weil du deinen Dreier im Nebenzimmer durchgezogen hast!«

Meine Augenbrauen wandern bei diesem Konter hoch. Sie will ein Kräftemessen? Das kann Logans Süße haben!

»Oh Logan, oh ja, oh mein Gott, Logan, ja, ja, ja!«, äffe ich Elle nach, bevor ich mich erhebe, um mir einen großen Becher Kaffee zu holen.

»Du bist unmöglich«, schimpft Elle hinter mir. »Die Frau, die sich irgendwann mit dir herumplagen darf, tut mir jetzt schon leid.«

»Sweety, das wird so schnell nicht passieren. Ich bin kein Mann für nur eine Frau, das habe ich dir doch damals schon gesagt«, antworte ich amüsiert, während ich mir einschenke und drehe mich anschließend mit meiner vollen Tasse zu ihr um, nur um mitten in der Bewegung zu erstarren.

Im Türrahmen steht jemand.

Und damit meine ich nicht irgendjemand.

Da steht *sie*. Meine verteufelt scharfe Traumfrau von letzter Nacht - und lächelt mich wissend an.

Der Becher in meiner Hand gerät gefährlich ins Rutschen, während ich sie sprachlos anglotze. Erst in letzter Sekunde fange ich ihn ab.

»Guten Morgen.« Scheiße, ihre warme und gleichzeitig raue Stimme scheint eine direkte Verbindung zu meinem besten Stück zu haben, das bei diesen zwei harmlosen Worten leicht pulsiert.

»Biddy … darf ich überhaupt Biddy sagen?«, begrüßt Elle sie mit einem strahlenden Lächeln und mein Magen dreht sich einmal um, als ich den Sinn ihrer Worte realisiere.

Das darf nicht wahr sein.

Biddy?!

Die Biddy?!

Ich habe tatsächlich Logans und Ethans kleine Cousine gegen die Wand gefickt?

Ich bin tot.

Sowas von tot.

Wenn die Davenport-Brüder das herausfinden, werden sie mich umbringen. Langsam und äußerst schmerzhaft, um mich dann irgendwo wie so ein totes Tier zu verscharren. Bei Biddy verstehen die beiden absolut keinen Spaß, das hat Logan vor einigen Wochen sogar selbst gesagt.

Fuck, wieso habe ich sie nicht erkannt?! *Idiot, weil du gar nicht beziehungsweise nur mit deinem Schwanz gedacht hast.*

»Emilia wäre mir zwar lieber, aber Biddy ist auch okay.« Sie lächelt und zwinkert mir zu, während ich versuche, den Kurzschluss in meinem Gehirn zu überwinden.

Vergebens.

Wann immer mein Blick dem von Emilia begegnet, muss ich wieder daran denken, wie es sich angefühlt hat, in ihr zu sein.

Wie sie sich unter meinen Stößen gewunden und versucht hat, leise zu sein.

Wie sie mich vorher zu sich hinunter gezogen und geküsst hat.

Wie süß sie geschmeckt hat.

Normalerweise küsse ich meine Betthäschen nicht, ein Umstand, über den die Anderen sich immer wieder lustig machen - aber Küsse sind für mich sonst etwas Intimes. Für meine Bandkollegen klingt es bescheuert, weil ich aus ihrer Sicht quasi alles vögele, was bei Drei nicht das Weite gesucht hat, mich aber bei Küssen wie eine Prostituierte anstelle.

Emilia aber hat mich gestern eiskalt erwischt und überrumpelt, indem sie mich einfach an ihre Lippen gezogen hat. Danach war ich angefixt und musste sie wieder schmecken. Selbst jetzt würde ich das gern.

Elle ist zwischenzeitlich bereits fertig damit, Logans Cousine in ihrer typisch herzlichen Art zu umarmen und willkommen zu heißen. Mittlerweile betreiben die beiden schon Smalltalk.

»Hast du in deiner ersten Nacht hier denn gut geschlafen?«, erkundigt sich Elle und wandert damit unbeabsichtigt direkt auf ein Minenfeld.

»Zuerst nicht. Ich stand noch zu sehr unter Strom und habe mir ein wenig auf dem Balkon die Sterne angesehen. Aber später war ich so entspannt, dass mir dann doch die Lider zugefallen sind«, antwortet dieses kleine Aas mit einem teuflischen Funkeln in ihren graublauen Augen.

Bei Tageslicht sehe ich die Ähnlichkeit zu Logans Augenfarbe, erkenne auch die vierzehnjährige Biddy in ihr wieder, aber im Halbdunkel des Zimmers ist mir das nicht aufgefallen. Ihre rotblonden Haare, die sie als Teenager bis zur Hüfte getragen hat, hätten mich ebenfalls an sie erinnern müssen - haben sie aber nicht.

Sie hat nicht mehr viel gemeinsam mit dem jungen Mädchen von früher. Damals hatte ihr Körperbau etwas Unfertiges und die Proportionen haben noch nicht so recht zusammengepasst. Doch die vergangenen elf Jahre haben sie zu einer Schönheit heranreifen lassen, die eindeutige Kurven an den richtigen Stellen hat. Das enge Top sowie der Lochstrickpullover, den sie darüber angezogen hat, lassen kaum Spielraum für Fantasien und betonen ihre Brüste. Untenrum trägt sie einen kurzen weichfallenden Rock sowie flache Schuhe, und der Anblick ihrer nackten Beine weckt Erinnerungen daran, wie es sich angefühlt hat, als eines von ihnen um meine Hüfte geschlungen war.

Emilia lässt sich von ihrem Cousin umarmen und einen Kuss auf den Scheitel drücken, ohne mich auch nur eine Sekunde aus den Augen zu lassen.

»Liam starrt mich an, als hätte er einen Geist gesehen«, murmelt sie und grinst mich dabei herausfordernd an. »So sehr habe ich mich nun auch nicht verändert«, setzt sie lächelnd nach.

Nein. Überhaupt nicht, denke ich sarkastisch.

Dieses Biest spielt mit voller Absicht mit dem Feuer!

»Das liegt nicht an dir. Liam ist durch, der hat letzte Nacht mal wieder einen seiner …«, fängt Logan an, doch ich unterbreche ihn.

»Kannst du Flachwichser mal die Fresse halten?!«, blaffe ich ihn an.

Logan lacht schallend. »Normalerweise ist er nicht so ein unfreundlicher Morgenmuffel«, erklärt er und ich zeige ihm den Mittelfinger.

»Wahrscheinlich braucht er nur ne ordentliche Dosis Koffein«, erwidert Emilia und zwinkert mir erneut zu.

Ihre verfluchte Stimme macht mich wahnsinnig und

sorgt dafür, dass mein Körper noch mehr Blut als ohnehin schon in Richtung meines Schwanzes pumpt.

Fuck, ich brauche kein Koffein. Was ich stattdessen brauche, ist eine verschissene Zeitmaschine, um diesen Wahnsinnsfick mit Emilia ungeschehen zu machen und meinen Arsch zu retten!

»Wenn's nur das wäre, Biddy«, antworte ich mit einem ironischen Unterton, und ihre Augen formen sich zu Schlitzen. Dass ich ihren Spitznamen benutze, passt ihr offensichtlich nicht. »Kaffee?«, frage ich etwas versöhnlicher nach. Sie nickt und ich reiche ihr meine Tasse, um mir anschließend selbst eine neue zu holen.

»Logan, hilfst du mir im Garten?« Elle deutet mit einer Kopfbewegung aus dem Fenster auf die noch deutlich unter den Folgen der Party leidenden Gartenanlage. Logan weiß, was gut für ihn ist und stimmt, wenn auch wenig begeistert, zu. »Liam und Biddy … ähm … Emilia können sich ja in der Zeit schon einmal um das Frühstück kümmern und den Tisch decken.«

Ich nicke und muss lachen, weil Elle die einzige Person ist, die Logan wirklich im Griff hat und ihn zu händeln weiß. Die Hintertür klappt hinter den Zweien zu und ich bin mit Emilia allein. Segen und Fluch zugleich. An ihrem Kaffee nippend lehnt sie am Tresen und betrachtet mich stumm.

»Du hättest mir sagen müssen, wer du bist«, werfe ich ihr vor und sie schnaubt kurz.

»Was hast du denn gedacht, warum ich mich im Schlafdress auf dem Balkon von Logans Gästezimmer herumtreibe?«, stellt sie eine nicht ganz unberechtigte Frage, auf die ich keine Antwort habe. Fakt ist, das mir in dem Moment, als ich sie dort habe stehen sehen, eine Sicherung durchgeknallt ist.

»Er bringt mich um, wenn er herausfindet, dass ich dich …«, beginne ich und breche ab. Das kann ich nicht aussprechen, dann wird mein Schicksal eines verscharrten Tieres real.

»Was? Dass du mich gefickt hast? Mit einer anderen im Zimmer, die du eigentlich vögeln wolltest?« Sie lacht auf und dreht mir dann den Rücken zu, beobachtet Elle und Logan, die sich gerade auf der Terrasse über irgendwas in die Haare zu bekommen scheinen. »Ich bin keine Vierzehn mehr, Liam.«

»Du bist seine Cousine«, halte ich ihr vor. »Damit bist du automatisch tabu und du weißt um diesen Status, aber dennoch hast du nichts gesagt. Du wusstest, wer ich bin, oder?«

Ich klammere mich noch an die unwahrscheinliche Konstellation, dass uns beiden nicht bewusst war, wen wir da vor uns haben. Doch Emilia schenkt mir nur einen spöttischen Blick über die Schulter und schweigt.

Logans verfickte Predigt, dass er jeden erschießen wird, der in ihren ersten Wochen hier auch nur in Emilias Nähe kommt, ist mir nur zu gut in Erinnerung. Und ich habe die von ihm aufgestellten Regeln schon in der Nacht ihrer Ankunft gebrochen.

»Seit wann bist du so ein Weichei?« Sie wirft mir über ihre Schulter hinweg einen weiteren provokanten Blick zu. »Eigentlich wollte ich dir eine Wiederholung anbieten, aber wenn du dir seinetwegen so ins Hemd machst, lassen wir das lieber.«

»Eine Wiederholung?« Mein Kopf hat Probleme, die Bilder der unschuldigen vierzehnjährigen Biddy mit der unverblümten und eindeutig erwachsenen Schönheit vor mir zu vereinen, aber mein Schwanz reagiert bereits auf ihren Vorschlag. Scheiße, ich werde hart, bloß weil sie mir einen weiteren Fick in Aussicht stellt.

»Sicher«, führt sie unser seltsames Gespräch fort, während ich zunehmend größere Schwierigkeiten habe, mich auf Worte zu konzentrieren.

»Du bist absolut nicht scharf auf eine Beziehung.

Verfügbar.   Experimentierfreudig.   Unkompliziert -
zumindest dachte ich das bis gerade eben.« Ohne dass
ich es überhaupt bemerkt habe, habe ich mich ihr
genähert und stehe nun leicht versetzt schräg hinter ihr.
»Du fickst gerne, und das ist alles, was ich von dir will.«
Sie hört sich so abgeklärt und kühl an, als würde sie
gerade die Konditionen für einen Gebrauchtwagenkauf
aushandeln.

»Emilia«, beginne ich und versuche, den wachsenden
Ständer in meiner Hose zu ignorieren. »Das hier auf
irgendeine Art und Weise fortzusetzen, wäre absolut
verrückt.« Mein Schwanz scheint das anders zu sehen,
der führt ein Eigenleben.

»Schon gut, lass stecken«, winkt sie ab und stellt ihre
leere Tasse in das Spülbecken. Sie wendet sich ab und
will weggehen, aber ich packe sie an den Schultern und
halte sie so auf.

»Wie hast du das mit dem Weichei vorhin gemeint?«,
frage ich sie mit fester Stimme und drehe sie wieder in
Elles und Logans Richtung, die Gott sei Dank so auf
ihren kleinen Streit konzentriert sind, dass sie nichts von
dem hier mitbekommen.

»Wie soll ich das schon gemeint haben? Du …« Sie
stockt und atmet scharf ein, weil ich meine Hand auf
ihren Arsch lege und sie langsam tiefer gleiten lasse.

Emilia umfasst mit ihren Fingern die Kanten des
Tresens vor ihr und drückt ihren Rücken leicht durch.
Ich muss lebensmüde sein, anders kann ich mir nicht
erklären, dass ich hier in Logans Küche meine Hand
von hinten unter ihren Rock und zwischen ihre
Schenkel schiebe.

»Liam«, haucht sie und dieser verfickt sehnsüchtige
Unterton in ihrer Stimme lässt meinen Schwanz
pulsieren.

Sie stellt ihre Beine ein wenig weiter auseinander und
erleichtert mir so den Zugang. Ich lasse meine Finger

unter den Steg ihres Höschens schlüpfen und sie keucht leise, als ich das erste Mal durch ihre Spalte streiche.

Fuck.

Sie ist jetzt schon so verflucht feucht, dass ich mich am liebsten mit einem einzigen harten Stoß tief in ihr versenken möchte. Offenbar habe nicht nur ich Probleme, meine Gier bei der Erinnerung an gestern Nacht unter Kontrolle zu halten, denn mehr als Worte sind bislang nicht zwischen uns gefallen.

Ein Blick in den Garten verrät mir, dass Logan und Elle sich etwas von uns fortbewegt und ihre hitzige Diskussion in den hinteren Teil verlegt haben. Ich trete ein wenig näher an Emilia heran und ziehe meine Hand aus ihrem Höschen. Langsam lege ich meinen Arm um ihre Taille, fahre dann tiefer und lasse meine Finger erneut unter ihren Rock und in ihren Slip gleiten. Der Tresen sowie der etwas höhere Fensterrahmen verbergen, was ich mit ihr tue.

»Wie gestern gilt: Wir dürfen nicht erwischt werden. Jetzt darfst du dir nichts anmerken lassen, aber dafür ist leises Stöhnen erlaubt«, raune ich und sie nickt atemlos.

»Oh Gott«, seufzt sie heiser, als ich zwei Finger in sie schiebe und meinen Handballen auf ihre Klit drücke. Sie lehnt sich etwas gegen mich und stöhnt leise meinen Namen.

Das will ich wieder hören.

Shit.

Ich muss wirklich meinen verschissenen Verstand verloren haben. Logan könnte uns jederzeit erwischen, und ich nehme nicht an, dass er das Fingern seiner Cousine wegen unserer langjährigen Freundschaft bei mir lockerer sieht. Ausgeschlossen.

Emilia stößt ein flehendes Keuchen aus, als ich das Tempo, mit dem ich sie fingere, etwas erhöhe. Sie reibt sich schamlos an meinem Handballen, drängt sich mir entgegen und fuck, ein Teil von mir will sie nach oben in das Gästezimmer bringen und auf der Stelle ein weiteres Mal flachlegen.

Sie ist so heiß und eng, dass ich an nichts anderes mehr denken kann als daran, wie sie sich letzte Nacht angefühlt hat.

»Eine Wiederholung also, hm?«, frage ich sie und gebe meiner Stimme einen möglichst unbeteiligten Klang, um die Kontrolle über diese völlig surreale Situation zurückzuerlangen. Doch einen Moment später legt dieses verrückte Biest tatsächlich ihre Hand auf meinen Schritt und massiert die Wölbung in meiner Hose.

»Tu nicht so, Liam«, murmelt sie, dreht ihren Kopf zur Seite und sieht mich ernst an. »Wenn du das nicht möchtest, nimm sofort deine Hand aus meinem Slip und verschwinde.« Sie neigt sich noch ein bisschen näher zu mir. »Ansonsten bring es zu Ende.« Ihr Duft steigt mir in die Nase und ich bin endgültig im Arsch, noch bevor ich ihre nächsten Worte höre. »Ich … ich bin so kurz davor … lass … mich … kommen«, fleht sie mich an.

Sie schaut erneut nach vorn und schnappt nach Luft, weil ich meine Finger in ihr krümme. Logans und Elles Stimmen werden wieder lauter und als ich Emilias Blick folge, erstarre ich für einen Moment, weil Logan direkt in unsere Richtung guckt. Er grinst und macht eine eindeutige Bewegung neben seinem Kopf, ehe er auf seine Hummel deutet. Elle schlägt ihm daraufhin auf den Brustkorb und lenkt seine Aufmerksamkeit so wieder von uns weg auf sich.

»Liam«, wimmert Emilia, nimmt ihre Hand aus meinem Schritt und krallt sich so fest an die Kante des Tresens, dass ihre Fingerknöchel weiß hervortreten. »Jetzt«, bettelt sie. Ich stoße meine Finger noch härter in sie, reibe ein letztes Mal über ihre Klit und sie spannt sich an.

Keuchend windet sie sich auf meiner Hand, drängt immer wieder gegen meinen Handballen und zieht ihren Höhepunkt so in die Länge. Ihre Pussy krampft so fest um meine Finger, dass ich mich innerlich verteufele. Mein Schwanz ist steinhart und das Wissen darum, dass ich sie jetzt nicht haben kann, lässt mich einen derben Fluch ausstoßen.

Emilia seufzt leise, als ich mich zurück- und meine Hand aus ihrem Höschen ziehe. Sie blickt erneut in meine Richtung und lächelt. »Das nächste Mal kommst du auch wieder auf deine Kosten, versprochen«, flüstert sie zuckersüß.

Fuck.

Das nächste Mal.

Ich sollte das Ganze hier und jetzt beenden. Dass ich zweimal ohne Blessuren davongekommen bin und Logan mich nicht erwischt hat, grenzt schon an ein verschissenes Wunder. Eigentlich weiß ich, wann ich mein Glück nicht überstrapazieren sollte. Das hier ist so ein Moment.

Doch irgendwas in ihrem Blick hält mich davon ab, einen Schlussstrich zu ziehen.

Emilia ist verboten - doch gerade das macht sie zu einer Versuchung.

Sie zupft ihr Mobiltelefon aus ihrer Rocktasche und sieht mich wieder an. »Gibst du mir deine Nummer?« Perplex nicke ich und rattere ganz automatisch meine Telefonnummer hinunter, die ich schon seit einer Ewigkeit keiner Frau mehr gegeben habe. Dann wäre die Hölle bei mir los, immerhin wächst die Fanbase von *Gravity* stündlich.

Emilia lächelt zufrieden, als wenige Sekunden später mein Smartphone in meiner Tasche zu klingeln anfängt. »Damit hast du dann auch meine.« Sie neigt ihren Kopf zu mir und ihr mich verhexender Duft steigt mir ein weiteres Mal in die Nase. »Sobald ich mir über das

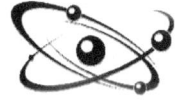

wann, wie und wo klar bin, melde ich mich bei dir«, wispert sie.

Ich bin zu überrumpelt, um wirklich Worte zu finden, also nicke ich wieder nur. Logan hat uns in groben Zügen von der verschissenen Nummer erzählt, die ihr Exfreund abgezogen hat. Dass sie die Kontrolle behalten und die Regeln festlegen möchte, sollte mich also nicht erstaunen.

Im Grunde genommen ist es auch etwas ganz anderes, das mich so überrascht. Nämlich die Tatsache, dass ich mich auf diese ganze Sache einlasse, obwohl ich mir darüber im Klaren bin, dass Logan und Ethan mich umbringen werden, wenn sie jemals dahinter kommen. Dass ich so verteufelt scharf auf Emilia bin, dass ich dafür bereit bin, meine Freundschaft zu den Davenport-Brüdern aufs Spiel zu setzen.

KAPITEL 4

Emilia

Liam hat sich kurz nach unserem Intermezzo verabschiedet und ist gegangen, sodass ich mit Logan und Elle sowie Ethan und Amy, die soeben eingetroffen sind, zum Frühstück allein bin.

Nachdenklich nippe ich an meinem Kaffee und lausche den Unterhaltungen meiner Cousins und ihren Freundinnen. Logans besorgter und forschender Blick trifft auf meinen und ich beeile mich, ihn mit einem Lächeln zu beschwichtigen. Es fehlt mir gerade noch, dass mich die Davenport-Oberglucke bereits an meinem ersten Tag zurück in der Heimat einem Verhör unterzieht.

Was ich vergangene Nacht und am heutigen Morgen mit Liam erlebt habe, beschäftigt mich nonstop. Niemals hätte ich mich für jemanden gehalten, der für so etwas zu haben ist. Liam gegenüber habe ich mich cool und abgebrüht gegeben – doch im Grunde genommen bin ich alles andere als das. Mein neues Sex-Ich entspricht so gar nicht meinem sonstigen Handeln. Dass ich Liam quasi eine Wiederholung angekündigt habe erst recht nicht.

Die plötzliche Stille am Tisch holt mich aus meinen Grübeleien zurück. Ertappt lächele ich in die Runde und ziehe dann fragend die Augenbrauen hoch.

»Du hast überhaupt nicht zugehört!«, beschwert Logan sich mit einem beleidigten Unterton, der Ethan dazu bringt, mit den Augen zu rollen.

»Fuck, Alter, Biddy leidet sicher noch unter einem Jetlag gigantischen Ausmaßes! Lass sie doch erstmal ankommen, bevor du sie gleich mit geschäftlichen Dingen überfällst!«, motzt der jüngere Davenport seinen

Bruder an.

»Dass du dich auch noch im Tag vertan und sie die halbe Nacht mit einer Party wachgehalten hast, dürfte sein Übriges dazu tun«, schlägt sich Elle ebenfalls auf Ethans Seite.

»Bumblebee, Biddy ist *Eventmanagerin* und sowas gewohnt. Außerdem ist sie ne Davenport, die haut so schnell nichts um«, rechtfertigt Logan sich, mustert mich jedoch mit einem Hauch von Schuldbewusstsein.

»Ich bin anwesend und kann auch für mich selbst sprechen, Logan«, werfe ich trocken ein und Amy neben mir, die sich bisher zurückgehalten hat, lacht amüsiert auf. Sie tarnt sich jedoch schnell mit einem Husten, als mein Cousin sie tadelnd anblickt.

»Was hast du mich denn gefragt?«, hake ich nach, ehe er sich auf Amy stürzen kann.

Logan räuspert sich. »Ich habe nur vorgeschlagen, dass du dir noch ein paar freie Tage gönnst, bevor du dich in den Job stürzt. Craig ist momentan nicht so ausgelastet, dass er nicht auch noch ein wenig allein klar kommt und du kannst die Auszeit gebrauchen.«

Ich verziehe zweifelnd das Gesicht, nicht sicher, ob zu viel Zeit gerade jetzt nicht fatal für mich wäre. Wenn ich mich in einem Haufen Arbeit vergraben kann, komme ich nicht auf dumme Gedanken und kann diese ganze Sache mit Liam vielleicht vergessen.

Wissentlich Sex mit dem Keyboarder von *Gravity* zu haben, war ohnehin schon das Unvernünftigste, was ich in meiner aktuellen Situation tun konnte. Immerhin ist Liam früher mal mein Schwarm gewesen.

»Du könntest dir zum Beispiel ein paar ausgedehnte Spa-Behandlungen gönnen. Weiberkram halt«, schlägt Logan vor und kassiert dafür einen empörten Seitenblick von Elle neben ihm.

Aber warum muss ich bei Logans Vorschlag ausgerechnet an die fantastischen Orgasmen denken, die ich mit Liam hatte?! Der letzte ist gerade mal eine halbe Stunde her. Die Erinnerung daran lässt meinen Nacken prickeln und treibt mir die Wärme in die Wangen.

Ethan tippt mit dem Zeigefinger auf seine Armbanduhr und erhebt sich.

»Die Chefetage der Plattenfirma erwartet uns in einer Stunde«, wendet er sich an seinen Bruder, der daraufhin seinen Kaffee in einem Schluck hinunterstürzt, aufspringt und Elle einen Kuss auf die Stirn drückt. Auch Ethan verabschiedet sich von Amy, allerdings mit einem Kuss auf den Mund und einem sanften Streicheln über ihre Wange.

Diese süßen Gesten sorgen dafür, dass sich mein Herz sehnsuchtsvoll zusammenzieht. Diese Vertrautheit, die nur Pärchen haben, fehlt mir. Nicht, dass ich das mit meinem Ex je gehabt hätte – aber mit denen davor schon.

Was ich mit Benedict hatte, fühlt sich im Nachhinein so verlogen und falsch an, wenn man herausfindet, dass man quasi von Tag eins an betrogen worden ist. Dass Benedict meine erste richtig große Liebe gewesen ist, macht dieses Gefühl noch schlimmer.

Gerade als die Jungs die Küche verlassen haben, vibriert mein Handy mehrmals in meiner Hosentasche. Ich ziehe es hervor und kann nichts gegen den Stich in meiner Magengegend tun, als ich feststelle, dass eine der Nachrichten von meinem Ex stammt.

Die letzten Wochen hat er seine Bemühungen verstärkt, unsere Beziehung wieder zu kitten. Als ob es da noch irgendetwas zu reparieren gäbe!

Ich wische die Message ungelesen weg und fange an zu lächeln, als ich entdecke, dass die zweite von Liam stammt.

Ich hoffe, du wirst dir bald über das wann, wie und wo klar.

Amy neben mir stößt einen überrascht und gleichzeitig begeistert klingenden Laut aus. »Liam und du?!«, quietscht sie und ich drücke mein Handy mit dem Display voran erschrocken gegen meine Brust.

»Ähm … wir haben gestern drüber gequatscht, dass wir mal zusammen weggehen könnten oder so. Alte Zeiten«, verteidige ich mich und merke dabei selbst, wie lahm sich das anhört.

Amy und Elle tauschen einen Blick, bei dem mich ein mulmiges Gefühl beschleicht.

»Du hast bereits als Teenie auf Liam gestanden«, reitet Ethans Freundin mich ungerührt weiter in die Scheiße und mir sackt das Blut aus dem Gesicht, weil sie richtig liegt. Aber woher …? »Ethan hat mir mal Fotos gezeigt, und auf einem von ihnen hast du ihn unübersehbar angeschmachtet. Und dein Lächeln beim Lesen seiner Nachricht gerade eben hat Bände gesprochen!«

Verdammt, ich muss dringend an meiner Mimik arbeiten und mir ein vernünftiges Pokerface zulegen!

»Oh mein Gott, das ist perfekt! Wir verkuppeln dich mit Liam! Dem wollten wir ohnehin eine Frau verpassen«, verkündet Elle und strahlt dabei über das ganze Gesicht.

Amy tut es ihr gleich und sieht mich ähnlich begeistert an, während ich fieberhaft nach einer Ausrede suche, die mich vor diesem Irrsinn bewahrt.

»Liam ist überhaupt nicht der Typ für eine feste Partnerschaft«, fange ich an. »Davon abgesehen habe ich nach meiner Katastrophenbeziehung mit Benedict ganz sicher nicht das Bedürfnis, mich gleich wieder an denselben Typ Mann zu binden.«

Das Lächeln, das sich nach meinen Worten auf Elles Lippen bildet, ist unheilvoll. »Aber irgendeine Art von Bedürfnis weckt er in dir, oder?«, hakt sie mit einem unschuldigen Tonfall nach und fixiert mich mit ihrem

Blick. »Mal ehrlich, wer will denn eine Spa-Behandlung, wenn er Liam haben könnte?«, treibt sie mich in die Enge und mein Herz klopft schneller. Aber nicht vor Nervosität. Es ist genau dasselbe Herzklopfen, was ich früher schon immer in Verbindung mit dem besten Freund meines Cousins hatte. »Und so wie Liam dich angesehen hat, als du in der Küche aufgetaucht bist ...«

Sie lässt den Satz unbeendet und grinst nur, als ich die Augen verdrehe. »Du bist genauso scharf auf ihn wie er auf dich. Streite das gar nicht erst ab!« Sie wackelt mit ihren Augenbrauen. »Gib deinem Verlangen nach. Hab Spaß. Mit Liam.«

»Den hatte ich bereits«, rutscht mir heraus, ehe ich richtig darüber nachgedacht habe. Stöhnend schlage ich die Hände vor das Gesicht und schnappe erschrocken nach Luft, als mir bewusst wird, was ich gerade angerichtet habe.

»Was? Wie? Wann?«, löchert Amy mich. »Du bist doch erst in der Nacht angekommen, wie zum Teufel kannst du da ... oh ... *du*?! Logan hat da vorhin was angedeutet, aber dass *du* ...«, gerät sie ins Stocken und ich nicke.

»Ein *Dreier*?!«, bohrt Elle nach und mir schießt die Hitze in die Wangen, während ich entschieden mit dem Kopf schüttele.

»Nein, also ... kein klassischer«, stammele ich, völlig ahnungslos, in welche Kategorie ich das, was zwischen Liam und mir passiert ist, einsortieren soll. »Es ist kompliziert«, rede ich weiter und setze Elle und Amy dann mit knappen Worten ins Bild.

Je mehr ich erzähle, desto größer werden die Augen der zwei Frauen.

»Logan und Ethan dürfen das nie erfahren, die bringen Liam um«, schließe ich meine kurzgehaltene Schilderung ab und sehe die beiden eindringlich nacheinander an.

»Willst du das wiederholen?«, fragt sie mich neugierig und lehnt sich etwas vor.

»Also … auf Ericas Anwesenheit kann ich verzichten, grundsätzlich … ich weiß nicht.« Mein hilfloses Gestotter macht die zwei erst recht neugierig und ehe ich mich versehe, knicke ich ein und erzähle vom zweiten Akt heute Morgen.

»Ich kann nicht fassen, dass ich euch das verrate«, wispere ich anschließend und verberge mein Gesicht erneut in meinen Händen.

»Und noch weniger kannst du glauben, dass du es wieder tun möchtest, oder?«, nagelt Elle mich fest und lächelt, als ich widerwillig nicke. »Na dann gönn dir doch den Spaß! Nach allem, was du die letzten Monate erlebt hast, hast du ein bisschen Entspannung verdient. Und Liam wird sicher mit Freuden dafür sorgen, dass du …«

»Elle!«, unterbreche ich sie schockiert, doch sie kichert nur und streicht sich eine Strähne ihres Haars hinters Ohr, ehe sie einen Schluck ihres Kaffees nimmt.

»Wo liegt dein Problem?«, fragt Logans Freundin mich.

»Ich … ich … weiß nicht … Liam und ich müssen zusammenarbeiten und Sex verkompliziert alles nur«, wende ich halbherzig ein.

»Doch nicht mit Liam. Der Schnuckel kann das trennen«, schmettert Elle meinen Einwand ab.

Amy, die währenddessen von ihrem Brötchen abgebissen hat, verschluckt sich und fängt an zu husten. »Das entspricht aber nicht unserem Plan, dass wir … aua! Wieso trittst du nach mir?!«, schnauzt Ethans Liebste Elle empört an.

»Das ist hundertmal besser als jede Wellness-Behandlung es sein kann. Sex ist dafür perfekt. Mach es wie Liam!« Elle beugt sich noch weiter zu mir und tätschelt meinen Unterarm, nur um Sekunden später erschrocken zusammenzufahren.

»Was soll Biddy wie Liam machen?«, ertönt Logans Stimme hinter mir und lässt einen eiskalten Schauer über meinen Rücken rieseln. »Ich habe mein Telefon vergessen«, erklärt er und hangelt sein Smartphone aus dem untersten Regalfach über der Anrichte.

»Das Leben mit einem Lächeln auf den Lippen genießen. Feiern, Spaß haben, Leute treffen«, quetscht Elle hervor und sieht dabei völlig verkrampft aus, während Amy einfach nur so aussieht, wie ich mich fühle: zu Tode erschrocken. »Ist das Beste, was man beziehungsweise frau nach einer so übel zu Ende gegangenen Liebe tun kann.«

Logan runzelt zweifelnd die Stirn. »Biddy ist nicht der Typ für lose Sexgeschichten«, widerspricht er seiner Freundin. »Sie braucht erst einmal Ruhe und Beständigkeit. Das Wissen, dass ihre Familie für sie da ist und sie nie im Stich lässt, bevor sie die Sau rauslässt. In so einer Situation trifft man sonst oft die denkbar dümmsten Entscheidungen«, tadelt er sie und betrachtet mich mit diesem für ihn so typischen Ausdruck von völlig übertriebener Fürsorge. »Sie braucht Zeit für sich selbst, dann wird das alles schon wieder.«

Mit diesen Sätzen verabschiedet er sich von uns und hastet erneut nach draußen. Irgendwie machen mich seine Worte wütend, obwohl Logan sie nur gutgemeint hat. Zeit zum Nachdenken hatte ich nach der Trennung von Benedict mehr als genug.

Ich habe die Nase voll davon, darauf zu warten, dass meine Wunden von allein heilen.

Vielleicht hat Elle Recht und ich sollte einen neuen Weg einschlagen. Mit Liam kann ich mich ablenken und Spaß haben, ohne irgendeine wie auch immer geartete Verpflichtung eingehen zu müssen.

Etwas Besseres kann mir im Grunde genommen nicht passieren. Die innere Stimme, die mich warnt, dass ich dabei bin, exakt eine von diesen dummen Entscheidungen zu treffen, von denen Logan soeben gesprochen hat, ignoriere ich geflissentlich.

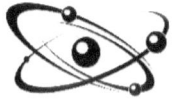

KAPITEL 5

Liam

Die letzten Akkorde verklingen langsam und im Raum breitet sich einen Moment lang Stille aus. Logan mir gegenüber fängt breit zu grinsen an und tauscht einen Blick mit Ethan, der hinter seinen Drums hockt.

»Verfickte Scheiße, das ist es, oder?«, kommt es schließlich von unserem Drummer. Sein großer Bruder nickt und lacht rau.

Seit Tagen tüfteln wir über diesem verschissenen Song, und bisher hat uns immer irgendwas gefehlt. Doch heute habe ich endlich die zündende Idee gehabt, wie wir etwas Besonderes aus ihm machen und ihm den typischen *Gravity*-Stempel aufdrücken können.

»Chase und Jackson werden drei Kreuze machen«, verkündet Logan und ich lächele vielsagend.

»Nicht nur die«, erwidere ich süffisant, woraufhin Logan mir seinen Mittelfinger entgegenstreckt.

Unser Frontmann ist anstrengend bis ekelhaft unausstehlich, wenn etwas nicht so läuft, wie er es möchte. Da ist auch der Entstehungsprozess unsere Lieder betreffend keine Ausnahme. Unser zweiter Gitarrist und unser Bassist waren so genervt, dass sie sich heute schon vor eineinhalb Stunden verabschiedet und mich mit den Davenports alleingelassen haben.

Mein Handy vibriert zweimal in meiner Hosentasche und meldet so den Eingang einer WhatsApp-Nachricht. Immer noch grinsend zerre ich das Mobiltelefon hervor, löse die Bildschirmsperre und erstarre, als ich den Absender sehe.

Emilia.

Eine Woche ist die Party mittlerweile her und ich bin mir zunehmend sicher gewesen, dass das, was da zwischen uns in der Nacht und am Morgen danach passiert ist, etwas Einmaliges bleiben würde.

Ich öffne die Nachricht und schlucke hart, als ein Foto aufpoppt.

Die Cousine der Davenports scheint auf einem Bett zu liegen. Von ihrem Gesicht ist lediglich ein kleiner Ausschnitt zu erblicken, der Rest des Bildes zeigt einen Teil ihres Halses sowie ihres Dekolletés.

Ich muss mich zwingen, mich von ihrem verboten verführerischen Anblick loszureißen, denn sie hat nicht nur das Foto, sondern auch eine knappe Nachricht geschickt.

Toronto Mariott Downtown. Zimmer 435.

Fuck.

Fahre ich jetzt dorthin, kann ich es nicht mehr darauf schieben, dass der Sex mit ihr eine Kurzschlussreaktion war, weil ich sie nicht erkannt habe. Heute zu ihr in dieses Hotelzimmer zu gehen, wäre eine bewusste Entscheidung.

Totes verscharrtes Tier, kommt mir Logans Drohung von damals wieder in den Sinn.

Shit.

Ich werfe noch einen Blick auf das Bild, das dieses kleine Biest mir geschickt hat.

So sehr ich es auch leugnen möchte - ich will sie. Noch mehr als in der Partynacht und da hat sie mich mit ihrer Wirkung auf mich schon in den Wahnsinn getrieben.

»Alles klar bei dir, Alter?«, dringt Logans Stimme in meine Gedanken und ich sehe auf. Sein prüfender Blick trifft auf meinen und ich zwinge mich zu einem hoffentlich normal aussehenden Grinsen.

»Jap. Nur ein Notfall. Muss dringend weg«, erkläre

ich und erhebe mich.

»*Notfall?*«, mischt sich Ethan mit einem eindeutig zweideutigen Unterton ein. »Leidet eine deiner zahlreichen weiblichen Bekanntschaften unter einem akuten sexuellen Notstand, den nur du beheben kannst?«, frotzelt er und Logan wiehert vor Lachen.

»Immerhin hat Liam eine verfickte Woche lang enthaltsam gelebt, wird sicher mehr als Zeit, dass er mal wieder einen wegsteckt«, schließt der ältere Davenport sich Ethans Lästereien an. »Hatte mir schon Sorgen gemacht, ob das Desaster mit Erica neulich bei dir für einen ernsthaften Einbruch deiner sexuellen Hyperaktivität geführt hat«, setzt er noch eins obendrauf.

»Fickt euch doch«, blaffe ich die beiden an und möchte mir in der nächsten Sekunde selbst in den Arsch treten.

Normalerweise lasse ich solche Sprüche meiner Bandkollegen lässig an mir abprallen. Doch diese Reaktion eben war alles andere als üblich, also beeile ich mich, sie zu korrigieren.

»Als ob Ericas kleiner Wutausbruch meinem Schwanz etwas anhaben könnte«, schieße ich amüsiert grinsend zurück und atme erleichtert auf, weil sowohl Logan als auch Ethan das als Begründung ausreicht. Zumindest sticheln sie nicht weiter.

»Wir sind doch hier fertig, oder?«, hake ich sicherheitshalber nach, während ich bereits nach meiner Lederjacke greife.

»Sind wir. Geh dir ruhig die Seele aus dem Leib ficken«, antwortet Logan dreckig lächelnd. »Ich werde mir Elle schnappen, sobald ich zu Hause bin und …«, labert er weiter, bis er von Ethan unterbrochen wird.

»Boah, Alter, ehrlich, Elle grillt dich, wenn sie erfährt, wie freizügig du über euer Sexleben plauderst«, stoppt unser Drummer seinen Bruder.

»Wieso das denn?! Ich habe doch noch überhaupt nichts gesagt und ihr seid Familie!«, entrüstet Logan sich, was Ethan schnauben lässt.

»Jap. Betonung auf *noch*!«, weist er ihn zurecht.

Ich verabschiede mich mit einem Grinsen und einem Kopfschütteln von den beiden. Seit sie sich versöhnt und ihren Bruderzwist beseitigt haben, sind sie genauso unerträglich wie früher. Niemand von uns würde es ihnen auf die Nase binden, aber exakt das haben wir alle vermisst. *Gravity* ist nicht nur eine Band, sondern eine Familie und endlich sind wir wieder eine.

Eine halbe Stunde später stehe ich vor dem Hotelzimmer und frage mich ein allerletztes Mal, ob ich das hier wirklich tun möchte. Ganz automatisch hebe ich meine Hand und klopfe mit der Faust gegen das Holz der Zimmertür. So viel zu meiner scheinbar rein rhetorischen Frage.

Ich höre gedämpfte Schritte hinter der Tür. Einen Augenblick später wird sie geöffnet und ich fange zu lächeln an, als ich Emilia erblicke. Sie bemüht sich sichtlich darum, einen coolen und gelassenen Eindruck auf mich zu machen. Doch der hektische Ausdruck in ihren Augen sowie die Röte auf ihren Wangen verraten mir, dass sie höllisch nervös ist.

»Ich war nicht sicher, ob du kommen würdest«, fängt sie an und schließt die Tür hinter mir. Ich will sie an mich ziehen, doch Emilia stoppt mich, indem sie eine Hand auf meine Brust legt. »Zuerst sollten wir ein paar Regeln festlegen.«

Regeln?!

Logans und Ethans Cousine hat eine Langzeitbeziehung mit einem ziemlich unschönen Ende hinter sich, dass sie die Kontrolle behalten will, sollte mich wohl nicht überraschen. Doch irgendwie wirkt das gerade wie eine eiskalte Dusche.

Ich stehe nicht sonderlich auf Regeln. Ganz besonders nicht in puncto Sex. Es engt einen ein. Aber mir erst einmal anzuhören, was Emilia zu sagen hat, kann nicht schaden. Ob ich mich daran halte, steht auf einem anderen Blatt.

Ich nicke unverbindlich und ziehe meine Lederjacke aus, während ich in das Innere des Raumes gehe. Dort angekommen werfe ich sie auf die Kommode und nehme auf dem King-Size-Bett direkt gegenüber Platz.

Emilia folgt mir und bleibt in ausreichendem Sicherheitsabstand zu mir stehen. Mit vor dem Oberkörper verschränkten Armen betrachtet sie mich ernst und atmet mehrmals tief durch, ehe sie anfängt.

»Wir treffen uns nicht bei mir oder dir«, bestimmt sie und stockt irritiert, weil ich leise auflache.

»Du wohnst derzeit bei Logan, daher fällt das eine eh flach, ein weiteres Mal bin ich sicherlich nicht so lebensmüde, es dort mit dir zu *treiben*«, erwidere ich und sie lächelt kurz.

»Auch später nicht, wenn ich eine eigene Wohnung habe«, redet sie weiter und ich nicke. »Unser ... *Arrangement* beschränkt sich auf Orte, die weder dir noch mir irgendetwas bedeuten.«

Ich habe keine Ahnung, warum sie darauf so einen gesteigerten Wert legt, aber erst einmal soll sie ihren Willen bekommen, also nicke ich erneut.

»*Ich* bestimme, wann und wo wir uns sehen«, fährt sie fort und schaut mich prüfend an. »Keine Kontaktaufnahmen deinerseits, um irgendwelche Treffen einzufädeln.«

Langsam beginne ich, mich zu fragen, ob tatsächlich Logan der Davenport mit der größten Kontrollmacke ist, oder ob Emilia ihm gerade den Rang abläuft.

»Aber wenn ich dich sehen möchte?«, hake ich nach und runzele die Stirn, weil sie mit dem Kopf schüttelt. Ich bin es nicht gewöhnt, in der Hinsicht einen Korb zu bekommen. Zumeist bin ich derjenige, der die Kontaktversuche abblockt. »Wozu hast du mir dann deine Nummer überhaupt gegeben?«

»Reine Vorsichtsmaßnahme. Falls dir was dazwischenkommt, erwarte ich von dir, dass du mir Bescheid gibst«, erklärt sie gespielt nüchtern, doch ihre Stimme zittert leicht und verrät mir, dass ein derartiges Gespräch für sie alles andere als alltäglich ist.

Für mich ist es das im Grunde genommen auch nicht. Noch nie habe ich mit einer Frau darüber verhandeln müssen, ob ich sie anrufen und Kontakt zu ihr aufnehmen darf.

»Wenn ich es irgendwann beenden möchte, nimmst du das ohne große Diskussionen hin. Ich möchte, dass du dir darüber im Klaren bist, dass das hier nur Sex ist. Ein Arrangement mit einem Verfallsdatum, das von heute auf morgen eintreten kann.« Sie fixiert mich mit ihrem Blick und der Ausdruck in ihren graublauen Augen bringt mich um meinen verfickten Verstand.

Himmel, *wie* weh Emilia dieser Scheißkerl von Ex getan haben muss, begreife ich erst jetzt so langsam. Mich auf diese Vereinbarung einzulassen ist vermutlich das Dämlichste und ein Stück weit auch Gefährlichste, was ich in meinem gesamten bisherigen Leben in puncto Frauen getan habe.

Logan und Ethan würden mich für das hier ohne Rückfahrticket in die Hölle schicken. Doch aus irgendeinem verschissenen Grund kann ich nicht aufstehen und das Zimmer verlassen. Ich will Emilia, und um sie ein weiteres Mal zu bekommen, würde ich wahrscheinlich sogar einem Pakt mit dem Teufel zustimmen.

»Bist du fürs Erste fertig?«, frage ich sie mit einem neckenden Unterton und sie nickt zögerlich. »Dann komm her zu mir«, schiebe ich bedeutend rauer nach und lächele, als sie sich langsam auf mich zubewegt.

Direkt vor mir bleibt sie stehen und sieht mit großen, ernsten Augen auf mich hinunter. Verfickte Scheiße, ich sollte wirklich gehen. Meinen Kopf aus der Schlinge ziehen. Doch ihr Anblick führt mich in Versuchung. Sie ist diese verfluchte verbotene Frucht, die ich so unbedingt haben möchte, dass ich dafür alles aufs Spiel setze.

Emilia zuckt zusammen, als ich meine Hand auf ihren nackten Oberschenkel lege und sie langsam höher und unter den Stoff ihres Kleides schiebe. Sie atmet merklich schneller und allein das verpasst mir einen Kick.

»Liam«, seufzt sie, als meine Finger auf den Stoff ihres Höschens treffen. Sie beugt sich zu mir hinunter und als sie ihren süßen, verführerisch geschwungenen Mund mit ihrer Zunge befeuchtet, verliere ich endgültig die Kontrolle.

Mit einem animalisch klingenden Knurren greife ich in ihren Nacken, ziehe sie weiter zu mir hinab und verschließe ihre Lippen mit meinen. Emilia keucht unterdrückt und erwidert meinen Kuss, doch als ich sie auf meinen Schoß ziehen will, macht sie einen Rückzieher.

Sie schiebt mich von sich und macht ein paar Schritte weg von mir. »Nicht im Bett«, flüstert sie und ich verziehe verwirrt das Gesicht. »Dort«, murmelt sie und deutet auf die breite Fensterfront, deren Vorhänge nicht zugezogen sind.

Himmel, dass Logans und Ethans unschuldige kleine Cousine von der Vorstellung angetörnt wird, dass andere uns sehen könnten, muss ich erst einmal verdauen. Immer noch habe ich hin und wieder Schwierigkeiten, die Frau vor mir mit dem kleinen Mädchen von früher in Einklang zu bringen.

Sie lächelt mich unsicher an, ehe sie mir den Rücken zudreht und an das Panoramafenster tritt. Als sie ihre

Hände an die Scheibe legt, erhebe ich mich und gehe langsam auf sie zu. Fuck, wieso fühlt sich das mit ihr bereits jetzt so scheißintensiv an? Meine Instinkte raten mir, die Finger von ihr zu lassen - doch ich kann nicht.

Bei ihr angekommen streiche ich ihr die Haare aus dem Nacken nach vorn und presse meine Lippen auf die zarte Haut direkt unterhalb ihres Haaransatzes. Emilia ist selbst dort übersät von Sommersprossen. Sie stöhnt heiser und will sich mir zuwenden, aber ich halte sie auf.

»Bleib exakt so stehen«, befehle ich ihr, was sie erst erstarren und dann leicht erschauern lässt.

Ich öffne den Reißverschluss ihres Kleides und streife es ihr mit einer schnellen Bewegung von den Schultern. Emilia löst ihre Hände gerade lange genug von der Fensterscheibe, dass ich die Träger über ihre Arme hinabstreifen kann. Sie trägt keinen BH, nur ein winziges Höschen, das seinen Namen kaum verdient.

»Lass sie an«, herrsche ich sie an, als sie Anstalten macht, aus ihren High Heels steigen zu wollen.

Ich presse mich von hinten dicht an sie und drücke sie gegen die Fensterfront vor mir, was Emilia erneut stöhnen lässt. Mit meinen Händen fahre ich über ihre Schultern, ihre Arme hinab und lege meine Finger schließlich über ihre, während ich meinen Kopf in ihrer Halsbeuge vergrabe.

»Gefällt dir der Gedanke, dass wir gesehen werden können?«, frage ich sie und sie nickt nach einigen Sekunden, ehe sie ihren Kopf leicht zur Seite dreht und schüchtern lächelt.

Fuck.

»Diese Fantasie macht mich verrückt, seit du mich im Beisein dieser anderen Frau gevögelt hast«, antwortet sie leise und stößt einen enttäuschten Laut aus, als ich mich von ihr löse. Wieder will sie sich zu mir umdrehen, aber auch dieses Mal ersticke ich das im Keim.

»Bleib. So. Stehen.« Die Härte, die ich in meine Stimme gelegt habe, lässt sie wie vorhin in der Bewegung einfrieren. Ergeben nickt sie und lehnt ihre Stirn gegen das Fenster vor sich, während ich mich hastig entkleide.

Obwohl ich sie bisher kaum angefasst habe, bin ich bereits vollständig hart. Ein Teil von mir möchte sie einfach packen und gegen dieses verfickte Glasfenster vögeln, bis sie unter mir explodiert und meinen Namen stöhnt. Doch dieses Mal haben wir im Gegensatz zu der Party vor einer Woche mehr Zeit, und das möchte ich auskosten.

Ich nähere mich ihr wieder, gehe in die Knie und hake meine Finger unter den Bund ihres Strings. Emilias Beine zittern leicht, als ich ihr dieses letzte Kleidungsstück ausziehe, und ich kann nichts gegen das Alpha-Männchen-Gefühl tun, das in mir hochsteigt.

Gemächlich streichele ich mit meinen Fingerspitzen über ihre Waden, hinauf zu ihren Oberschenkeln, folge der Spur, die meine Hände ziehen, mit meinem Mund und meiner Zunge. Zunehmend unruhiger windet sie sich unter meinen Berührungen, drängt mir mit ihrem Körper entgegen und versucht, mich subtil zu dirigieren.

Ihr Arsch ist perfekt und ich kann nicht widerstehen, ihn mit meinen Zähnen ein bisschen zu zeichnen. Normalerweise ist das nicht so mein Ding, aber mit Emilia ist bisher eh nichts normal. Sie wimmert und keucht, als ich gleichzeitig eine Hand von vorn zwischen ihre Beine gleiten lasse und ihr gebe, worum sie unterschwellig bettelt.

»Liam«, haucht sie und fuck, mein Schwanz pulsiert, nur aufgrund dieses wollüstigen und sehnsüchtigen Untertons in ihrer Stimme.

Ich richte mich auf, ohne meine Finger von ihrer Klit zu nehmen. Mit kreisenden Bewegungen massiere ich ihre Perle und bringe sie so dazu, einen verzückten

Seufzer nach dem anderen von sich zu geben. Ich schiebe meine Hand tiefer, dringe mit zwei Fingern in sie ein und drücke meinen Handballen auf ihren Kitzler.

Heilige Scheiße.

Sie ist so verflucht feucht und eng, dass ich am liebsten sofort aufs Ganze gehen möchte.

So viel also zu meinem Vorsatz, mir Zeit zu nehmen.

Ich atme mehrmals tief durch, während ich den Rhythmus, in dem ich mit meinen Fingern in sie eindringe, etwas beschleunige. Ausgeschlossen, dass ich sie jetzt nicht auf ihre Kosten kommen lasse.

Gut, das würde sie auch bei dem harten, schnellen Fick, der mir durch den Kopf geht, aber es kann nicht schaden, sie schon vorher einmal in den siebten Himmel zu befördern. Wenn es nach mir geht, soll nicht wieder eine Woche verstreichen, bis sie sich bei mir meldet und dafür soll sie hautnah spüren, was ihr in dem Fall entgeht.

»Liam … bitte … oh … bitte«, fleht sie und zieht scharf die Luft ein, als ich mich von hinten an sie dränge und das Tempo noch einmal erhöhe. »Oh Gott«, stöhnt sie langgezogen und lehnt ihren Kopf gegen meine Schulter.

Ihre Atmung geht immer abgehackter und diese kleinen, heiseren Seufzer, die sie ausstößt, machen mich verrückt. Es kostet mich meine gesamte Willensstärke, jetzt noch nicht aufs Ganze zu gehen.

Emilia keucht meinen Namen und zieht sich in der gleichen Sekunde so eng um meine Finger zusammen, dass ich nicht anders kann, als meine Zähne in ihre Schulter zu drücken. Immer wieder flüstert sie meinen Namen, während sie sich auf meiner Hand windet. Ich schlinge meinen freien Arm um ihre Taille und gebe ihr so Halt. Die Kontraktionen in ihrem Unterleib sind so heftig, dass ich sie unter meinen Fingern auf ihrem Bauch spüren kann.

Shit.

Ich will sie.

Sofort.

Ich gleite mit meinem Mund über ihre Schulter, streichele mit meinen Fingern über ihren Bauch langsam nach oben, umschließe ihre Brust und zwirbele ihren Nippel, was erneut ein heftiges Zucken durch ihren Körper gehen lässt.

»Liam ... bitte ... ich muss dich spüren ... jetzt«, bittet sie mich und ich kapituliere.

»Fuck«, fluche ich, ziehe meine Finger aus ihr zurück und lasse Emilia los, nachdem ich sicher bin, dass sie festen Stand hat.

Hastig bücke ich mich nach meiner Jeans, hole ein Kondom aus meinem Portemonnaie und zerre ungeduldig an der Folienverpackung, bis sie endlich nachgibt. Während ich das Präservativ über meinen Schwanz rolle, sehe ich zu Emilia, die mich über ihre Schulter hinweg unverwandt anschaut. Ihre Augen sind lustverhangen und das törnt mich noch mehr an, als ich es ohnehin bereits bin.

»Komm wieder zu mir«, bittet sie mich.

Sie fängt zu lächeln an, als ich zu ihr zurückkehre. Ich lege meine Hand auf ihre an der Scheibe, bevor ich sie dazu bringe, etwas ins Hohlkreuz zu gehen und ihre Beine ein bisschen weiter auseinanderzustellen.

Ich gehe ein wenig in die Knie, streiche ein-, zweimal mit meinem Schwanz durch ihre Spalte und versenke mich dann mit einem einzigen, harten Stoß bis zum Anschlag in ihr. Emilia stößt einen heiseren Schrei aus, drückt sich mir aber gleichzeitig entgegen.

»Lia«, stöhne ich fast tonlos, ziehe mich beinahe zur Gänze aus ihr zurück, nur um sofort wieder mit einem tiefen Stoß in sie einzudringen. Ich gleite mit meiner freien Hand über ihren Bauch zwischen ihre Schenkel, während sich unsere Finger an der Fensterscheibe leicht

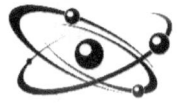
miteinander verschränken.

Unfähig, mich zurückzuhalten, vögele ich sie hart, hemmungslos und wild gegen die Panoramafront. Emilia empfängt jeden meiner Stöße mit einem mich wahnsinnig machenden rauen Keuchen. Sie ist so überreizt, dass sie erneut kommt, kaum, dass ich meine Finger auf ihre Klit gelegt habe. Ihre Pussy zieht sich derart eng um meinen Schwanz zusammen, dass ich endgültig davon überzeugt bin, hier und jetzt meinen verschissenen Verstand zu verlieren.

Immer erbarmungsloser ficke ich sie gegen die Glasfront, verliere mich völlig in ihr, bis ich erstarre und mit ihrem Namen auf meinen Lippen zum Höhepunkt komme. Mit meinem ganzen Körpergewicht drücke ich sie gegen die Scheibe, nicht in der Lage, mich zu rühren. Wir beide ringen so heftig nach Luft, dass die Glasscheibe vor uns von unserem Atem beschlägt.

Emilia dreht ihren Kopf in meine Richtung und drückt einen Kuss auf mein Kinn. Fuck. Der Ausdruck in ihren Augen ist pure Lust, und ihre Gesichtszüge sind so entspannt, dass ich ganz automatisch denke, dass ich das wieder sehen möchte.

Unter anderen Umständen wäre das hier der Moment, indem ich mich höflich, aber schnell vom Acker machen würde. Nähe ist nicht so mein Ding. Ich habe schon früh und auf die harte Tour lernen müssen, wie diese einem den Boden unter den Füßen wegziehen kann. Doch jetzt bleibe ich, wo ich bin, koste diesen verfluchten Augenblick so lange aus, wie irgend möglich.

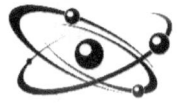

KAPITEL 6

Emilia

Langsam zieht Liam sich aus mir zurück und gibt mich frei. Ich drehe mich zu ihm um und schenke ihm ein kühles Lächeln, als er mich forschend betrachtet. Mit einem leichten Stirnrunzeln rollt er das Kondom von seinem Schwanz, verknotet es und entsorgt es in dem kleinen Mülleimer im Bad, ehe er wieder zu mir kommt.

»Du kannst ruhig zuerst duschen«, biete ich ihm in der Hoffnung an, dass er danach so schnell wie möglich verschwindet.

Ich bin völlig durch den Wind, meine Emotionen fahren Achterbahn mit mir und ich möchte nur noch allein sein. Mich auf Elles und Amys Vorschlag einzulassen, eine lockere Sexgeschichte mit Liam zu beginnen, ist so ungefähr das Dämlichste, was ich in meiner Situation tun konnte.

Liam streicht mir mit seinen Fingerspitzen kurz über die Wange, bevor er ohne ein weiteres Wort in das Badezimmer geht und die Tür hinter sich schließt. Einen Augenblick lang bin ich versucht, mich einfach anzuziehen und abzuhauen, doch ich bin verschwitzt, rieche nach Sex und so offensichtlich derangiert und durchgevögelt mag ich nicht auf die Straße gehen.

Zehn Minuten später betritt Liam das Hotelzimmer wieder, nur ein knappes Handtuch um seine Hüften geschlungen. Wasser tropft aus seinem noch leicht feuchten Haar auf seinen Brustkorb und ich schlucke hart, verzweifelt darum bemüht, mir nicht anmerken zu lassen, wie sehr mich sein Anblick aus der Bahn wirft. So war es schon immer. Und ich habe angenommen, mich unter Kontrolle, meine Schwärmerei überwunden zu haben. Wie naiv.

»Ich melde mich wieder bei dir«, wispere ich, husche an ihm vorbei, ohne seine Antwort abzuwarten, und schließe die Badezimmertür hinter mir.

Erleichtert durchatmend schlüpfe ich in die Duschkabine, stelle das Wasser auf die heißeste Stufe und gönne mir eine ausgiebige Dusche. Es ist absolut ausgeschlossen, dass ich noch einmal mit Liam Kontakt aufnehme. Ein einziges Treffen und ich bin so von der Rolle, dass ich nicht mehr weiß, wo oben und unten ist. Er geht mir zu sehr unter die Haut, und genau das wollte ich vermeiden.

Am besten konzentriere ich mich künftig auf den Job und lasse die Finger von Männergeschichten. Egal, ob mit Liam oder mit einem anderen. Doch bei der bloßen Vorstellung, den *Gravity*-Keyboarder ab sofort nur noch rein beruflich zu sehen, zieht sich mein Magen zusammen.

Wütend auf mich selbst und die Anziehungskraft, die Liam auf mich ausübt, seife ich meine ohnehin bereits von dem heißen Wasser krebsrot gefärbte Haut ein, shampooniere meine Haare und spüle den Schaum anschließend aus. Mit einer energischen Bewegung stelle ich das Wasser aus, steige aus der Duschwanne und greife mir das nächstbeste Handtuch. Nachdem ich mich abgetrocknet und meine Haare, so gut es geht, trockengeföhnt habe, verlasse ich das Bad - nur um erschrocken zusammenzufahren, weil Liam immer noch da ist.

Er grinst amüsiert, weil ich meinem ersten Reflex folgend versuche, meine Blöße mit meinen Fingern zu bedecken. »Da gibt's nichts, was ich nicht eben erst gesehen habe«, neckt er mich.

»Was machst du überhaupt noch hier?«, blaffe ich ihn ziemlich unfreundlich an, doch Liam beeindruckt das so gar nicht, wie mir seine nächsten Worte beweisen.

»Der Tag ist nach wie vor jung und ich dachte, wir machen einen kleinen Ausflug. Zum Kensington Market.« Er wackelt mit seinen Augenbrauen. »Komm schon, Lia, das wird lustig.«

Lia.

So hat er mich eben beim Sex schon einmal genannt - und es hat mir gefallen, auch wenn ich das nur widerwillig vor mir selbst zugebe.

»Hast du mir vorhin nicht zugehört?! Dein Vorschlag widerspricht den Regeln, die ich aufgestellt habe.« Oh Gott, ich klinge wie eine ältliche Gouvernante.

»Doch. Natürlich habe ich dir zugehört. Aber das eine schließt das andere ja nicht aus. Ich meine, bloß, weil wir jetzt auch miteinander ficken, müssen wir uns ansonsten nicht komplett aus dem Weg gehen, oder?« Er sieht mich prüfend an. »Und wenn man es genau nimmt, verstoße ich gegen keine deiner Regeln. Die betreffen rein unsere Sextreffen, nicht aber unsere Freundschaft, oder liege ich da falsch? Wir sind doch noch Freunde …oder? Früher waren wir es zumindest.«

Dieser gerissene Mistkerl. Er war zwar immer vorrangig der Freund meiner Cousins und ich sein in ihn verschossenes Fangirl, aber auch uns hat damals eine gewisse Freundschaft verbunden. Oder etwas in der Art.

»Ich hätte wissen müssen, dass du ein Schlupfloch findest«, murmele ich angesäuert und muss doch lächeln, als Liam mir zuzwinkert. »Ich korrigiere dich ja nur ungern, aber wir hatten keinen Kontakt mehr und zweimal Vögeln macht uns nicht zu Freunden«, setze ich dennoch nach, nicht bereit, mich so einfach von ihm überrumpeln zu lassen.

»Daran können wir aber arbeiten. Und du kannst einen Freund gebrauchen«, wispert er mit einem Mal völlig ernst und sorgt so für einen dicken Kloß in meiner Kehle. Ist es wirklich so offensichtlich, wie einsam und allein ich mich fühle? »Also zieh deine Wäsche und dein Kleid an, ehe ich auf die Idee komme, ein weiteres Mal über dich herzufallen«, setzt er grinsend nach und bringt mich so erneut zum Schmunzeln. »Danach verschwinden wir von hier und machen uns ein paar schöne Stunden. Als Freunde.«

Zweifelnd runzele ich die Stirn, bleibe aber stumm, weil ich weiß, dass es vergebliche Liebesmühe ist, Liam zu widersprechen. Wenn er sich etwas in den Kopf gesetzt hat, gibt er nicht eher Ruhe, bis er seinen Willen bekommen hat. Daran erinnere ich mich noch zu gut von früher.

Völlig verspannt laufe ich eine Stunde später neben Liam her, der sich mit einer Sonnenbrille und einem Baseball-Cap ein wenig getarnt hat. Meiner Meinung nach erkennt man ihn aber immer noch ohne große Probleme. Obwohl er nur der Keyboarder von *Gravity* ist und nicht so im Fokus der Öffentlichkeit steht, wie es meine Cousins tun, habe ich Angst, dass man uns entdeckt.

»Kannst du endlich mal aufhören, ständig wie ein verschrecktes Reh über deine Schulter zu schauen? Wir sind hier, um Spaß zu haben!«, tadelt Liam mich auch prompt und legt einen Arm an meine Taille, um mich an sich zu ziehen.

»Spinnst du?!«, zische ich und versuche, ihn von mir wegzudrücken, doch Liam ignoriert meinen Protest völlig und drückt seinen Mund auf meinen.

»Niemand wird mich erkennen, also entspann dich«, murmelt er gegen meine Lippen und ich erschauere angesichts der zarten Vibrationen, die er damit auf meiner Haut auslöst.

»Wir sind als *Freunde* hier«, schimpfe ich und befreie mich mit einer Drehung aus seiner Umarmung. »Es wäre mir neu, dass Freunde sich so küssen!«

Liam lacht amüsiert. »Sorry, aber mir fällt das Trennen schwer. Vor eineinhalb Stunden war ich noch in dir und du hast meinen Namen mehr als einmal hemmungslos gestöhnt. Die Erinnerung ist einfach zu frisch, als dass ich jetzt *nur* deinen Kumpel geben kann.«

Erbost stemme ich die Hände in die Seiten. »Ich wollte das hier nicht! Alles, was ich gewollt habe, ist ein klares ...« Ich kann mich gerade noch bremsen, das Wort *Sex-Arrangement* auszusprechen, das mir im Kopf herumschwirrt, weil ich bemerke, dass uns der eine oder andere Besucher neugierig beobachtet.

Liam seufzt und deutet auf einen kleinen Burritos-Stand zu unserer Linken. »Wir kaufen dir erst einmal was zu essen und anschließend habe ich da noch was für dich, um dich locker zu machen.« Mit einem verschmitzten Grinsen zieht er einen Joint aus der Brusttasche seiner Lederjacke.

Mir klappt die Kinnlade hinunter. »Ich weiß überhaupt nicht, wieso du glaubst, mich locker machen zu müssen«, presse ich ungläubig hervor, doch er lacht nur.

»Weil du total verkrampft bist und dich aufführst, als würden wir verfolgt werden. Niemand interessiert sich für uns. Davon abgesehen ist hier die Hölle los, wer sollte uns schon sehen? Du bist die Einzige, die aus unserem Ausflug ein Problem macht, Emilia.« Er umfasst meinen Unterarm und führt mich zu dem Verkaufsstand. »Zwei Burritos mit allem Drum und Dran«, gibt er seine Bestellung auf und grinst mich an, als ich ihn nur böse anschaue.

Der Mexikaner lächelt breit und macht sich an die Zubereitung. Liam ignorierend drehe ich mich um und beobachte die Menschenmassen, die sich über diesen belebten Teil des Markts schieben. Es ist Touristen-Hochsaison und für viele ist der Kensington Market mit seinem multikulturellen Touch ein beliebtes

Ausflugsziel. Die kleinen viktorianischen Häuser und die vielen unterschiedlichen Lebensmittelgeschäfte mit ihren breit gefächerten Angeboten locken sowohl Einheimische als auch Besucher her.

»Futter fassen«, dringt Liams Stimme in meine Gedankengänge.

Mit einem Augenrollen folge ich ihm zu den Stufen des nächstgelegenen Hauses und nehme neben ihm Platz, nachdem ich den Burrito aus seiner Hand entgegengenommen habe. Mein Magen knurrt vernehmlich und Liam lacht leise.

»Ja, gut, ich habe Hunger, bist du jetzt zufrieden?«, gifte ich zickiger als beabsichtigt und spüre, wie meine Wangen warm werden, als er mich nur nachdenklich betrachtet.

»Könntest du dieses fiese Wadenbeißer-Verhalten, das mich irgendwie an Logans Fußhupe Polly erinnert, mal ablegen? Nur für ein Weilchen?«, fragt er mich und beugt sich zu mir. Der Geruch seiner Lederjacke vermischt mit seinem Eigenduft steigt mir in die Nase und ich muss unwillkürlich seufzen. »Es wird auch nicht wehtun, versprochen«, raunt er und küsst mich sanft auf den Mundwinkel, ehe er wieder Abstand zwischen uns bringt.

Mein Herz schlägt schneller und in meinem Bauch flattern die Schmetterlinge mit ihren Flügeln.

Das ist nicht gut.

Gar nicht gut.

Meine unschuldigen Teenager-Gefühle von früher vermengen sich mit dem, was Liam jetzt in mir auslöst, zu einer gefährlichen Mischung. Ich sollte schleunigst das Weite suchen - doch ich kann nicht. Nur in seiner Gegenwart verschwindet diese Taubheit, die ich verspüre, seit ich herausgefunden habe, dass mein Exfreund mich von Anfang an nach Strich und Faden belogen und betrogen hat.

»Ich versuche es«, antworte ich und Liam lächelt, was die Schmetterlinge noch heftiger mit ihren Flügeln schlagen lässt.

In einvernehmlichem Schweigen essen wir unsere Burritos und beobachten das Treiben vor uns. Kaum, dass wir aufgegessen haben, hält Liam mir den Joint unter die Nase. Auch wenn der Konsum von Gras legal ist und einen der Geruch gerade in dieser Gegend an jeder Ecke verfolgt, zucke ich erschrocken zusammen.

»Du rauchst den jetzt. Keine Widerworte«, befiehlt Liam mir. »Logan selbst hat erst heute Morgen zu mir gesagt, dass du dich dringend mal entspannen musst.« Sein Grinsen wird schmutzig und er stößt einen empört klingenden Laut aus, als ich ihm auf den Oberarm schlage. »Wofür war das denn jetzt?!«

Ich schnalze tadelnd mit der Zunge, während ich den Joint aus seiner Hand nehme. »Das weißt du ganz genau, Liam Ashby.« Auch ohne dass er es ausgesprochen hat, ist mir klar, worauf sein dreckiges Lächeln angespielt hat. »Was wir in dem Hotelzimmer getan haben, war ziemlich entspannend, aber …«, fange ich an, werde jedoch von Liam unterbrochen.

»Du hast es danach mit deinem Gezicke wieder kaputtgemacht«, beendet er meinen Satz für mich und holt ein Feuerzeug aus seiner Hosentasche. Er gibt mir Feuer und grinst, als ich einen tiefen Zug inhaliere. »Dachte ich mir doch, dass das nicht dein erstes Mal ist. Wenn die Oberglucke das wüsste«, frotzelt er und ich muss kichern.

»Dass du mir einen Joint angedreht hast, ist angesichts deiner anderen Verbrechen ein eher geringfügiges Vergehen. Ganz oben auf Logans Liste dürfte gegebenenfalls stehen, dass du mich gevögelt hast, obwohl er mich für tabu erklärt hat«, lamentiere ich und mache eine wedelnde Handbewegung, als Liam nach dem Joint greifen will. »Noch nicht.« Ich inhaliere noch einen tiefen Zug, ehe ich die Haschzigarette an ihn weiterreiche.

»Normalerweise würde ich nie etwas tun, was Logan ernsthaft anpisst«, beginnt er. Doch der schelmische Ausdruck weicht mit jeder Silbe immer weiter von seinen Zügen, was mich vorsichtig macht. Auch der Joint zeigt langsam Wirkung und macht mich ruhig. »Logan hat mir den Arsch gerettet, in mehr als einer Hinsicht, und das quasi von Tag eins unserer Freundschaft an.« Interessiert mustere ich ihn und warte, dass er weiterspricht. »Ich war so im Eimer, als ich damals nach Toronto gekommen bin«, fährt er fort und der schmerzerfüllte Ausdruck, der über sein Gesicht huscht, weckt den Drang in mir, ihn in die Arme zu nehmen.

Liam war noch ein Kind, als er seine Eltern bei diesem Autounfall verloren hat, an diese Information erinnere ich mich noch. Lediglich der Geistesgegenwart seines Vaters hat er sein eigenes Leben zu verdanken. Logan hat mir mal erzählt, dass Liams Dad ihn beiseitegeschubst hat, nur Sekunden, bevor seine Familie von dem außer Kontrolle geratenen Transporter erfasst wurde. Meines Wissens nach hat Liam sich die Brandnarbe bei dem verzweifelten Versuch zugezogen, zu seinen Eltern zu gelangen. Vergeblich.

»Ohne Logan und auch Ethan wäre ich untergegangen«, erklärt er und sieht mich ernst an. Einem spontanen Impuls folgend lehne ich mich zu ihm, streiche mit den Fingerspitzen sanft über seine Stirn und schiebe ihm ein paar verirrte Haarsträhnen aus dem Gesicht.

»Wenn ich mich recht erinnere, habt ihr aber auch so einiges zusammen angestellt«, erwidere ich schmunzelnd und Liam grinst.

»Haben wir. Wir waren jung und wild. Aber dennoch, deine Cousins und unsere gemeinsame Liebe zur Musik haben mich vor dem Schlimmsten bewahrt.«

Da ist wieder dieser Ausdruck in seinem Gesicht, der dafür sorgt, dass mein Magen krampft und sich mein Herz zusammenzieht.

»Mein Onkel hat mich nicht gewollt. In seine Lebensplanung passte kein Kind und er hat mich nur der Außenwirkung wegen bei sich aufgenommen. Materiell hat es mir an nichts gefehlt, aber du weißt schon …« Er seufzt leise und sieht in die Ferne. »Mich in ein Heim zu geben, kam nicht infrage, was sollten denn die Leute denken?!«

Ich fixiere ihn mit meinem Blick. »Das sollte ich vermutlich nicht sagen, aber wenn du nicht bei ihm gelandet wärst, hättest du Logan und Ethan nie kennengelernt.«

Dann hätte ich dich nie kennengelernt, schiebe ich gedanklich nach und erschrecke wenige Sekunden später über mich selbst.

»Wahrscheinlich hätte es Gravity dann nie gegeben«, plappere ich schnell weiter, um mich von dem Chaos in meinem Kopf abzulenken.

Emotional hat Liams Verwandter ihn am ausgestreckten Arm verhungern lassen. Umso erstaunlicher ist es für mich, dass er so empathisch für seine Umwelt ist. Liam selbst geht es erst gut, wenn das auch bei den Menschen, die ihm etwas bedeuten, der Fall ist. Er versteckt das gern hinter seiner großen Klappe, aber es ist so, wie Logan es mal mir gegenüber gesagt hat: Liam ist das Herz von *Gravity*.

»Ach, vermutlich hätten die beiden Idioten irgendeinen anderen Keyboarder aufgetan«, zieht Liam meinen Einwand ins Lächerliche und weicht mir aus, als ich ihm erneut auf den Oberarm schlagen will. »Ist doch wahr, ich bin austauschbar.«

Ich schnappe empört nach Luft und erhebe mich so schnell, dass mir einen Augenblick lang schwindelig wird. Auch meine Beine fühlen sich von dem Gras etwas … wacklig an. Als ich sicher bin, nicht in die Knie zu gehen, baue ich mich vor Liam auf, reiße ihm den Joint aus den Fingern und nehme einen langen Zug. »Bist du nicht. Für niemanden. Also hör auf, so einen Bullshit zu reden«, schimpfe ich und strecke ihm meine Hand entgegen. Meine Sorgen entdeckt zu werden und das Einreißen meiner Sex-Arrangement-Regeln kümmern mich derzeit nicht. Dass ich plötzlich weniger verbohrt bin, nehme ich nicht an, also liegt das wohl an dem Hasch.

Liam hebt eine Augenbraue und blickt mich leicht verwundert an, greift aber nach meiner Hand, während er aufsteht. »Keine Angst mehr, dass man uns erwischen könnte?«, zieht er mich auf und verschränkt seine Finger mit meinen.

Normalerweise würde jetzt wohl mein Puls davon galoppieren, bloß weil wir Händchen halten, doch ich muss bei dem Anblick breit grinsen. Zum Glück nimmt er mir den Zigarettenstummel ab und drückt ihn an der Hauswand aus, ein weiterer Zug wäre keine gute Idee gewesen.

»Ich will Spaß haben«, murre ich nur.

Liam lacht herzlich, setzt sich in Bewegung und deutet auf einen Schallplattenladen etwas vor uns auf der rechten Seite. »Da würde ich mich gerne mal umsehen.« Nickend lasse ich mich von ihm mitziehen und entspanne mich das erste Mal, seit wir das Hotelzimmer verlassen haben.

Ich folge Liam in das Geschäft, beobachte ihn dabei, wie er sich durch unzählige Kisten mit alten Platten wühlt und anschließend mit dem Händler wegen des Preises feilscht. Er bezahlt, nachdem sie sich einig geworden sind, und schnappt sich meine Hand, kaum, dass wir das Ladenlokal wieder verlassen haben.

Meine Gefühle spielen völlig verrückt und ich habe

keine Ahnung, ob das an dem Cannabis oder an Liam liegt, aber im Grunde ist es mir auch egal. Meine Bedenken, dass uns jemand sehen könnte, sind fort und was ich im Augenblick mehr als alles andere möchte, ist Liams Mund auf meinem.

Kurzentschlossen ziehe ich ihn in eine Nische direkt neben dem Plattengeschäft und lächele über seinen verwirrten Blick. »Küss mich«, flehe ich und seufze erwartungsvoll, als er die Tüte mit den Platten abstellt, ehe er mein Gesicht in seine Hände nimmt und mich mit seinem Körper gegen die Hauswand in meinem Rücken drückt. Ich streiche ihm das Baseball-Cap vom Kopf und starre ihn sehnsüchtig an.

Langsam, als hätte er alle Zeit der Welt, senkt er seinen Kopf und streicht dabei mit den Daumen so zärtlich über meine Wangen, dass meine Knie weich werden, noch bevor seine Lippen meine überhaupt berührt haben.

»Liam«, murmele ich mit rauer Stimme und stöhne unterdrückt, als er meinen Mund mit seinem verschließt.

Liams Zunge streicht über meine Unterlippe und die Schmetterlinge in meinem Magen schlagen ein weiteres Mal wild mit ihren Flügeln, als ich meinen Mund für ihn öffne und er den Kuss intensiviert. Der sinnliche Tanz, den unsere Zungen miteinander vollführen, lässt meinen Schoß pochen und sorgt dafür, dass sich in meinem Unterleib alles zusammenzieht.

Liam stöhnt rau, als ich meine Arme um seinen Nacken schlinge und mich noch enger an ihn schmiege. Ich kapituliere, kann einfach nicht genug von ihm bekommen und wünsche mir, dass dieser Kuss niemals endet. Immer hemmungsloser und leidenschaftlicher küssen wir uns und ich vergesse völlig, wo wir uns befinden, bis ich ein lautes Räuspern vernehme.

Liam und ich zucken simultan erschrocken zusammen und fahren auseinander, als ob wir uns verbrannt hätten. Mein Kopf arbeitet durch den Cannabis-Nebel langsamer. Irgendwie kommt mir der Mann, der Liam breit angrinst, vage bekannt vor.

Hochgewachsen, muskulös, attraktiv, glatzköpfig, über und über tätowiert, lauten meine Beobachtungen. Nur der Rückschluss fehlt. Stattdessen möchte ich lieber kichern. Und vielleicht noch einen Joint.

»Du und *knutschen*, Alter? Ernsthaft?«, zieht er Liam umgehend auf, doch der reagiert weder abwehrend noch relativierend.

»Manchmal. Immer mal was Neues ausprobieren, du weißt doch mit am besten, wie ich ticke«, windet er sich charmant aus der Situation.

Ich stehe hier allerdings immer noch wie ein Fragezeichen.

Liams Hand auf meinem unteren Rücken, die mich mit sanftem Druck dazu bringt, neben statt schräg hinter ihm zu stehen, löst ein Prickeln in meinem Nacken aus.

»Darf ich vorstellen: Cole, das ist Emilia, Emilia, das ist Cole.«

Verdammter Joint!

Während sich auf dem Gesicht meines Gegenübers Erkenntnis widerspiegelt, bin ich auf halber Strecke verloren gegangen. Cole … Cole … irgendetwas kommt mir auch da bekannt vor, aber ich komme einfach nicht drauf.

Liam hilft mir auf die Sprünge, indem er sich zu mir herunterbeugt und mir ins Ohr flüstert. »Caged Birds«, soufliert er und sein warmer Atem sorgt für eine anregende Gänsehaut, aber gleichzeitig wirken diese beiden Worte auch wie eine eiskalte Dusche.

Caged Birds?

Die Band, die als Vorgruppe auf der letzten *Gravity*-Tour dabei gewesen ist?

Die Band, die durch Amy und Ethan irgendwie mit

Gravity verschwägert ist?!

»Liam, dir ist aber schon klar, dass Logan dich in deine Einzelteile zerlegt, sollte er *das hier* herausfinden, oder?«, antwortet Cole trocken und lacht amüsiert, als ich bei der Erwähnung meines überfürsorglichen Cousins leise stöhne, während Liam ihm den Mittelfinger zeigt. »Keine Sorge, ich kann schweigen wie ein Grab.« Er zwinkert mir zu und das dunkle Timbre seiner Stimme lässt einen Schauer über meinen Rücken rieseln.

Irgendwie beschleicht mich das dumpfe Gefühl, dass ich ab jetzt in noch größeren Schwierigkeiten als ohnehin schon stecke. Nicht nur, dass Elle und Amy Bescheid wissen und mir mein verfluchtes Herz andauernd dazwischenfunkt, nein, jetzt muss uns auch noch ausgerechnet Cole hier erwischen?!

Ich sollte das als Zeichen werten, diesen Irrsinn mit Liam zu beenden. Auf der Stelle. Doch wider besseren Wissens kommt nichts dergleichen über meine Lippen.

»So viel zu *hier sieht uns keiner*«, murre ich und will mich von Liam lösen, doch der lässt das nicht zu.

»Cole, du hast nichts gesehen, richtig?«, wendet sich Liam, der offenbar lebensmüde ist, an unser Gegenüber.

»Ich? Was gab's denn hier zu sehen? Mein Name ist Hase«, verkündet Cole, wendet sich ab, verschwindet kurz um die Ecke und kommt dann wieder.

»Können wir jetzt dennoch irgendwo einen trinken gehen? Ich bin mir sicher, das ist harmlos und fällt unter das Cousinen-Ablenkungs-Programm, das Logan sich schon vor Wochen für dich ausgedacht hat.«

Cole grinst mich erwartungsvoll an und ich spüre Liams Blick auf mir ruhen.

Verdammt.

Dem *Caged-Birds*-Bassisten kann ich genauso wenig etwas abschlagen wie Liam. Ergeben nicke ich und rede mir ein, dass wirklich nichts dabei ist, mit den beiden

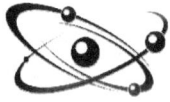
über den Kensington Market zu schlendern.

Warum fühle ich mich dann dennoch, als würde ich die Weichen für etwas Verbotenes stellen?

KAPITEL 7

Liam

Auf dem Bett sitzend beobachte ich Emilia dabei, wie sie sich anzieht. Das heute ist unser zweites Treffen seit unserem Ausflug auf den Kensington Market vor knapp zwei Wochen. Um zu verhindern, dass Logans Cousine gleich wieder zu einer menschlichen, um sich beißenden Polly mutiert, habe ich mich seither an ihre Regeln gehalten und sie beide Male in einem Hotel getroffen.

Emilias Blick trifft auf meinen und sie beginnt zu lächeln. Schmunzelnd zwinkere ich ihr zu und stehe auf, was sie eine Augenbraue heben und langsam zurückweichen lässt.

»Liam, ich muss in einer Dreiviertelstunde bei der Plattenfirma sein, um eure Bosse zu treffen«, fängt sie an und legt ihre Hand auf meinen Brustkorb, als ich bei ihr angekommen bin. »Wir haben keine Zeit für eine dritte Runde«, setzt sie nach und ihr Unterton klingt dabei so bedauernd, dass ich nicht anders kann, als schmutzig zu grinsen.

»Das Büro ist doch nur zwei Querstraßen von hier weg, das schaffst du easy in einer Viertelstunde. Ein Quickie ist auf jeden Fall machbar«, locke ich sie, doch Emilia schüttelt entschieden mit dem Kopf.

»Logan wird auch da sein und ich möchte nicht riskieren, dass ihm mein frisch durchgevögelter Zustand auffällt. Ich habe mich gerade wieder außenwelttauglich gemacht«, ermahnt sie mich und lacht heiser, als ich sie völlig unbeeindruckt mit meinem Körper gegen die Wand in ihrem Rücken drücke. »Ein *Nein* kannst du nur schwer akzeptieren, oder?«

Ich beuge mich zu ihr hinunter, bis unsere Lippen nur noch wenige Zentimeter trennen. Emilias Atmung geht zunehmend schneller und der Ausdruck in ihren Augen ist eindeutig. »Nicht, wenn so offensichtlich ist, dass du es nicht ernst meinst«, raune ich und drücke meinen Mund auf ihren, während ich meine Finger in ihrem Haar vergrabe.

Emilia stöhnt unterdrückt, schlingt ihre Arme um meinen Hals und erwidert meinen Kuss leidenschaftlich. Ich will sie gerade anheben und auf meinen Hüften absetzen, als ihr verfluchtes Smartphone auf der Kommode neben uns zu klingeln anfängt.

Mit einem Seufzen löst sie sich von mir und lächelt entschuldigend, ehe sie sich das Telefon schnappt und einen Blick auf das Display wirft. Ihr Gesichtsausdruck friert ein, bevor er sich binnen Sekunden wandelt. Der Schmerz, der sich auf ihrer Miene ausbreitet, lässt mich ahnen, wer am anderen Ende der Leitung ist. Zu meiner Überraschung nimmt Emilia das Gespräch an.

»Benedict«, begrüßt sie ihren Exfreund kühl und wendet sich von mir ab. »Was? … Nein … Ich will … Ben, das interessiert mich nicht.« Ich kann ihr Gesicht nicht mehr sehen, aber daran, wie sie ihre Schultern hochzieht und ihren Kopf hält, erkenne ich, wie verspannt sie plötzlich wieder ist.

Fuck.

Aber wieso tut sie sich das an?

Ich verstehe überhaupt nicht, warum sie mit diesem Penner auch nur ein einziges Wort wechselt.

»Das sind doch nur Lippenbekenntnisse«, seufzt sie. »Ehrlich, Ben, das führt zu nichts … Nein … Verdammt noch mal, es hat dir die vergangenen dreieinhalb Jahre nichts bedeutet, also tu jetzt nicht so, als würdest du … ich bin nicht allein … wir reden ein andermal darüber.« Mit jedem Wort ist ihre Stimme brüchiger geworden.

Sie legt auf und mein Magen krampft einmal, weil ihr letzter Satz in einer verfickten Endlosschleife in meinem

Kopf widerhallt.

Wir reden ein andermal darüber.

Ich will nicht, dass sie mit diesem Wichser je wieder ein Gespräch führt. Der bloße Gedanke daran, dass sie in Kontakt zu ihm steht, macht mich stinksauer. Bei dem Wort Exfreund und mit ihrer Vergangenheit bin ich von Funkstille ausgegangen.

Emilia dreht sich zu mir um und versucht sich an einem Lächeln, das ihr jedoch gründlich misslingt. »Es tut mir leid, dass du das mit anhören musstest«, entschuldigt sie sich und greift dann fahrig nach ihrer Handtasche auf der Kommode.

»Wieso sprichst du überhaupt mit ihm?«, frage ich sie und höre mich dabei so offensichtlich angefressen an, dass Emilia einen überraschten Laut ausstößt.

»Bist du etwa eifersüchtig?«, fragt sie mich verblüfft und ich erstarre, weil mir bewusst wird, dass ich exakt das bin.

Fuck.

Ich bin sowas von am Arsch und geliefert, wenn mir nicht schnell eine logisch klingende Erklärung einfällt.

Wie komme ich bloß aus der Nummer raus? Gebe ich meine Eifersucht jetzt zu, beendet Emilia das mit uns auf der Stelle. Also muss eine überzeugende Ausrede her.

»Quatsch. Aber als dein Freund finde ich es nicht gut, dass du weiterhin Kontakt zu ihm hältst. Meiner Meinung nach ist er nach allem, was er dir angetan hat, Gift für dich. Deine Cousins würde nichts anderes an meiner Stelle sagen.«

Sie macht einen Schritt auf mich zu und legt ihre Hand an meine Wange. »Ich bin ein großes Mädchen und kann auf mich selbst aufpassen. Deine Sorge ehrt dich, aber sie ist unnötig«, beruhigt sie mich.

Ich zwinge mich zu einem Lächeln und balle meine Hände zu Fäusten, um nicht aus der Haut zu fahren.

»Sicher kannst du das, aber als dein Freund lasse ich mich nicht daran hindern, dir zu sagen, wenn du meinem Eindruck nach einen Fehler machst. Und dich weiter auf Benedict einzulassen, ist ein Fehler.«

Emilias Gesichtsausdruck wird verschlossen und ich könnte mich selbst in den Arsch treten, weil ich so übers Ziel hinausgeschossen bin. »Ben und ich haben eine gemeinsame Vergangenheit, die du nicht einmal ansatzweise kennst. Du urteilst über Dinge, die du nicht nachvollziehen kannst.«

Halt dein Maul, ermahne ich mich, doch vergeblich.

»Er hat dich nach Strich und Faden belogen und betrogen, riskiert, dich mit einer Geschlechtskrankheit anzustecken. Allein diese zwei Fakten reichen mir, um mir ein Urteil zu erlauben«, schnauze ich sie an und ihre Gesichtszüge wechseln von verschlossen zu wütend.

»Ich habe keine Ahnung, warum ausgerechnet *du* glaubst, dir eine Meinung über Benedicts Fremdgehen anmaßen zu können!«, blafft sie mich an.

Wie bitte?!

»Du wirst unfair, Lia. Ich spiele mit offenen Karten. Immer!«, schieße ich zurück. »Ich habe Spaß an Sex, ich tobe mich gern aus, ja, aber ich hintergehe niemanden. Das habe ich auch noch nie!« Dass sie mich in einen Topf mit ihrem untreuen Ex wirft, macht mich stinksauer.

Emilias Miene wird höhnisch. »Du spielst *immer* mit offenen Karten? Und was war dann das mit Erica? *Sie* hat nicht gewusst, dass du dich spontan dazu entschieden hast, an ihrer Stelle mich zu vögeln!«, schnauzt sie und spießt mich mit ihrem Blick förmlich auf.

»*Du* hast auch keine Anstalten gemacht, sie von diesem Umstand in Kenntnis zu setzen, mal ganz abgesehen davon, dass dein Vergleich sowas von hinkt!«, kontere ich und frage mich gleichzeitig, *wie* absurd dieser Streit eigentlich noch werden kann.

Emilia wird rot, schließt kurz ihre Augen und schüttelt mit dem Kopf. »Das hier führt doch zu nichts.« Sie wirft einen Blick auf ihre Armbanduhr. »Außerdem muss ich sowieso los.« Sie tritt an mir vorbei und prüft ihr Äußeres in dem Spiegel über der Kommode.

Kurzentschlossen stelle ich mich hinter sie und lege einen Arm um ihre Taille. Sie verspannt sich und versucht, sich aus meiner Umarmung zu befreien.

»Lass uns nicht so auseinandergehen«, bitte ich sie ernst und drücke sie an mich. Emilia seufzt, dreht sich in meinem Arm zu mir um und schaut mich prüfend an.

Ich habe das noch nie jemandem gesagt und auch ihr gegenüber würde ich es auf Nachfrage wohl nicht eingestehen. Dazu bin ich zu sehr neben der Spur, weil mich meine Eifersucht eiskalt erwischt hat. Doch dieses Ritual, das ich von klein auf mit meinen Eltern gehabt habe, ist mir hier und jetzt mit Emilia wichtiger als je zuvor.

Meine Familie und ich sind niemals im Streit auseinandergegangen, und ebenso wenig möchte ich das nun mit ihr. »Ich mache mir nur Sorgen um dich. Als Freund«, beschwöre ich sie. »Kannst du mir das wirklich verübeln?«

Emilia schüttelt zögerlich mit dem Kopf, stellt sich auf die Zehenspitzen und drückt einen Kuss auf meinen Mund. »Es tut mir leid. Ich habe furchtbare Sachen gesagt, die ich nicht so gemeint habe«, flüstert sie zerknirscht und schmiegt sich an mich, als ich auch meinen zweiten Arm um sie lege.

Fuck.

Ich könnte sie ewig einfach nur so halten.

»Alles wieder gut zwischen uns?«, murmele ich und drücke einen Kuss auf ihren Scheitel, als sie nickt. »Klasse, ich hätte nur ungern auf unser lockeres

Arrangement verzichtet«, frotzele ich, um der Situation ihren Ernst zu nehmen, und lache, als Emilia mir auf die Brust boxt.

Mit einem Funkeln in den Augen sieht sie zu mir auf. »Ich auch nicht«, erwidert sie und lächelt dann bedauernd. »Aber jetzt muss ich wirklich los, sonst rastet Mr. Logan Oberpenibel Davenport aus, weil ich gleich zu meinem ersten Geschäftstermin mit der Plattenfirma zu spät komme.« Sie quietscht empört, als ich ihr einen Klaps auf den Arsch gebe. »Ich melde mich wegen unseres nächsten Treffens bei dir, okay?«

Ich nicke und blicke ihr nachdenklich hinterher, als sie das Hotelzimmer verlässt. Emilia möchte die Kontrolle behalten und so sehr ich auch ihre Beweggründe dafür nachvollziehen kann, mir reicht es. Es ist an der Zeit, ihr verfluchtes Regelwerk zu unterwandern - aber dafür brauche ich Hilfe. Stöhnend schnappe ich mir mein Handy und meine Lederjacke, sehe mich noch einmal um und verschwinde dann ebenfalls.

»Liam!«, begrüßt Elle mich überrascht, als sie die Haustür öffnet. »Alles okay?« Ihr Blick wird prüfend und besorgt, als ich mit dem Kopf schüttele.

»Ich brauche deine Hilfe«, antworte ich, während Elle mich fest umarmt und Polly sowie ihr Prinz Plüsch wild bellend an mir hochspringen. Logans Fußhupe und ihr von mir angeschaffter Partner sind außer Rand und Band und lassen sich erst durch ein scharfes ›Aus!‹ von Elle bremsen.

»Okay. Ich bin allerdings nicht allein«, erwidert sie und mein Arsch geht mir auf Grundeis. Logan sollte doch bei dieser verschissenen Besprechung mit der Plattenfirma sein! »Cole ist gerade hier«, setzt sie nach und ich atme erleichtert durch. »Wir waren auf Fototour und treffen jetzt eine Auswahl für meinen nächsten

Bildband.« Elle arbeitet seit kurzem an einem Fotoband über Torontos Jugendkultur, den sie im Auftrag eines Verlages erstellt. »Wenn dich seine Anwesenheit nicht stört«, fängt sie an und stockt, als ich mit dem Kopf schüttele.

Cole weiß sowieso über Emilia und mich Bescheid, und vielleicht ist eine weitere, männliche Meinung neben Elles nicht verkehrt. Vermutlich hätte ich eh in den nächsten Tagen mit ihm gesprochen. Cole und ich sind im Verlauf der letzten Tour Freunde geworden und quatschen ohnehin über nahezu alles, weil wir so auf einer Wellenlänge liegen. Ich folge Elle in die Küche und begrüße Cole mit einem Handschlag, ehe ich neben ihm am Tisch Platz nehme.

»Kaffee?«, fragt Logans Süße mich und ich nicke, um noch etwas Zeit zu schinden. Elle wird diesen Augenblick gleich sehr genießen, davon bin ich überzeugt. Sie stellt einen dampfenden Becher vor mich und setzt sich mir gegenüber. »Liam, muss ich dir jetzt jedes Wort einzeln aus der Nase ziehen, oder rückst du von allein mit der Sprache heraus?«, bohrt sie schließlich nach einigen Augenblicken nach und lacht, als ich seufze.

»Erinnerst du dich noch, wie du mir deine Hilfe angeboten hast?«, beginne ich, was Elle einen Moment lang verwirrt die Stirn runzeln lässt. »Dabei … also … du weißt schon«, drucke ich herum. Ich kann Logans Freundin förmlich ansehen, wie sie mit jedem gestammelten Wort neugieriger wird.

»Nein, ich weiß nicht, etwas konkreter musst du durchaus werden«, erwidert sie, lächelt aber so amüsiert, dass ich mir sicher bin, dass sie ahnt, in welche Richtung dieses Gespräch geht.

»Du hast mir mal vorgeschlagen, die Richtige für mich zu suchen«, rede ich weiter und nehme aus dem Augenwinkel wahr, wie Coles Kopf zu mir herumschießt. »Was wäre, also rein hypothetisch natürlich, wenn es die Richtige vielleicht schon gäbe? Es aber eben nicht so einfach wäre, weil … nun ja … das Drumherum so kompliziert ist?« Verfickte Scheiße, ich stottere herum wie ein verunsicherter und bis über beide Ohren verknallter Teenager. »Also noch einmal und nach wie vor rein hypothetisch: Was wäre, wenn ich meine Meinung, dass ich kein Kerl für nur eine Frau bin, revidieren würde? Steht dein Hilfsangebot noch?«

Elle sieht mich forschend an und fängt plötzlich breit zu grinsen an. »Wenn es um Emilia und dich geht, immer«, verkündet sie und mir fällt buchstäblich alles aus dem Gesicht.

»Du weißt es?!«, krächze ich und blicke wütend zu Cole, der nur abwehrend die Hände hebt.

»*Ich* habe ihr das nicht gesteckt, Alter!«, verteidigt er sich und Elle schnappt empört nach Luft.

»Woher weißt *du* denn davon?«, wendet sie sich an Cole, der ihr daraufhin ohne mit der Wimper zu zucken verrät, dass er Emilia und mich beim Knutschen auf dem Kensington Market erwischt hat.

»Und woher zur Hölle hast *du* es?«, nagele ich danach wiederum Elle fest, die mein stechender Unterton jedoch so gar nicht beeindruckt.

»Na, von Emilia selbst. Sie hat es Amy und mir am Morgen nach der Party verraten. Amy und ich haben ihr gut zugeredet, damit sie sich wieder mit dir trifft.« Mein Gehirn hat Probleme das soeben Gehörte zu verarbeiten.

Gibt es eigentlich irgendjemanden, der *nicht* über Lia und mich Bescheid weiß?!

»*Du* und Biddy?!«, ertönt plötzlich die Stimme von Chase hinter mir und lässt uns alle drei erschrocken zusammenfahren. »Logan und Ethan bringen dich um!«

Als ob mir das nicht selbst bewusst ist.

Totes, verscharrtes Tier kreist quasi nonstop in meinem

Kopf herum. In dieser Hinsicht benötige ich keine Klugscheißereien à la Chase.

»Das ist nicht hilfreich, Alter«, blaffe ich meinen Bandkollegen an. »Ich brauche Tipps, wie ich Emilia dazu bekomme, sich auf mich einzulassen. Wenn ich das geschafft habe, nehme ich das nächste Problem in Angriff.«

Chase seufzt und nimmt am Kopfende des Tisches Platz. »Dass ich das noch erleben darf. *Mr. Kein Mann für eine Frau* hat es erwischt«, verarscht er mich, grinst amüsiert und wird dann wieder ernst. »Emilia ist aber keine leichte Nuss. Ihren Schutzpanzer knackst du nur durch Beharrlichkeit.«

Elle und Cole geben zustimmende Laute von sich.

»Dir ist klar, warum Emilia dich ausgesucht hat, oder? Beziehungsweise was sie sich einredet?«, fragt Elle mich und ich bejahe zögerlich.

Was sie mir in dem Hotelzimmer an den Kopf geworfen hat, ist ziemlich eindeutig gewesen. »Sie wirft mich mit ihrem Ex in einen Topf, mit dem kleinen feinen Unterschied, dass sie glaubt, dieses Mal die Kontrolle zu haben und zu wissen, worauf sie sich einlässt.«

Chase lacht leise auf. »Das heißt also, wir müssen dich zu einer unbekannten Größe in ihrer Gleichung machen und gleichzeitig aufpassen, dass die Davenport-Brüder keinen Wind davon bekommen.«

Lia wird ihr Herz um jeden Preis schützen wollen und mich auf Abstand halten.

Und Logan und Ethan sind auch noch ein Problem. Der Gedanke, sie anzulügen, missfällt mir, aber ich sehe keinen anderen Weg. Mit meiner Vorgeschichte bin ich in ihren Augen sicher niemals gut genug für ihre Cousine.

Mir ist klar, dass ich nicht nur unsere langjährige Freundschaft, sondern auch *Gravity* aufs Spiel setze.

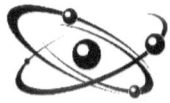
Bisher waren wir eine Einheit, die so leicht nichts auseinanderbringen konnte.

Was ein interner Zwist anrichten kann, haben wir alle mitbekommen, als Ethan und Logan vor der letzten Tour plötzlich nichts mehr miteinander zu tun haben wollten. Und auch dort war der Grund eine Frau.

Aber ich will eine Chance bei Emilia und das wird auch ohne die Einmischung der beiden Oberglucken schon schwierig genug. Wenn ich damit Erfolg habe, kann ich immer noch überlegen, wie ich den Brüdern diese Nachricht schonend beibringe.

KAPITEL 8

Emilia

Seufzend lasse ich mich erschöpft neben Logan auf die Couch fallen und kuschele mich an ihn, als er seinen Arm um mich legt.

»So schlimm?«, fragt er mich.

»Schlimmer.« Dass sich diese grässliche Wohnungssuche so schwierig gestalten würde, hätte ich nicht gedacht.

Ein Appartement ist heruntergekommener als das andere und so langsam zweifele ich, dass ich zeitnah etwas eigenes finden werde. Nicht, dass mir die Nestwärme, die ich bei Logan bekomme, nicht guttun würde, aber ich möchte seine Gastfreundlichkeit nicht überstrapazieren.

Davon abgesehen ist er so frisch mit Elle zusammen und sie haben nach all dem Stress der letzten Monate und ihrer kurzzeitigen Trennung etwas Privatsphäre verdient. Ich muss schmunzeln, Logan liegt Elle quasi ständig damit in den Ohren, dass sie ihre Wohnung endlich aufgeben und ganz zu ihm ziehen soll.

Im Grunde genommen hat er recht. Ihre getrennten Haushalte sind Quatsch, Elle ist eigentlich immer hier.

»Wenn du deine Hummel dazu bekommst, ihr Appartement zu kündigen, könnte ich es übernehmen«, sage ich eher im Scherz und bereue meine Worte in der gleichen Sekunde, weil Logan einen begeisterten Laut ausstößt.

»Fuck, Biddy, das ist es! Warum bin *ich* nicht darauf gekommen?!«, ruft er aus und drückt mich so fest, dass ich keine Luft mehr bekomme. »Ich werde an Elles Gewissen appellieren und ihr sagen, dass sie dir unbedingt helfen muss!«

Ich stöhne verzweifelt.

»Logan, sie wird damit nicht einverstanden sein, und außerdem kenne ich ihre Wohnung überhaupt nicht. Vielleicht gefällt sie mir ja gar nicht«, wende ich ein, doch er schüttelt nur mit dem Kopf.

»Ihre Bude ist ideal. Zentral gelegen, drei Zimmer, Küche, Bad und erschwinglich«, widerspricht er und sieht mich misstrauisch an, als ich zu ihm aufblicke und eine Augenbraue hebe. »Was?!«

»Das fragst du ernsthaft?«

Elle ist ähnlich fürsorglich wie Logan und hat mir mehr als einmal versichert, dass sie mich gern um sich hat und ich so lange hier wohnen kann, bis ich die perfekte Wohnung für mich gefunden habe.

»Sie wird denken, dass du mich quasi vor die Tür setzt, um deinen Willen zu bekommen«, setze ich trocken nach und mein Cousin sackt ein bisschen in sich zusammen.

»Aber so ist es doch gar nicht. Küken, du kannst hier so lange bleiben, wie du möchtest. Das weißt du doch, oder?«, antwortet er und klingt derart zerknirscht, dass ich ihn schnell umarme.

»Das weiß ich, Großer«, versichere ich ihm. »Ehrlich. Ich fühle mich wohl und die ersten Wochen zurück in Kanada nicht allein zu sein, hat mir gutgetan.«

Das und … Liam. Beim Gedanken an ihn rieselt ein Schauer über meine Wirbelsäule.

»Nur so langsam wird es Zeit … ich lebe seit Monaten praktisch aus dem Koffer und hätte gerne wieder was Eigenes.«

Logan verwuschelt mir die Haare.

»Das sagst du jetzt nicht nur, um mich zu beruhigen, oder?«, hakt er mit einem skeptischen Unterton nach.

»Garantiert nicht«, zerstreue ich seine Zweifel. »Heute Nachmittag habe ich noch einen weiteren Termin. Wenn der ähnlich katastrophal wie die letzten läuft, darfst du mit Elle *vorsichtig* darüber sprechen.« Logan beginnt zu grinsen. »Sprich mir nach: *Vorsichtig*!«, tadele ich ihn.

»Himmel, man sollte meinen, dass Bumblebee vor Begeisterung im Dreieck springt, weil ich mit ihr zusammenleben möchte. Stattdessen muss ich einen verfickten Eiertanz aufführen. Wann ist das eigentlich so kompliziert geworden? Ich dachte, ihr Weiber wünscht euch nichts mehr, als mit eurem Kerl unter einem Dach zu wohnen?!«, meckert er und schnaubt empört, als ich ihm auf die Brust boxe.

»Bring das so romantisch bei Elle an und du kannst dir bis ins nächste Jahr hinein abschminken, dass sie zu dir zieht!«, ermahne ich ihn und lache über seinen entsetzten Gesichtsausdruck.

»Ausgeschlossen! Bis Jahresende *muss* sie bei mir wohnen! Du weißt, was dann ist!«, mault er und knufft mich in die Seite, als ich zu kichern anfange.

»Hast du dich eigentlich bereits geoutet, was deine spezielle Leidenschaft für di…«, necke ich ihn und werde von seiner Hand auf meinem Mund gestoppt, weil die Haustür aufgeschlossen wird und Elle kurz darauf nach ihm ruft.

»Nein! Sowas muss sorgfältig vorbereitet werden!«

Beinahe panisch blickt er seiner Freundin entgegen, die leicht außer Atem und mit beiden Hunden im Schlepptau das Wohnzimmer betritt.

»Wie war das Gassi gehen?!«, fragt er sie und Elle, die sich gerade gebückt hat, um Polly und Gizmo abzuleinen, hält in der Bewegung inne.

»Ähm … wie immer?!« Stirnrunzelnd und leicht ungläubig blickt sie Logan an. »Seit wann fragst du mich sowas?«, setzt sie verwirrt nach und lacht, als ich mir an die Stirn tippe und dann auf Logan deute.

»Ich glaube, er ist gerade neben der Spur, weil ich ihm verkündet habe, dass ich mich nach meinen eigenen vier Wänden sehne«, springe ich für meinen Cousin in die Bresche.

Elles Gesichtsausdruck wird weich und sie setzt sich zu Logan auf die Lehne, nachdem sie die Hunde von ihrer Leine befreit hat. Sie streicht ihm mit einer zärtlichen Geste das Haar aus der Stirn, beugt sich zu ihm und drückt einen Kuss auf seinen Mund.

»Ich weiß, du kannst schwer loslassen, aber Emilia macht einfach nur den nächsten Schritt«, murmelt sie und Logan brummt ein wenig verdrossen.

Elle lacht und fixiert mich dann mit ihrem Blick. »Du weißt aber, dass du bleiben kannst, so lange du willst, ja?«

Logan seufzt. »Das habe ich Biddy auch bereits versichert.«

Ich schmunzle, weil er schon wieder über mich spricht, als wäre ich nicht anwesend. »Macht euch keine Gedanken, natürlich ist mir das bewusst«, nehme ich den Beiden ihre Sorge und erhebe mich dann. »Ich muss noch ins Label, ein paar Dinge abklären, von dort aus fahre ich dann direkt zur Wohnungsbesichtigung.«

Ich zögere kurz, springe dann jedoch über meinen Schatten. »Würdest du mich vielleicht begleiten, Elle? Natürlich nur, wenn du Zeit hast und es einrichten kannst.«

Die letzten Termine habe ich alleine absolviert und irgendwie wäre es zur Abwechslung mal nett, jemanden mit dabei zu haben und eine zweite Meinung zu hören.

Elle lächelt.

»Klar, das mache ich gerne. Wann und wo treffen wir uns?«

Ich nenne Logans Freundin Ort und Uhrzeit und verabschiede mich anschließend von den Zweien, jedoch nicht, ohne meinem Cousin vorher noch einen warnenden Blick zu schenken.

Sollte er es wagen, seine Pläne Elle zu unterbreiten,

bevor ich diese Wohnung besichtigt habe, kann er sich warm anziehen.

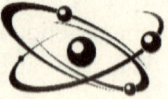

KAPITEL 9

Emilia

Leicht abgehetzt haste ich auf das Wohngebäude zu, in dem sich mein potentielles neues Appartement befindet und runzele die Stirn, weil ich Elle nirgends entdecken kann. Eigentlich ist sie pünktlich und zuverlässig, aber wie mir ein Blick auf die Uhr verrät, hat sie auch noch fünf Minuten.

»Lia«, lässt mich wenige Sekunden später eine mir mittlerweile nur zu vertraute Stimme zusammenfahren. Ich drehe mich langsam um und gucke entgeistert in Liams Gesicht. »Elle hat mich gebeten, sie zu vertreten. Ihr ist ein Last-Minute-Auftrag dazwischen gekommen«, erklärt er und zieht sein Cap noch etwas tiefer in die Stirn.

Wie bei unserem Ausflug auf den Kensington Market hat er sich mit einer Sonnenbrille sowie einem Baseball-Cap getarnt, um nicht sofort erkannt zu werden.

»Und dir ist nicht in den Sinn gekommen, dass ich dich nicht dabei haben möchte?«, blaffe ich ihn ohne jede Begrüßung an und spüre, wie meine Wangen gleichzeitig warm werden, weil ich mich schon wieder so zickig benehme. Dass Elle mir nicht mal selbst abgesagt, sondern einfach Liam vorbeigeschickt hat, macht mich zusätzlich stinkig. Ich fühle mich hereingelegt.

»Doch. Natürlich«, verkündet Liam unbeeindruckt und beugt sich mit einem leisen Lachen näher zu mir. »Aber dich muss man zu deinem Glück zwingen, also habe ich mich davon nicht abhalten lassen«, murmelt er und legt eine Hand an meine Wange, was mein Herz einmal stolpern und dann schneller weiterschlagen lässt.

»Liam«, ermahne ich ihn und verteufele mich, weil

meine Stimme viel zu wackelig klingt und verrät, wie es gerade in mir aussieht. »Wir hatten eine klare Abmachung, und du brichst *schon wieder* die Regeln«, setze ich etwas fester nach und lege meine Hand auf seinen Brustkorb, um ihn von mir zu schieben.

Doch Liam, dieser gerissene Schuft, nutzt den Umstand, um nach meinen Fingern zu greifen und sie mit seinen zu verschränken. Mein Pulsschlag verdoppelt sich gefühlt noch einmal, als er mit dem Daumen über meinen Handrücken streichelt.

»Es muss auch anders gehen«, widerspricht er. »Ich bin kein Typ für starre Richtlinien, das weißt du. Außerdem bin ich als dein Freund hier, und dass du einen gebrauchen kannst, haben wir bereits festgestellt.« Er zieht seine Sonnenbrille kurz von der Nase und zwinkert mir zu, ehe er mich anguckt wie ein zuckersüßer, harmloser Hundewelpe.

Ich will wütend auf ihn sein.

Wirklich.

Aber verdammt, wenn er seinen Charme ausspielt und mich so ansieht, kann ich das nicht.

»Das ist unfair«, kontere ich zugegebenermaßen ziemlich lahm und wirke noch zusätzlich unglaubwürdig, weil ich mir ein kleines Lächeln nicht verkneifen kann.

»Ach komm schon, du wirst keinen Unterschied zu Elle merken«, beschwört er mich, schiebt die Sonnenbrille wieder zurück und zieht mich an seine Seite. »Wenn mich nicht alles täuscht, kommt da deine Maklerin, oder?«, flüstert er mir zu und ich gebe meine Anstrengungen, etwas Abstand zwischen uns zu bringen, auf.

Ein Blick nach links verrät mir, dass sich uns tatsächlich Ms. King, die Immobilienmaklerin, die ich engagiert habe, nähert.

»Miss Davenport, entschuldigen Sie meine

Verspätung«, begrüßt sie mich und schnauft dabei wie eine alte Dampflok.

Ms. King ist um die Fünfzig, leicht übergewichtig und trägt ihre grauen Haare wie bei jedem unserer bisherigen Termine in einem strengen Knoten. Ihr Kostüm ist heute taubenblau und praktisch faltenfrei, obwohl sie vermutlich bereits den ganzen Tag unterwegs ist.

Interessiert mustert sie Liam und sieht dann wieder mich an. »Kein Problem, Ms. King. Das ist …«, fange ich an, doch er unterbricht mich.

»Liam Ash, Emilias Lebensgefährte«, kürzt er seinen Nachnamen ab, als er sich meiner Maklerin vorstellt, und mir klappt die Kinnlade hinunter.

Bitte was?!

Mein Lebensgefährte?!

Liam *Ash*?! *Arsch* wäre gerade deutlich passender.

Was reitet ihn nur, sich als mein fester Freund zu präsentieren?!

Ms. King gibt ein verzücktes Quietschen von sich, dass eher an einen Teenager als an eine gestandene Frau erinnert. »Oh, wie schön, Sie kennenzulernen. Miss Davenport hat mir gar nichts von Ihnen erzählt!« Tadelnd blickt sie mich an und ich setze ein entschuldigendes Lächeln auf.

»Unsere Beziehung ist noch ganz frisch«, rechtfertige ich mich, ohne dass ich es will.

»So frisch aber auch nicht mehr, meine Schöne«, mischt sich Liam ein und mein Bedürfnis, ihm einen kräftigen Schlag auf den Hinterkopf zu verpassen, wächst sekündlich.

Was denkt er sich bloß?!

Wunderbar.

Ms. King wird mich bei jeder künftigen Besichtigung damit nerven.

Falls dieses Appartement nichts ist, darf Logan

definitiv seinen Plan, Elle davon zu überzeugen, dass sie endlich ganz zu ihm zieht und mir ihre Wohnung überlässt, in die Tat umsetzen.

»Wollen wir?« Fragend sieht mich die Maklerin an und lächelt zufrieden, als ich nicke. »Eines kann ich jedenfalls schon sagen: Diese Wohnung wäre auch ideal für ein Paar.«

»Das klingt toll, Ms. King«, raspelt Liam an meiner Seite Süßholz, während wir den Fahrstuhl betreten. Er nimmt seine Sonnenbrille ab und steckt sie in die Außentasche seiner Lederjacke. »Lia und ich haben zwar noch nicht übers Zusammenziehen gesprochen, aber darauf sollten wir definitiv achten bei der weiteren Suche.«

Wer ist dieser Typ und was hat er mit Liam Ashby gemacht?!

Im dreiundzwanzigsten Stock angekommen verlassen wir die Aufzugkabine und folgen der Maklerin bis an das Ende des Flurs.

»Sie hätten hier nur zu Ihrer Linken einen direkten Nachbarn«, plappert Ms. King, während sie die Tür aufschließt. »Aber das Haus ist sehr gut isoliert, sodass sie beruhigt sein können. Von den normalen Lebensgeräuschen Ihrer Mitmieter bekommen Sie nichts mit«, redet sie weiter und lässt uns an sich vorbei eintreten.

»Gut zu wissen«, raunt Liam mir zu und ich erschauere, weil seine Lippen mein Ohrläppchen streifen.

Diese Arschgeige.

Ich bringe Elle um.

Mittlerweile glaube ich nicht mehr wirklich, dass sie tatsächlich einen Auftrag hat.

Elle und auch Amy wollten mich so unbedingt mit Liam verkuppeln, dass sie das hier garantiert mit voller Absicht eingefädelt hat.

»Der letzte Mieter hat diesen Raum als Büro genutzt, aber es wäre auch ein ideales Kinderzimmer«, preist Ms. King die Wohnung weiter an und lächelt breit, als ich mit einem alarmierten Gesichtsausdruck zu ihr sehe. »Man kann nie weit genug im Voraus planen.«

Liam neben mir räuspert sich vernehmlich, legt seinen Arm um meine Taille und drückt einen zärtlichen Kuss auf meine Lippen, als ich mich zu ihm wende. »Da haben Sie sicher Recht, Ms. King.«

Dieser …!

»Kein Unterschied zu Elle, hm?! Das wirst du mir büßen«, säusele ich nahezu tonlos und sein Lächeln wird für einen kurzen Augenblick schmutzig.

»Es wird mir ein Vergnügen sein, Lia«, flüstert er und sieht mich so intensiv an, dass meine Knie weich werden.

»Hach, Sie zwei sind einfach Zucker zusammen. So offensichtlich frischverliebt, dass es die reine Freude ist, Sie anzuschauen!« Ms. King klatscht begeistert in die Hände und blickt abwechselnd Liam und mich an.

Wieso bekommt der Beziehungsphobiker neben mir bei ihren Worten eigentlich keinen Anfall und ergreift die Flucht?!

Weshalb zieht Liam diese Scharade ab und gibt sich als mein Freund aus? Freiwillig!

Langsam aber sicher beschleicht mich das dumme Gefühl, dass ich einen gewaltigen Fehler gemacht habe, als ich mir ausgerechnet den *Gravity*-Keyboarder ausgesucht habe, um mein neues, abgebrühtes Ich auszuleben.

Liam ist mir als eine sichere Kiste erschienen.

Jemand, den ich aufgrund seiner eigenen Einstellung zu Frauen im Allgemeinen und Beziehungen im Besonderen in eine Schublade stecken kann.

Der mir nicht gefährlich wird. Insbesondere der letzte Gedanke war geradezu fahrlässig angesichts meiner früheren Schwärmerei für Liam.

Geistig nur halb anwesend folge ich der Immobilienmaklerin und meinem *Lebensgefährten* in das nächste Zimmer. Innerlich völlig aufgewühlt entziehe ich Liam meine Finger und bringe etwas Abstand zwischen uns. Doch dieser hinterlistige Mistkerl lässt sich auch dadurch nicht davon abhalten, umgehend wieder zu mir aufzuschließen und sich meine Hand erneut zu schnappen.

Ms. King seufzt hingerissen, als er meine Finger an seine Lippen zieht und einen Kuss auf meinen Handrücken haucht. Noch ein Opfer des Liam-Effekts.

Ich stehe so neben mir, dass erst wieder Leben in mich kommt, als wir die winzige Küche betreten. »Das ist ein No-Go!«, verkünde ich und befreie mich ein weiteres Mal von Liam.

Ich brauche eine vernünftige Küche und das habe ich Ms. King bereits mehr als einmal gesagt. Wenn mich etwas stresst oder ich abschalten muss, backe ich für mein Leben gern und dafür benötige ich ausreichend Platz.

Liam tritt neben mich und verschränkt seine Finger ungeniert wieder mit meinen, was mich zum Schmunzeln bringt. Meine Mission, sauer auf ihn zu sein, scheitert in diesen Sekunden endgültig.

»Es tut mir leid, Ms. King, aber wir kommen hier definitiv nicht zusammen«, wende ich mich mit einem bedauernden Tonfall an meine Maklerin.

Liam streichelt wieder mit dem Daumen über meinen Handrücken und jagt so einen mich kribbelig machenden Schauer nach dem anderen über meinen Rücken.

Ms. King seufzt enttäuscht und zieht die Schultern hoch. »Ich habe es schon befürchtet, wollte Ihnen die Wohnung aber dennoch zeigen, weil ich gehofft habe, dass die übrigen Vorzüge Sie über die unzureichende

Küche hinwegtrösten.« Ich schüttele entschieden mit dem Kopf. »Dann werde ich weiter suchen und mich wieder bei Ihnen melden.« Gemeinsam mit meiner Maklerin verlassen wir das Appartement und machen uns wieder auf den Weg nach unten.

Vor dem Gebäude angekommen verabschiedet Ms. King sich von uns. Liam hält mich zurück, als ich mich von ihm lösen und ebenfalls verschwinden möchte.

»Ich habe Hunger. Um die Ecke ist ein Steak House.« Ohne mich überhaupt zu fragen, ob ich mit ihm essen gehen möchte, zieht er mich hinter sich her und seufzt, als ich mich ihm mit meinem Gewicht entgegenstemme. »Lia, müssen wir eigentlich jedes Mal wieder bei Null anfangen?« Er wirft mir über seine Schulter hinweg einen unergründlichen Blick zu.

»Bei Null anfangen? Wie meinst du das?«, frage ich wider besseren Wissens nach.

»Du lässt dich von mir mitzerren wie ein störrisches Maultier, um es mal vorsichtig zu formulieren. Dabei machen wir doch nicht das erste Mal etwas als Freunde zusammen«, entgegnet er und bleibt so abrupt stehen, dass ich trotz meines Widerstands gegen ihn pralle.

»Was bist du denn jetzt? Mein Lebensgefährte, mein platonischer Freund oder doch nur der Typ, der mich auf Abruf fickt?! Ich komme da gerade nicht mehr mit!«, blaffe ich ihn an und verziehe schuldbewusst das Gesicht, weil ich ihn so anzicke.

»Was immer du mich sein lässt«, flüstert er und lächelt dann verschmitzt. »Wobei … der Typ, der dich auf Abruf fickt, steht heute nicht zur Verfügung.« Er zwinkert mir zu. »Der platonische Freund allerdings schon.« Abwartend mustert er mich, bis ich einknicke.

»Okay, ich habe auch Hunger.« Wie zur Bestätigung knurrt mein Magen deutlich vernehmbar. »Aber danach fahre ich zurück zu Logan. Kein Hotelzimmer.«

Liam lacht, drückt meine Hand und zieht mich erneut mit sich. »Wie gesagt, Sex bekommst du von mir dieses Mal eh nicht.« Er öffnet die Tür zum Steak House und lässt mich an sich vorbei eintreten.

Meine Instinkte raten mir zur Flucht, weil Liam mir auf mehr als einer Ebene langsam aber sicher gefährlich wird, doch gleichzeitig fühle ich mich wie magisch angezogen von ihm und möchte jede Sekunde mit ihm auskosten.

Wie konnte ich mich bloß in eine derart beschissene Lage manövrieren und wo ist eigentlich mein neues, abgeklärtes Ich, wenn ich es brauche?!

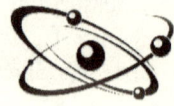

KAPITEL 10

Liam

Ich schließe zu Emilia auf und lege einen Arm um ihre Taille, während die Tür des Steak House hinter uns zufällt. Sie verspannt sich kurz und ich unterdrücke ein Seufzen. Dass sie jedes Mal wieder so in Abwehrstellung geht und versucht, mich wegzuschubsen, nagt an mir. Ich weiß, dass es an ihrem verschissenen Ex liegt, aber es nervt mich, dass sie mich unbewusst mit ihm in einen Topf wirft.

»Was ist, wenn uns hier jemand sieht?«, wispert Logans Cousine und schenkt mir einen fragenden Seitenblick. »Was sagen wir dann?«

»Das Naheliegendste. Wir haben uns zufällig getroffen und spontan entschieden, gemeinsam was essen zu gehen, immerhin kennen wir uns schon viele, viele Jahre«, erwidere ich gelassen und lächele, als sie leise stöhnt.

»Ein Tisch für Zwei?«, fragt die herbeieilende Kellnerin und ich nicke.

»Ist noch eine der Nischen im hinteren Bereich frei?«, hake ich nach.

Die Bedienung bejaht und führt uns in den rückwärtigen Teil des Restaurants.

»Hier entdeckt uns sicher niemand«, raune ich Emilia zu.

Ich rücke ihr den Stuhl zurecht und lasse sie Platz nehmen, ehe ich mich ihr gegenüber setze.

Die Angestellte reicht uns die Karten, nimmt unsere Getränkebestellungen entgegen und entfernt sich anschließend. Nachdenklich betrachte ich Emilia, die ihrerseits angestrengt in der Speisekarte liest und mehrfach die Nase kräuselt.

Dass sie mich vorhin zu Beginn des Besichtigungstermins so abgekanzelt hat, beschäftigt mich. Ihre verbalen Signale passen nicht zu den nonverbalen, die sie gleichzeitig aussendet.

Irgendwann sieht Emilia auf und hebt eine Augenbraue, als unsere Blicke aufeinandertreffen.

»Du hast deine Karte nicht mal aufgeschlagen, Mr. *Ich habe Hunger*«, tadelt sie mich.

Ich zwinkere ihr zu. »Ich weiß, was ich will«, antworte ich anschließend ernst und sehe Nervosität sowie einen Hauch von Unsicherheit in ihren Augen aufflackern.

Ihr ist bewusst, dass ich nicht nur vom Essen rede, dessen bin ich mir sicher. Emilia senkt ihre Lider und weicht mir so aus, aber ich bin nicht gewillt, ihr das noch viel länger durchgehen zu lassen. Ehe ich etwas sagen kann, kommt jedoch die Bedienung mit unseren Getränken und fragt anschließend, ob wir bereits gewählt haben.

»Die Dreiundvierzig«, ordere ich mein Lieblingsgericht.

»Ich schließe mich an«, überrascht Logans Cousine mich und grinst, als ich sie verblüfft anstarre. »Was? Ich mag Mahlzeiten mit einer vernünftigen Portionsgröße und du bist nicht der Einzige, der Hunger hat!«, verteidigt sie sich.

Schweigen legt sich über unseren Tisch, nachdem die Kellnerin uns wieder allein gelassen hat. Emilia nimmt einen großen Schluck ihrer Cola und als sie ihr Glas abstellt, kann ich nicht widerstehen und greife nach ihrer Hand.

»Erzählst du mir von deiner Zeit in London?«, bitte ich sie und verschränke meine Finger mit ihren.

»Da gibt es nicht viel zu berichten«, wehrt sie ab und scheint tatsächlich zu glauben, dass ich sie so einfach vom Haken lasse.

»Du bist fast vier Jahre dort gewesen«, wende ich ein. »Ich bin mir sicher, dass du eine Menge erlebt hast.«

Ihr Blick wird kühl. Mittlerweile kenne ich sie so gut, dass ich weiß, dass sie wieder versucht, ihre Maske zurechtzurücken, mit der sie alles und jeden aussperrt.

Ganz besonders mich.

»Ich habe bis zum Umfallen gearbeitet, um Benedict zu unterstützen. Von England im Allgemeinen beziehungsweise London im Speziellen habe ich kaum was anderes als Event-Locations gesehen.«

Ich runzele fragend die Stirn. »Um Benedict zu unterstützen?« Logan hat nichts in der Art erwähnt.

Emilia seufzt und sieht zur Seite. »Seine Firma lief nicht so gut wie erwartet, also habe ich unseren Lebensunterhalt bestritten und dafür gesorgt, dass er weder sein Haus noch seine Agentur verliert.« Sie guckt direkt zu mir und der traurig-resignierte Ausdruck in ihren Augen bringt mich um den Verstand. »Schön blöd, hm? Während ich mein Möglichstes getan habe, um *seinen* Lebenstraum zu retten, hat *er* alles gefickt, was ihm vor seinen Schwanz lief.« Sie zuckt mit den Schultern. »Aber ich kann das verstehen. Ich war kaum zu Hause, und wenn ich mal da war, war ich todmüde und hatte keine Lust auf Sex.« Ihre Stimme ist zynisch und so kalt, dass mir ein Schauer über den Rücken läuft. »Ihr seid halt auch nur Kerle, richtig? Sex ist ein Grundbedürfnis, oder? Was hätte er machen sollen?«

Sie verstummt, weil die Restaurantangestellte unser Essen bringt. Ich warte, bis die Kellnerin wieder außer Hörweite ist, ehe ich ihr darauf antworte.

»Emilia, mir ist klar, wie sehr er dich verletzt und dir wehgetan hat, aber ich wäre dir wirklich dankbar, wenn du mich nicht quasi nonstop mit ihm auf eine Stufe stellen würdest.« Ich suche ihren Blick und sehe sie eindringlich an. »Ich würde nie einer Frau antun, was er dir angetan hat«, setze ich bestimmt nach und schüttele mit dem Kopf, als sie ihren Mund öffnet. »Mir ist bewusst, dass es Zeit brauchen wird, bis du mir glaubst und vertraust.«

Emilia vergräbt ihr Gesicht kurz in ihren Händen, stützt ihr Kinn dann auf und ein Ausdruck von Unglaube huscht über ihr Gesicht.

»Aber … du … du hast nie was anbrennen lassen«, wispert sie schließlich kaum hörbar und blickt dann zur Seite.

»Ja. Aber mit einem entscheidenden Unterschied«, korrigiere ich sie und warte, bis sie wieder zu mir schaut. »Ich bin nie in einer Beziehung gewesen und jede Frau hat gewusst, was sie bekommt und was nicht. Ich war nie unfair oder habe sie belogen.« Ich lehne mich vor, greife nach ihrer Hand und wäge meine nächsten Worte sorgfältig ab. »Wir beide wissen, warum du dich auf mich eingelassen hast.«

Emilia schnappt nach Luft, nickt dann aber zögerlich. »Wie das klingt …«, murmelt sie und wird ein wenig rot.

Ich zwinkere ihr zu.

»Es tut mir leid, dich enttäuschen zu müssen, aber ich bin nicht gewillt, die mir von dir zugedachte Rolle länger zu spielen.« Ihre Augen weiten sich überrascht. »Du musst dich entscheiden, meine Schöne. Auf volles Risiko gehen oder aussteigen?«

Fuck, wo kam das denn jetzt her?!

Ein Ultimatum habe ich ihr eigentlich nicht stellen wollen.

Was mache ich, wenn ihre Wahl zu meinen Ungunsten ausfällt und ich damit raus aus dem Spiel bin, bevor es überhaupt richtig begonnen hat?!

Na, für den Fall wird Elle hoffentlich eine zündende Idee haben.

So oder so, von einem *Nein* lasse ich mich gegebenenfalls nicht beeindrucken. Emilia kämpft nach wie vor mit den praktisch nie verheilten Wunden aus ihrer letzten Beziehung, ich wäre ein Idiot, wenn ich mich deswegen so schnell geschlagen geben würde.

Ich wusste, was mich erwartet. Lia ist diejenige von uns, die davon überrascht wurde.

»Volles Risiko«, flüstert sie und ich kann nicht anders, als breit zu grinsen.

Emilia Davenport lässt tatsächlich ihre Mauern ein wenig hinunter und mich hinein.

»Gut, dann sollten wir über deine Regeln sprechen«, presche ich weiter vor.

Emilia hebt eine Augenbraue, kann sich ein Schmunzeln aber nicht so ganz verkneifen.

»Du solltest nicht allzu übermütig werden, Liam Ashby«, ermahnt sie mich und greift anschließend nach ihrer Gabel.

Sie deutet auf unser Essen. »Können wir jetzt zu essen anfangen? Ich bin langsam wirklich buchstäblich am Verhungern.«

Immer noch grinsend lasse ich ihre Hand los und schnappe mir meinerseits das Besteck. »Können wir.«

Ich schaufele eine große Portion in meinen Mund. »Ach ja, Cole und ich sind nachher noch auf einen Drink verabredet. Kommst du mit?«, frage ich sie zwischen zwei Bissen und schüttele mit dem Kopf, als ich die sich abzeichnende Abwehr auf ihrem Gesicht wahrnehme. »Gib dir einen Ruck, das wird super. Ein schöner, entspannter Abend unter Freunden.«

Emilias Miene ist nach wie vor leicht zweifelnd, aber schließlich nickt sie.

»Also gut, ein paar Drinks werden mich sicher nicht umbringen.« Sie kichert, als ich ein empörtes Schnauben ausstoße.

»Etwas mehr Begeisterung bitte«, tadele ich sie.

Emilia lacht amüsiert und setzt dann einen übertrieben fröhlichen Gesichtsausdruck auf. »Besser so?«, fragt sie mich und zuckt zusammen, als ich meine Hand ausstrecke und ihr kurz über die Wange streiche.

»Viel besser«, erwidere ich lächelnd.

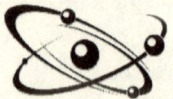

KAPITEL 11

Emilia

Immer noch leicht skeptisch folge ich Liam in das Innere des *Recovery*, einer sehr exklusiven Bar mit einer gehobenen Klientel. Geschmackvolle Sitzgruppen aus hellen Sesseln und Bänken sowie dunklen Teakholztischen sind großzügig über den Raum und in diversen Nischen verteilt. Leise Musik dringt aus den Deckenlautsprechern und gedämpftes Licht sorgt dafür, dass man sich nicht ständig wie auf dem Präsentierteller fühlt.

Diskretion und Verschwiegenheit sind hier selbstverständlich, aber dennoch habe ich ein wenig Sorge, dass meine Cousins hiervon Wind bekommen könnten. Ich zupfe an Liams Jackenärmel und bringe den *Gravity*-Keyboarder so dazu, stehenzubleiben und sich zu mir umzudrehen.

»Was ist, wenn Logan oder Ethan hier herumschwirren?«, frage ich ihn zaghaft.

Liam hebt eine Augenbraue und beugt sich zu mir. »Logan macht mit Elle einen auf Couch-Potato. Ethan und seine Süße sind ganz spießig bei ihrem Dad zum Essen.« Er zwinkert mir zu. »Entspann dich, Lia. Immer dran denken: Nur ich ende als totes, verscharrtes Tier, nicht du, wenn die beiden das mit uns herausbekommen.«

Ich muss bei seinen Worten leise auflachen. »So schlimm sind die zwei auch nicht«, verteidige ich meine Cousins, doch Liam stößt nur ein Schnauben aus.

»Schlimmer. Wenn es um dich geht, verstehen sie keinen Spaß, das hat vor allem Logan sehr deutlich gemacht. Das mit dem toten verscharrten Tier ist übrigens ein wörtliches Zitat deines älteren, obergluckenhaften Cousins.« Er streicht mir sanft eine Haarsträhne aus dem Gesicht und beugt sich dann zu mir hinunter. Sein Mund streift über meinen und ich erschauere angesichts dieser für Liam so typischen und zärtlichen Geste. »Aber das Risiko gehe ich ein. Selbst wenn ich wollte, ich könnte nicht mehr zurück«, murmelt er und gibt mir einen kurzen, intensiven Kuss, bevor er sich umdreht und weiter Ausschau nach Cole hält.

Seine Worte in Verbindung mit seinem Kuss machen meine Knie weich und lassen die Schmetterlinge in meinem Bauch mit den Flügeln schlagen.

Wieder einmal.

Verflucht.

Liam sagt und tut genau die richtigen Dinge. Er gibt mir das Gefühl, dass ich ihm etwas bedeute. Dass es ihm nicht nur um Sex geht, sondern dass er mehr möchte. Ich ermahne mich, nicht zu viel in sein Verhalten hineinzuinterpretieren und mein Herz zu schützen - doch ist es dafür nicht vielleicht längst zu spät?

Genervt von mir selbst schüttele ich kurz den Kopf. Ich beschließe, das zu tun, wofür wir hergekommen sind, statt mich den gesamten Abend mit meinem tiefverwurzelten Misstrauen, an dem nur Benedict Schuld ist, zu beschäftigen.

Abschalten.

Spaß haben.

»Wo hat der Penner sich denn bloß verkrochen?«, mosert Liam und scannt die Bar weiter auf der Suche nach Cole. Wenige Sekunden später entdecke ich seinen Kumpel.

»Da hinten ist er«, wispere ich und deute auf eine der Nischen im rückwärtigen Bereich.

Liam nimmt wie selbstverständlich meine Hand und führt mich durch die Bar bis zu Cole, der sich erhebt und erst mich und dann Liam begrüßt. Cole macht eine auffordernde Handbewegung und bringt mich so dazu, Platz zu nehmen und auf der halbrunden Bank etwas durchzurutschen, damit auch er sich setzen kann. Liam zwinkert mir zu und lässt sich auf meiner anderen Seite nieder, sodass ich von beiden Männern eingerahmt werde.

Aus irgendeinem Grund macht mich dieser Umstand nervös und kribbelig.

Cole mit seinen Tattoos, seinem kahlrasierten Kopf und seiner imposanten Körpergröße lässt mich nicht kalt, das habe ich schon bei unserem zufälligen Treffen auf dem Kensington Market festgestellt. Er löst nicht die gleichen Empfindungen wie Liam in mir aus, aber ich kann nicht leugnen, dass er eine gewisse Wirkung auf mich hat.

»Was möchtest du trinken?«, dringt Coles markante Stimme in mein Ohr und unwillkürlich jagt ein Zittern durch meinen Körper. Das warme, dunkle Timbre geht mir auch heute wieder unter die Haut und sorgt dafür, dass die Härchen in meinem Nacken sich aufstellen.

Was ist das denn jetzt?!

Fahrig greife ich nach der Getränkekarte und zeige auf den erstbesten Cocktail, der mir etwas sagt. »Einen Tequila Sunrise.«

Cole grinst und gibt meine Bestellung an die soeben herbeieilende Kellnerin weiter. Die beiden Männer ordern einen Whiskey sowie etwas Fingerfood, was mich eine Augenbraue heben und Liam ungläubig anblicken lässt.

»Was denn?! Ich bin ein Kerl. Wir haben quasi ständig Hunger«, verteidigt er sich. »Außerdem ist unser Essen schon fast anderthalb Stunden her, und dieses Knabberzeug hier soll doch nur ne vernünftige Grundlage für das sein, was ich in flüssiger Form zu mir nehmen werde.« Liam tippt sich mit einer lässigen

Handbewegung an die Schläfe. »Ein kluger Mann trinkt nicht auf leeren Magen.«

Ich lache amüsiert auf. »Verstehe, dann waren das Monstersteak und die Beilagen wohl eher für den hohlen Zahn, hm?«, necke ich ihn und kichere, weil Liam bestätigend nickt.

»Du hast es erfasst, Süße«, erwidert er mit einem Augenzwinkern, ehe er Cole fragt, welche Fortschritte die Aufnahmen zum ersten Album der *Caged Birds* machen.

Zwei Stunden und mehrere Cocktails später bin ich definitiv nicht mehr nüchtern, da hat auch das von Liam georderte Fingerfood nichts gegen tun können. Mit einem entspannten und zufriedenen Seufzen kuschele ich mich an Liam und lausche der lebhaften Unterhaltung der beiden Männer.

Liam legt einen Arm um mich und drückt einen Kuss auf meinen Scheitel. Ich liebe diese kleinen Gesten und Zärtlichkeiten. Jede Einzelne von ihnen sauge ich wie ein Schwamm auf, weil ich sie nicht gewohnt bin. Benedict ist kein Fan öffentlicher Zurschaustellung von Gefühlsbekundungen gewesen und hat mir das zu Beginn unserer Beziehung schnell ausgetrieben.

Ich strecke meinen Arm ein wenig und greife im gleichen Moment wie Cole in die Schale mit dem Fingerfood. Ein elektrischer Schlag geht durch meinen Körper, lässt ihn gegen meinen Willen erschauern, und ich zucke leicht erschrocken über mich selbst zurück.

»Entschuldige, ich wollte nicht …«, fange ich an und stocke angesichts von Coles intensivem Blick. »Tut mir leid«, stammele ich und möchte mir einen kräftigen Schlag auf den Hinterkopf verpassen.

Wieso stottere ich denn jetzt so herum?!

»Macht er dich unruhig, meine Schöne?«, raunt Liam an meinem Ohr und ich erstarre, während meine

Wangen gleichzeitig verräterisch warm werden.

»Nein! Blödsinn! Ich habe mich nur über unseren Zusammenprall erschreckt«, versuche ich, mich herauszureden.

Himmel, was mache ich gerade?!

Ich bin absolut verrückt nach Liam, wie kann ich mich da von einem anderen Mann sexuell angezogen fühlen? Das geht gar nicht!

»Lia, bis eben war ich mir nicht sicher, doch du findest Cole attraktiv, richtig?«, murmelt Liam und streift mit seinem Mund über meinen Hals. Ich suche fieberhaft nach einer überzeugenden Ausrede, doch Liam redet bereits weiter. »Es stört mich nicht. Nicht bei ihm und nicht, so lange ich dabei bin«, flüstert er, während Cole mich mittlerweile ansieht, als wollte er mich verschlingen, was ihn in meinen Augen nur noch anziehender macht. »Wenn du mir nicht glaubst, küss ihn und sieh, was passiert«, setzt er leise nach und bringt mich so endgültig ins Schlingern.

»Was?!«, piepse ich, verunsichert und gleichzeitig … erregt. Oh mein Gott, die bloße Vorstellung, Cole im Beisein von Liam, mit seinem Einverständnis zu küssen, sorgt für ein eindeutiges Ziehen in meinem Unterleib. »Aber ich kann doch nicht … das geht nicht«, widerspreche ich und seufze, als Liam seine Lippen auf die empfindliche Haut direkt über meinem rasenden Puls presst.

»Du hast mir erzählt, dass du experimentieren willst. Dass du herausfinden möchtest, was dich antörnt und was nicht. Dass du all die Dinge tun willst, die du bisher aus unterschiedlichsten Gründen nicht getan hast. Möchtest du Cole küssen?«, bleibt Liam hartnäckig und ich kann nicht fassen, dass ich tatsächlich nicke. »Dann tu es, Lia«, haucht er an meinem Ohr.

Mein Herz schlägt mir bis zum Hals, als ich mich aus Liams Armen löse und mich zu Cole hinüberbeuge. Mit einer Hand greife ich in seinen Nacken und ziehe ihn langsam zu mir hinunter, während Liam von hinten an mich heranrückt und seine Arme wieder um meine Taille legt. Coles Blick schnellt zwischen meinen Augen und meinen Lippen hin und her und sein Ausdruck ist so animalisch, so voller Verlangen, dass ich erneut heftig zittere.

In der Sekunde, in der Liam meine Haare über meine Schulter nach vorn streicht und seinen Mund auf meinen Nacken drückt, überbrücke ich den letzten Abstand zwischen Cole und mir und lege meine Lippen auf seine. Cole stöhnt rau, fährt mit einer Hand in meine Haare und vertieft den Kuss umgehend.

Ich keuche überrascht, dass er ein Zungenpiercing hat, ist mir bisher verborgen geblieben. Das Metall ist angenehm warm und verpasst mir einen besonderen Kick. Mir wird heiß bei dem bloßen Gedanken daran, wie sich dieses Piercing wohl auf tieferen Regionen meines Körpers anfühlen würde.

Cole schmeckt nach Whiskey und der Duft seines Aftershaves umwirbelt mich, während unsere Zungen immer leidenschaftlicher miteinander tanzen. Liam saugt meine Haut zwischen seine Zähne, gleitet mit seiner Zunge über meinen Nacken und bringt mich so zusammen mit Cole langsam aber sicher um den Verstand.

Sämtliche Nervenenden meines Körpers scheinen zu vibrieren, ich stehe buchstäblich unter Strom und kann nicht genug bekommen. Irgendwann löse ich mich atemlos von Cole, der mich seinerseits jedoch erst nach einem weiteren, vergleichsweise harmlosen Kuss freigibt.

»Fuck, Emilia«, keucht er, bricht so den Bann und bringt mich zum Lachen.

Liam hinter mir lacht ebenfalls auf und legt seine Arme gleichzeitig noch fester um mich. »Alles okay,

Süße?«, fragt er mich und ich nicke, ohne zu zögern.

Dieses Erlebnis war berauschend und ich bin so kribbelig und angetörnt, dass ich nicht weiß, wohin mit meinen Empfindungen. Am liebsten würde ich das hier fortsetzen - und dieser Gedanke erregt und erschreckt mich gleichzeitig. Mein Kopfkino läuft Amok und der Verdacht, dass Cole und Liam etwas Derartiges nicht zum ersten Mal gemacht haben, drängt sich mir angesichts ihres aufeinander eingespielten Verhaltens förmlich auf.

Cole erhebt sich und begegnet meinem fragenden Blick mit einem offenen Lächeln. »Wir sollten das definitiv bald wieder machen«, fängt er an und sein Lächeln wird noch breiter, ehe sein Gesichtsausdruck bedauernd wird. »Jetzt muss ich leider los. Jamie und ich sind noch verabredet. Diese ganze Sache mit Savannah setzt ihm stark zu.«

Liam hinter mir brummt, während ich verwirrt bin, mich aber nicht traue, weiter nachzufragen. »Schlagen sie sich immer noch die Köpfe ein?«, fragt er Cole, worauf dieser seufzt und die Augen verdreht.

»Schlimmer. Savannah ist in einer äußerst vertrackten Lage und Jamie wünscht sich halt, dass das Versteckspiel endlich ein Ende hat. Verstehen kann man sie beide und ich möchte weder in Jamies noch in Savannahs Haut stecken. Aber immerhin konnte sie ihn davon überzeugen, sich nicht bis zum Tourende entscheiden zu müssen, aber ob das tatsächlich noch eine Beziehung ist, weiß ich nicht.« Cole beugt sich zu mir hinunter und drückt einen Kuss auf meine Wange, ehe er sich mit einem Handschlag von Liam verabschiedet.

Wieder erschauere ich und verwünsche meinen Körper für seine verräterische Reaktion. Kaum, dass Cole außer Hörweite ist, drehe ich mich in Liams Armen zu ihm um und sehe ihn forschend an.

»Hast du das geplant? Wolltest du testen, ob ich offen für etwas Derartiges bin und hast mich aus dem Grund mit zu deiner Verabredung genommen?«, nagele ich ihn fest und suche in seinem Gesicht nach einem Hauch von Schuldbewusstsein.

Liam lacht leise und schüttelt mit dem Kopf. »Ich wollte, dass du einen schönen Abend hast. Ganz ohne Hintergedanken. Das hier hat sich spontan ergeben und ich konnte nicht widerstehen.« Er legt eine Hand an meine Wange und zieht mich zu sich, um mich zu küssen. Überrascht hält er inne, als ich meine Hände auf seinen Brustkorb lege und ihn so auf Abstand halte.

»Wolltest du heute nicht nur mein platonischer Freund sein?«, necke ich ihn und sein Grinsen wird verschmitzt. »Du lässt die Grenzen ganz schön verwischen«, wispere ich und male mit meinen Fingerspitzen kleine Kreise auf seiner Brust. »War ... war ...«, stottere ich und atme dann einmal tief durch. »Der Dreier in dem Hotelzimmer auf der letzten Tour, von dem Elle mir erzählt hat ... hast du den mit Cole durchgezogen?«

Himmel, habe ich das tatsächlich gefragt?!

»Zu deiner ersten Frage: Ich möchte dein Freund sein, Lia. Nicht nur der Kerl, mit dem du schläfst, sondern der, dem du vertraust und dem du erzählst, was auch immer dich bewegt. Mit dem du dich ausprobierst und bei dem du ganz du selbst bist, ohne Angst zu haben.« Seine Miene ist so ernst, dass mein Herz zu stolpern anfängt. Ich schlucke hart und versuche, meine Atmung wieder unter Kontrolle zu bekommen. »Und zu deiner zweiten Frage: Ja. Cole war der andere Kerl in dem Hotelzimmer in jener Nacht.«

Mein Pulsschlag galoppiert mir praktisch davon und das Blut dröhnt in meinen Ohren, aber nicht aus Furcht. Ganz und gar nicht. Seine Antwort auf meine erste Frage lässt mein Herz flattern und bestärkt die

Hoffnung in mir, dass Liam es tatsächlich ernst meint. Die zweite Frage hingegen sorgt für einen Haufen ziemlich unanständiger Bilder vor meinem inneren Auge mit Cole, Liam und mir in der Hauptrolle.

»Das hier kann was Einmaliges bleiben, daraus muss sich nichts ergeben. Aber solltest du etwas in dieser Richtung mit mir ausprobieren wollen …«

Liam lässt den Satz ins Leere laufen, lehnt sich zu mir und bringt seinen Mund dicht an mein Ohr.

»Es gibt nur eine einzige Regel: Der zweite Kerl muss Cole sein. Mit einem anderen als ihm würde ich dich nicht teilen.«

Ich bringe etwas Abstand zwischen uns, nehme Liams Gesicht in meine Hände und drücke einen Kuss auf seine Lippen.

»Okay. Mit dieser Regel kann ich leben … also … für den Fall, dass ich das irgendwann mal antesten will.« Ich möchte mich selbst schütteln, weil ich schon wieder so herumstammele.

»Schon klar, meine Schöne«, murmelt Liam gegen meinen Mund und der schmutzige Unterton in seiner Stimme lässt meine Wangen warm werden, noch ehe ich seine nächsten Worte höre. »Wenn ich meine Hand jetzt in dein Höschen schieben würde, wie feucht würde ich dich wohl vorfinden, hm?«

Entrüstet schlage ich ihm auf die Brust, kann aber ein nervöses Lachen nicht unterdrücken. »Können wir bitte zurück auf das platonischer-Freund-Territorium?«, flüstere ich und seufze, als Liam eine Hand auf meinen Rücken legt und mich eng an sich drückt.

»Noch nicht«, haucht er und verschließt meinen Mund mit seinem, bevor ich etwas erwidern kann. Liams Kuss ist zärtlich, leidenschaftlich und so intensiv, dass ich nicht anders kann, als zu kapitulieren.

Wem will ich noch länger etwas vormachen? Ich bin bis über beide Ohren in Liam verliebt und ich wünsche mir so sehr mehr, dass es beinahe körperlich wehtut. Mein Verstand protestiert, will mich warnen, doch das erste Mal seit einer gefühlten Ewigkeit bin ich bereit, wieder auf mein Herz zu vertrauen.

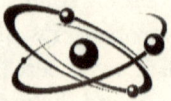

KAPITEL 12

Emilia

Dieser irrsinnige Albtraum, normalerweise auch *Umzug* genannt, scheint einfach kein Ende nehmen zu wollen. Von Anfang an ist einfach alles schiefgegangen. Mehr als die Hälfte meiner eingelagerten Möbel ist versehentlich Gott weiß wohin statt in Elles ehemaliges Appartement geliefert worden, der klägliche Rest steht in allen Zimmern herum und kann aufgrund der fehlenden Teile auf Weltreise nicht zusammengebaut werden.

Ich hatte mir die erste Nacht in meiner eigenen Wohnung anders vorgestellt, jetzt habe ich nicht einmal ein Bett, auf dem ich schlafen kann, weil diese Idioten vom Umzugsservice pünktlich Feierabend machen wollten.

Leider bin ich handwerklich absolut unbegabt, sodass ich wohl auf dem Fußboden auf der blanken Matratze werde nächtigen müssen. Mein Bettzeug steckt ebenfalls in einer der verschwundenen Kisten.

Nachdem die Ärsche vom Umzugsunternehmen gegangen sind, habe ich mich einfach an der Haustür entlang zu Boden gleiten lassen, sitze seitdem absolut untätig herum und versuche, mich zu motivieren, zumindest die Küche weiter einzuräumen.

Als Logan angerufen hat, um zu hören, ob ich mich schon eingelebt habe, habe ich angefangen zu heulen wie ein Schlosshund und konnte nicht mehr aufhören. Für diese verrückte Glucke, die gemeinsam mit Ethan gerade auf Promotiontour durch einige TV-Shows war und erst mitten in der Nacht nach Toronto zurückkehrt, war dieses Telefonat vermutlich noch schlimmer als für mich. Nichts ist für Logan unerträglicher, als jemandem, der ihm etwas bedeutet, nicht helfen zu können.

Ich möchte stark sein und nicht schlappmachen, aber gerade heute fällt mir das unglaublich schwer, weil ich mich so verdammt alleine und einsam fühle.

Mir gedanklich in den Arsch tretend rappele ich mich auf und bin schon halb auf dem Weg in die Küche, als es an der Tür klingelt. Irritiert fahre ich herum. Die Typen, die ich engagiert habe, dürften kaum eineinhalb Stunden später Erbarmen gezeigt und sich noch einmal auf den Weg zu mir gemacht haben.

Langsam tapse ich zur Wohnungstür zurück und traue meinen Augen nicht, als ich durch den Spion sehe. Ich bin so eine Idiotin, mir hätte klar sein müssen, dass die ältere Davenport-Glucke sofort seinen besten Freund alarmiert, damit er mir aus der Patsche hilft.

»Ich will dich nicht hier«, blaffe ich Liam an, der mit einem lässigen Grinsen und schwer beladen vor meiner Tür steht, kaum, dass ich geöffnet habe. »Wir hatten eine klare Abmachung, die du gerade brichst! Schon wieder!« Unbeeindruckt schiebt er mich zur Seite und betritt mein Appartement.

»Du hast Regeln aufgestellt. Ich habe nie gesagt, dass ich mit alldem einverstanden bin«, antwortet er ruhig. »Lia, müssen wir diese Unterhaltung wirklich jedes Mal führen?« Fragend sieht er mich an und ich seufze resigniert, weil ich weiß, dass ich im Grunde genommen schon verloren habe, was unsere Abmachung angeht.

»Ich weiß, dass du ohnehin nicht gehen wirst, aber dennoch: Den Mund aufgemacht hast du seinerzeit nicht, so gestört haben kannst du dich an meinen Leitlinien also nicht!«, fauche ich zurück und mache doch gleichzeitig die Haustür hinter ihm zu. Meine Nerven liegen heute einfach blank und Liams Anwesenheit verunsichert mich aus den unterschiedlichsten Gründen.

»Ein kluger Mann weiß, wann er besser schweigt«,

kontert Liam und zwinkert mir zu, bevor er seine Sachen abstellt und sich suchend umsieht. Es scheint ihn völlig kaltzulassen, dass ich ihn nicht in meiner Wohnung haben möchte, genauso, dass ich ihn ankeife wie ein bockiges Kind. »Dein Schlafzimmer ist wo?«

»Was willst du in meinem Schlafzimmer?!«, stelle ich eine Gegenfrage. Liam hebt eine Augenbraue und schaut mich herausfordernd an.

Okay, die Frage gehört nicht zu meinen Sternstunden und ist angesichts dessen, dass wir eigentlich jedes Mal miteinander schlafen, wenn wir uns treffen, fast schon absurd.

»Lia«, reißt mich seine Stimme viel zu nah bei mir aus meinem Gedankenkarussell. Shit, Liam steht direkt vor mir und hat seine Hände links und rechts neben meinem Kopf aufgestützt. »Logan hat mich völlig aufgelöst angerufen und von eurem Telefonat erzählt. Dass du geweint hast, weil alles schiefgelaufen ist und du Hilfe brauchst.«

Da ist ein Ausdruck in seinem Gesicht, fast, als ob er enttäuscht ist, dass ich ihn nicht um Unterstützung gebeten habe. Bevor ich nachfragen kann, ist er bereits wieder verschwunden, sodass ich lieber schweige. Lächerlich machen möchte ich mich nicht. Nicht mehr, als ich es ohnehin schon getan habe.

»Deswegen habe ich mich in meine Uniform geworfen, ein paar Sachen zusammengepackt und bin hierher gefahren.«

»Deine *Uniform*?« Irritiert lasse ich meinen Blick einmal an ihm hinab und wieder hinaufgleiten. Er trägt eine verwaschene Jeans, einen eng anliegenden Kapuzenpullover sowie seine geliebten Boots. Nichts Ungewöhnliches also.

»Meine Uniform.« Sein Grinsen ist unanständig, als er sich ein paar Schritte von mir entfernt.

Er dreht mir den Rücken zu, nestelt an seiner Hose,

schiebt sie etwas nach unten und wackelt mit seinem Hintern. Ich muss herzhaft lachen, eine Pants mit einem derartigen Schriftzug kann nur ein Kerl wie Liam tragen. *Today I am your fireman* prangt in großen Buchstaben über seinem Arsch. Seinem verdammten Knackarsch, in den ich bereits mehr als einmal meine Finger gekrallt habe, wenn er mich genommen hat.

Hitze kriecht über meinen Hals empor in meine Wangen, weil meine Gedanken schon wieder um Sex mit Liam kreisen.

Du bist eine erwachsene Frau, die sich zu kontrollieren weiß, ermahne ich mich. Liam fängt meinen Blick auf. Binnen Sekunden ist er bei mir und drückt mich gegen die Wand. Sein Mund ist nah an meinem und der Geruch seines Aftershaves steigt mir in die Nase. Am liebsten möchte ich meinen Kopf in seiner Halsbeuge vergraben, einen tiefen Atemzug nehmen und mich an ihn kuscheln, aber das darf ich nicht. Damit würde ich mich viel zu verletzlich und angreifbar machen.

»Emilia«, murmelt er und streicht mit seinem Daumen über meine Unterlippe. Scheiße.

»Ja?«, hauche ich und ärgere mich, weil meine Stimme so weich und willig klingt. Herrgott, er hat mir nur seinen verhüllten Arsch gezeigt!

»Ich werde mich jetzt um dein Bett kümmern«, flüstert er und küsst mich sanft. »Danach wärmen wir das Essen auf, das ich mitgebracht habe, trinken etwas Wein und dann …«

»Fährst du nach Hause«, unterbreche ich ihn in einem letzten Versuch, mich zur Wehr zu setzen.

Liam lacht nur leise und gleichzeitig so sexy, dass sich mein gesamter Unterleib zusammenzieht. Ich schnappe nach Luft, weil er unverfroren eine Hand zwischen meine Schenkel schiebt.

»Nicht, bevor ich mich nicht auch um diesen Brand gekümmert habe.«

»Oh Gott, Liam«, japse ich, kann mich vor Lachen kaum noch halten. Dieser Spruch ist so … typisch Liam, dass es mir die Sprache verschlägt, aber zu lachen tut mir gut.

»Ja, diese Worte könnten durchaus fallen, wenn ich mich später mit dir beschäftige«, antwortet er selbstzufrieden und ich muss noch mehr lachen.

Ich boxe ihm auf die Brust und endlich nimmt dieser fiese Schuft seine Hände von mir und gibt mich frei. Ich frage ihn, ob er meine Hilfe braucht oder ich die Küche weiter einräumen kann. Er verneint und ich mache bereits ein paar Schritte Richtung Küche, als mich seine Stimme noch einmal innehalten lässt.

»Besser?«, fragt er ungewohnt ernst nach und ich drehe mich mit einem Lächeln auf den Lippen zu ihm um.

»Besser.«

»Gut«, erwidert er, macht auf dem Absatz kehrt und greift nach seiner Werkzeugkiste, nicht ohne noch einmal mit seinem mittlerweile wieder von seiner Jeans verhüllten Hintern zu wackeln, was mich erneut lachen lässt.

Etwa eine Stunde später sitzen wir in meiner Küche und essen den von Liam mitgebrachten und von mir aufgewärmten Auflauf, der einfach himmlisch schmeckt. Genießerisch seufzend lehne ich mich zurück und schließe meine Augen einen Moment.

»Ich glaube, ich habe noch nie derart viele Bücher mit Backrezepten in nur einem einzigen Haushalt gesehen«, verkündet Liam mit einem überraschten Unterton.

»Backen beruhigt mich. Ich liebe es, neue ausgefallene Rezepte für Torten, Kuchen oder Cupcakes auszuprobieren. Deswegen kann ich leider an keinem Buch vorbeigehen«, gestehe ich schuldbewusst und öffne meine Lider. »Wenn mich irgendwas nervös macht oder ich aufgeregt bin, backe ich. Nichts bringt mich besser wieder runter.«

Na ja, fast nichts. Sex mit dir funktioniert in letzter Zeit auch ganz gut, denke ich, mir auf die Zunge beißend, um das ja nicht doch noch laut auszusprechen.

»Nichts?«, haut dieser Mistkerl prompt in die Kerbe. »Gar nichts anderes?«, neckt er mich und grinst dabei so sexy, dass ich schmunzeln muss.

»Nichts«, bekräftige ich dennoch und er grinst vielsagend, als wüsste er genau, dass ich lüge. »Da musst du gar nicht so dämlich grinsen, Liam Ashby«, schimpfe ich und nehme noch eine Gabel von dem Auflauf.

»Der Grad deiner Selbsttäuschung beeindruckt und fasziniert mich einfach immer wieder aufs Neue«, antwortet er und mir wird heiß und kalt gleichzeitig. »Dass er dir so wehgetan hat, dass du solche Pro…«

»Ich möchte nicht über meine Vergangenheit reden, wie oft muss ich dir das noch sagen?«, unterbreche ich Liam abrupt. »Es reicht bereits, dass wir das neulich getan haben.«

Meine Stimme klingt kalt und schneidend und mit einer irgendwie perversen Befriedigung registriere ich, dass er leicht zusammenzuckt.

»Deine Vergangenheit kannst du nicht beiseiteschieben, indem du beschließt, niemals darüber zu sprechen, Lia.« Mit einem Seufzen fährt er sich durch seine Haare und schüttelt dann den Kopf. »Du kannst nichts Neues beginnen, bevor du damit nicht …«

»Dann trifft es sich ja gut, dass ich nichts Neues beginne. Ich lasse dich mich ficken, das ist alles.« Für einen Moment lang hat er seine Mimik nicht unter Kontrolle und mir wird übel, weil ich sehen kann, dass meine Sätze ihn wirklich getroffen haben.

Liam geht mir unter die Haut, und das macht mir so eine Scheißangst, dass ich heute scheinbar nicht anders kann, als biestig und garstig zu ihm zu sein. Die Furcht, dass er mir das Herz bricht und ich mich davon nicht wieder erhole, lässt mich buchstäblich ausflippen.

Irgendwo im hintersten Winkel meines Verstandes brüllt eine kleine Stimme, dass ich mich entschuldigen und das zurücknehmen sollte, aber ich kann nicht. Panische Angst greift nach mir bei dem bloßen Gedanken daran. Nicht, weil ich generell ein Problem damit habe, mich zu entschuldigen. Nein, ich fürchte mich, weil Liam dann vielleicht sehen könnte, wie es tatsächlich um mich bestellt ist. Ich empfinde jetzt schon mehr für ihn, als ich es je für Benedict getan habe und der hat mir schon das Herz gebrochen. Was würde Liam dann erst tun?

Liam lässt seine Gabel auf den Teller fallen und schiebt ihn zurück, bevor er wortlos aufsteht und den Raum verlässt. Wenig später höre ich ihn im Schlafzimmer … und dann im Bad? Wasser plätschert und das Klirren verschiedener Flaschen verrät mir, dass er scheinbar in meinen Badezusätzen herumwühlt. Von meiner Neugierde getrieben stehe ich auf und tapse auf Zehenspitzen hinter ihm her. Verstohlen bleibe ich im Türrahmen zum Bad stehen und werfe einen skeptischen Blick auf die Badewanne, bevor ich Liam anschaue.

»Was wird das?«

»Du solltest dich etwas entspannen«, brummt er. »Einen klaren Kopf bekommen.« Er fixiert mich und lächelt, aber es erreicht seine Augen nicht. »Nachdenken über das, was du so von dir gibst.« Ich schnappe nach Luft, schließe meinen Mund dann aber unverrichteter Dinge wieder. »Ausziehen, ab in die Wanne und Klappe halten.«

»Wie charmant du doch sein kannst«, frotzele ich und versuche, ihn so auf unser gewohntes Terrain zurückzulocken.

»Emilia«, tadelt er mich und ich lasse meine Schultern hängen.

Mir wird klar, dass ich etwas sagen muss, wenn dieser grässliche Satz nicht ewig zwischen uns stehen und unsere weitere gemeinsame Zeit überschatten soll.

»Ich … ich habe … ich habe das nicht so gemeint, wie es geklungen hat«, quetsche ich leise hervor. Liam baut sich vor mir auf und legt einen Zeigefinger unter mein Kinn.

»Es ist okay.« Sein Gesichtsausdruck spricht eine andere Sprache, zeigt mir, dass es ganz und gar nicht okay ist. »Lia, lass es einfach gut sein.« Er baut mir eine Brücke, obwohl er keinen Grund dazu hat. Ohne dass ich es will, schießen mir Tränen in die Augen. Hektisch senke ich meine Lider und versuche, die Tränen wegzublinzeln. »Meine Schöne, wenn überhaupt, dann erlaube ich dir, mich zu ficken«, murmelt er mit einem Glucksen an meinem Ohr und nimmt mich in die Arme.

»Idiot«, schniefe ich und drücke mich fest an ihn. »Du solltest das nicht tun«, wispere ich. »Mich in Schutz nehmen.«

»Ich kann nicht anders«, antwortet er, einen Kuss auf meine Schulter hauchend. Ich erschauere unter seiner Berührung und den unausgesprochenen Worten hinter seiner Antwort. »Und jetzt, ab in die Wanne mit dir!« Er gibt mir einen Klaps auf den Hintern, was diesen komischen Bann zwischen uns bricht und mir hilft, wieder in die Realität zurückzufinden.

»Muss ich nachhelfen oder gehst du freiwillig?«

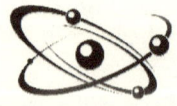

KAPITEL 13

Emilia

Eine Viertelstunde später beobachte ich Liam durch die geöffnete Badezimmertür dabei, wie er im direkt angrenzenden Schlafzimmer letzte Hand an mein Bett legt. Das Badewasser ist herrlich warm und er hat einen meiner Lieblingszusätze gewählt, aber der Umstand, dass mich dieses Bad gerade schläfrig macht, gefällt mir gar nicht.

Ich sollte wach bleiben, um nicht völlig nutzlos zu sein, aber mich einfach fallen zu lassen, ist nach diesem Scheißtag so verlockend. Irritiert hebe ich meinen Kopf, als er kurz den Raum verlässt und dann beladen mit Bettwäsche zurückkehrt.

»Woher hast du die?«, rufe ich und lege meinen Kopf auf den Badewannenrand.

»Aus einem meiner Gästezimmer. Logan hat mir gesagt, dass es nicht einmal dein Bettzeug bis hierher geschafft hat.«

Ich kneife mich selbst, weil ich Idiotin einen Moment lang tatsächlich enttäuscht darüber bin, dass es nicht seine eigene Wäsche ist. Die Vorstellung, die erste Nacht in meiner neuen Wohnung eingehüllt in Liams Geruch zu verbringen, hat mir besser gefallen, als ich zugeben mag. Er wuchtet meine Matratze auf das Bett, zieht das Laken auf und ich kann nicht anders, als ihn zu necken.

»Wer hätte gedacht, dass du sowas noch alleine machen kannst?« Er schenkt mir einen kurzen Blick und ein lässiges Grinsen, bevor er das Bett zu Ende bezieht und dann die Kissen sowie die Decken darauf wirft.

»Ich denke, damit habe ich heute mein Möglichstes für dich getan.« Alarmiert hebe ich meinen Kopf. Was soll das heißen? Er kommt zu mir ins Bad, legt eine Hand an meine Wange und drückt einen Kuss auf meinen Scheitel. »Meine Sachen lasse ich hier, du wirst morgen sicher noch einmal Hilfe brauchen.« Was?!

»Du gehst?«, frage ich völlig verblüfft nach und er nickt.

»Natürlich gehe ich.« Liam schaut mich an, als hätte ich den Verstand verloren. »Gute Nacht, Lia.« Perplex starre ich ihm ein paar Sekunden hinterher, bevor Bewegung in mich kommt.

Hastig steige ich aus der Wanne, das bereitgelegte Handtuch ignorierend stürze ich durch das Schlafzimmer in den Flur und erwische ihn gerade noch an der Haustür.

»Warte!« Er bleibt stehen, dreht sich aber nicht um. »Wieso willst du gehen?«

»Ich halte mich lediglich an deine, wie hast du sie genannt, *Regeln*.«

Dieser Schuft.

Dieser miese, gerissene Schuft.

Er schlägt mich mit meinen eigenen Waffen, mit meinen bescheuerten Regeln - und ich habe es nicht einmal kommen sehen. Mein neues abgebrühtes Ich lacht sich innerlich kaputt, während die alte Emilia gerade nur eines möchte: Liam.

»Bleib«, bitte ich ihn leise.

»Wieso?«, fragt er kaum hörbar, weiter mit dem Rücken zu mir.

Verdammt, muss er es mir so schwer machen? Wahrscheinlich, gestehe ich ihm im nächsten Moment zu. Das ist meine gerechte Strafe für mein unmögliches Verhalten und auch dafür, dass ich immer wieder bei Null mit ihm anfange.

Jedes Treffen macht mir Angst, weil mein Herz rast, wenn ich Liam erblicke und automatisch in Abwehrhaltung gehe. Ich habe Angst vor dem, was er in mir auslöst und besonders schlimm sind die ersten Sekunden, wenn ich ihn längere Zeit nicht gesehen habe. Deshalb mutiere ich wohl wirklich zu einem Wadenbeißer.

»Liam«, flehe ich und endlich wendet er sich mir zu. »Bitte bleib.«

»Wenn ich jetzt bleibe, dann nimmst du mich mit in dein Bett, das ist dir klar, oder?« Er sieht mich forschend an. »Damit würden wir deine oberste Regel brechen.«

Gott, von ihm ausgesprochen klingt mein Regelwerk noch bescheuerter als in meinem Kopf. Ich bin mir sicher, dass ich vernünftige Gründe für dieses Machwerk hatte, aber mir will im Moment kein einziger einfallen.

»Liam, ich bin nackt, klitschnass und bitte dich, zu bleiben«, fange ich an und er schmunzelt. »Du wolltest dich doch noch um meinen Brand kümmern, oder habe ich da etwas falsch verstanden? Sei wie versprochen mein Feuerwehrmann.«

Meine Stimme zittert kaum merklich, aber ich bin mir sicher, dass er es gehört hat. Er drückt die Haustür zu, kommt auf mich zu, nimmt mein Gesicht in beide Hände und küsst mich.

»Bring mich in mein Schlafzimmer«, wispere ich an seinen Lippen und schlinge meine Arme um seinen Hals. Liam lässt sich nicht lange bitten, er hebt mich an und trägt mich zurück.

In meinem Schlafzimmer angekommen stellt er mich am Fußende des Bettes ab, zerrt seinen Kapuzenpullover über seinen Kopf und steigt gleichzeitig aus seinen Boots. Wie gebannt beobachte ich, wie er sich auch von seiner restlichen Kleidung befreit. Ich lasse mir Zeit, diesen Anblick zu genießen.

Sein durchtrainierter Oberkörper, seine Tattoos, das Zucken der Muskelstränge unter seiner Haut, die

Haarlinie, die von seinem Bauchnabel weg zu seinem bereits halbsteifen Penis führt. All das sauge ich in mich auf. Leise seufzend lasse ich meinen Blick wieder nach oben gleiten und mache dabei einen Schritt auf ihn zu.

Langsam lege ich eine Hand auf seinen Brustkorb und zucke zusammen, weil sein Herz so rast. Zu fühlen, wie schnell sein Puls geht, macht mich nervös. Ich bin versucht, es darauf zu schieben, dass wir gleich Sex haben werden, aber ein Teil von mir weiß, dass das nur die halbe Wahrheit ist.

»Mach das Licht aus, Lia«, bittet er mich.

Überrascht schaue ich zu ihm auf, bisher hatte er mit meinen neuentdeckten exhibitionistischen Neigungen keine Probleme.

»Ich möchte, dass du heute nur mir gehörst.«

Meine Kehle wird eng und das Schlucken fällt mir schwer, während ich seinem Wunsch folgend das Deckenlicht ausschalte und mich dann erneut zu ihm begebe. Das Mondlicht erhellt den Raum soweit, dass ich Liam dennoch sehen kann.

Ich möchte, dass du heute nur mir gehörst, hallt in meinem Kopf in einer unendlichen Schleife wieder und sollte mir eigentlich eine Heidenangst machen. Warum das nicht so ist, fange ich lieber gar nicht erst an zu hinterfragen.

Mit einem Augenzwinkern verschwindet Liam kurz im Bad und holt das Handtuch, das ich vorhin ignoriert habe, als ich ihm hinterhergerannt bin, um ihn vom Gehen abzuhalten. Er umrundet mich halb, kommt hinter mir zum Stehen und legt dann das Badetuch um mich, nimmt mich so in die Arme.

Die Zärtlichkeit und die Fürsorglichkeit, die hinter dieser scheinbar simplen und harmlosen Geste stecken, treiben mir die Tränen in die Augen und sorgen für einen dicken Kloß in meiner Kehle. Langsam, als hätte er alle Zeit der Welt, trocknet Liam mich ab, ehe er das

Handtuch zu Boden fallen lässt.

»Dreh dich um, meine Schöne«, raunt er leise an meinem Ohr und drückt seine Lippen auf meine Schulter.

Ich wende mich ihm zu und kann nichts gegen das in meinem Körper hochsteigende Zittern tun, als ich in seine Augen sehe. Die Intensität in seinem Blick macht mir Angst und doch erwacht in derselben Sekunde Sehnsucht in mir.

»Lia«, flüstert er, neigt seinen Kopf und streift mit seinem Mund über mein Schlüsselbein.

Mit einer Hand auf meinem Rücken presst er mich fest an sich, während er meine Haut zwischen seine Zähne saugt. Ich kann ein leises Stöhnen nicht unterdrücken, als ich seine Erektion an meinem Bauch spüre.

Liam packt meinen Hintern und knetet ihn sanft, was mir einen weiteren kehligen Laut entlockt. Haltsuchend klammere ich mich an seine Schultern, stelle mich auf die Zehenspitzen und vergrabe mein Gesicht in seiner Halsbeuge. Einen tiefen Atemzug nehmend versuche ich, meinen rasenden Pulsschlag wieder unter Kontrolle zu kommen - vergeblich.

Mein Herz macht, was es will.

»Weißt du, was ich mir seit unserem ersten Mal vorstelle?«, murmelt Liam an meinem Ohr und lacht heiser, als ich zögerlich den Kopf schüttele.

Er küsst mich ein letztes Mal auf den Mund, ehe er vor mir auf die Knie geht und seine Hände auf meinen Po legt. Leicht unruhig werdend will ich zurückweichen, doch Liam hält mich stur in Position und lässt nicht zu, dass ich mich von ihm zurückziehe.

»Wie ich dich lecke, bis du meinen Namen stöhnst und mich anflehst, dass ich dich endlich kommen lassen soll.« Er grinst zu mir hoch und drückt einen Kuss auf meinen Venushügel. »Ich will dich schmecken. Fühlen, wie du dich unter meinen Zungenschlägen windest. Wie du zitterst vor Lust, bis du schließlich explodierst und loslässt.« Liam sieht ernst zu mir auf und ich bekomme das dumpfe Gefühl, dass wir nicht mehr nur über Sex reden. »Keine Kontrolle zu haben, kann so befreiend sein.« Er platziert einen weiteren Kuss, etwas tiefer dieses Mal. »Schenk mir dein Vertrauen, Lia.«

Erst in diesen Sekunden wird mir wirklich bewusst, dass ich nicht nur gesteuert habe, wann wir uns sehen, sondern immer auch, *wie* wir Sex haben. Was ich zulasse und was nicht. Sämtliche unserer bisherigen Treffen in Hotelzimmern haben unter Termindruck stattgefunden, weil ich mich gar nicht erst in die Gefahr begeben wollte, zu viel Zeit mit Liam zu verbringen.

Zu viel zuzulassen.

Doch heute Nacht ist alles anders.

Wir haben alle Zeit der Welt.

Und mehr als alles Andere möchte ich mich in Liams Hände begeben.

Ihm vertrauen.

»Liam«, flüstere ich erstickt.

Nur seinen Namen, doch er versteht.

Aufstöhnend kralle ich meine Finger in sein Haar, als er seinen Kopf zwischen meinen Schenkeln vergräbt und seine Zunge das erste Mal über meine Klit gleitet.

Himmel.

Mein gesamter Körper bebt und in meinem Unterleib explodiert ein Feuerwerk. Meine Knie zittern so heftig, dass ich glaube, mich nicht eine Sekunde länger auf den Beinen halten zu können, doch Liams Hände an meinem Po verhindern, dass ich falle. Mit jedem Zungenschlag verliere ich mich ein bisschen mehr und ich kann nicht anders, als immer wieder seinen Namen zu keuchen.

Liam packt meinen Arsch noch fester und zieht das Tempo etwas an, mit dem er seine Zunge auf meinem

Kitzler kreisen lässt. Der Knurrlaut, den er von sich gibt, als ich meine Finger noch heftiger in sein Haar kralle, geht mir durch und durch. Die Vibration auf meiner Klit lässt meinen Schoß pochen und hebt meine Lust auf eine neue Ebene.

»Hiergeblieben!«, grollt Liam, weil ich wieder versuche, mich zurückzuziehen.

Das, was er in mir auslöst, ist zu viel und zu intensiv.

Ich fühle mich, als würde ich von innen heraus verbrennen.

»Liam«, flehe ich, doch er zeigt kein Erbarmen.

Im Gegenteil.

Er saugt meine Perle zwischen seine Lippen und ein gewaltiges Zucken geht durch meinen Unterleib, als die erste Welle meines Höhepunktes völlig unerwartet über mich hinwegschwappt.

»Oh Gott!«, stöhne ich und drücke Liams Kopf stärker zwischen meine Schenkel.

Jeder Zungenschlag jagt eine neuerliche Erschütterung durch meinen Körper und mich weiter über die Grenzen meines Verstandes. Wimmernd und bettelnd winde ich mich unter seinen Liebkosungen und höre mich wie aus weiter Ferne unverständliche Worte stammeln. Liam lässt erst von mir ab, als die Beben in meinem Unterleib schwächer werden. Mit diesem gottverdammten, verschmitzten Grinsen, in das ich mich schon als junges Mädchen verliebt habe, sieht er zu mir auf und kneift mir in den Hintern.

Liam richtet sich auf und unwillkürlich fällt mein Blick auf seine Erektion. Ich will auf die Knie gehen, mich bei ihm revanchieren, doch seine Hand an meiner Schulter hält mich davon ab, was mich überrascht zu ihm aufblicken lässt.

»Nicht heute.« Er lacht, als ich eine Augenbraue hebe und meine Fingerspitzen einmal über seinen Schaft tanzen lasse. »Biest, du weißt genau, wie sehr ich mir deine Lippen um meinen Schwanz wünsche«, schimpft er, schüttelt aber entschieden mit dem Kopf. »Doch was anderes wünsche ich mir jetzt mehr.« Mein Gesichtsausdruck wird fragend und angesichts seiner Miene klopft mein Herz nicht zum ersten Mal an diesem Abend schneller. »Dich. Pur.«

Ich runzele verwirrt die Stirn, bis ich wenige Sekunden später begreife, was er mir sagen möchte. Bisher habe ich jedes Mal darauf bestanden, dass wir ein Gummi benutzen, obwohl ich die Pille nehme.

»Emilia, wenn du das nicht möchtest, ist es auch okay«, dringt Liams Stimme in meine Gedanken. »Es ist nur ein Wunsch, aber es ändert nichts, wenn du noch n…« Mein Mund auf seinem stoppt seinen Redeschwall.

Ich ziehe ihn mit mir, lasse mich auf die Matratze fallen und stöhne verzückt, als er mich mit seinem Körpergewicht hinunterdrückt. Sein Geruch hüllt mich ein und ich fühle mich so geborgen und wohl wie lange nicht mehr. Genaugenommen kann ich nicht einmal mehr sagen, ob ich mich jemals zuvor so gefühlt habe, wie ich es jetzt mit Liam tue.

»Schlaf mit mir«, bitte ich ihn und bedecke seinen Brustkorb mit unzähligen kleinen Küssen. Liam stöhnt, greift in mein Haar und bringt mich dazu, meinen Kopf zu heben. Sein suchender Blick trifft auf meinen und ich lächele. »Pur«, nutze ich seine Wortwahl und drücke meine Lippen auf seine.

Liam umfasst meine Taille und dreht uns so, dass ich auf ihm zum Sitzen komme. Er richtet sich auf und nimmt mich fest in seine Arme, während ich zwischen uns greife, seinen Schwanz umfasse und ihn dirigiere. Mit einem heiseren Stöhnen lasse ich mich langsam auf ihn sinken. Liam drückt seine Zähne in meine Schulter und keucht unterdrückt, als er vollends in mir ist.

Eine kleine gefühlte Ewigkeit verharren wir einfach so, engumschlungen, einander küssend und immer wieder den Namen des anderen flüsternd. Irgendetwas geschieht in diesen Augenblicken zwischen uns. Etwas, vor dem ich mein Herz um jeden Preis habe schützen wollen, während ich mich gleichzeitig von meiner ersten Sekunde an mit Liam danach gesehnt habe.

»Ich bin verrückt nach dir«, haucht Liam an meinem Ohr. »So verrückt nach dir«, wiederholt er und ich fange an, mich auf ihm zu bewegen.

Langsam.

Sinnlich.

Intensiv.

Wie bei unserem ersten Mal in jener Nacht in Logans Gästezimmer - und doch sind die Empfindungen, die mich durchströmen, gänzlich andere.

Liams Mund sucht meinen und ich stöhne verlangend, als er mich mit Leidenschaft küsst und sich dem Rhythmus anpasst, mit dem ich mich auf ihm bewege. Bei jedem Herabsinken trifft Liam einen Punkt in mir, der meinen Körper erzittern und ihn auf den zweiten Höhepunkt in dieser Nacht zujagen lässt.

»Nicht … ohne … dich«, wimmere ich und bewege mich schneller. »Ich … komme … nicht … ohne … dich«, seufze ich und lehne meine Stirn gegen Liams.

Wir sind uns so unglaublich nah und was hier zwischen uns passiert, ist so viel mehr als bloßer Sex.

»Lia«, keucht Liam rau und erstarrt unter mir. »Jetzt«, setzt er leise nach und ich lasse mich ein letztes Mal auf ihn sinken.

In der Sekunde, in der er wieder diesen einen bestimmten Punkt in meinem Inneren berührt, zersplittere ich in meine Einzelteile. Ich werde von einem Höhepunkt überrollt, der sanfter ist, als der erste, ihm jedoch in seiner Intensität in nichts nachsteht. Liam folgt mir nur wenige Augenblicke später und verströmt sich mit einem heiseren Stöhnen tief in mir, während er mich mit seinen Händen an meinen Hüften auf seinen

Schwanz hinunterdrückt.

Immer wieder erschauert mein Körper und Liam, der mich nach wie vor in Position hält, verlängert die süßen Höllenqualen noch, durch die mich mein Orgasmus jagt. Nur langsam lässt das Zittern nach und ich brauche einige Zeit, bis mein Atem nicht mehr so unregelmäßig geht.

Ich klammere mich an Liam, schlinge meine Arme um seinen Hals und lege meinen Kopf auf seine Schulter. Liam streichelt in sanften, kreisenden Bewegungen mit seinen Fingerspitzen über meinen Rücken und lässt mich so immer wieder zittern. Wir sind nach wie vor miteinander verbunden und ich möchte jede Millisekunde hiervon auskosten. Am liebsten würde ich die Zeit einfrieren und die ganze Welt aussperren.

Irgendwann lehnt Liam sich zurück, streicht mir die Haare aus dem Gesicht und sieht mich wieder mit diesem für ihn so typischen prüfenden und besorgten Blick an.

»Mir geht es gut, also hör auf, dir Sorgen zu machen«, flüstere ich und küsse ihn sanft. Als ich mich von ihm löse, ist seine Miene weich und entspannt und sein Lächeln erreicht seine Augen.

»Bleibst du zum Frühstück?«, frage ich ihn und er nickt grinsend. »Dir ist klar, dass du das Frühstück machen musst, oder?«, setze ich nach und kichere über seine hochgezogene Augenbraue. »Frauen stehen drauf, wenn ihr Kerl ihnen das Frühstück macht und ich bin da keine Ausnahme«, rechtfertige ich mich.

Meine Wangen werden heiß, als mir bewusst wird, wie ich Liam gerade bezeichnet habe.

Als meinen Kerl.

Verdammt.

Als ob es nicht schon reicht, dass er über Nacht bleibt und in meinem Bett schläft.

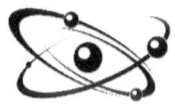
Ich will meinen Mund öffnen, meinen Worten ihr Gewicht nehmen, doch etwas in Liams Gesicht hindert mich daran. Er nimmt ein paar tiefe Atemzüge, gibt mir so die Gelegenheit, meinen Kopf noch aus der Schlinge zu ziehen. Aber ich bleibe stumm, bringe es nicht übers Herz, ihm wehzutun, indem ich abschwäche, was ich eben gesagt habe.

Mein grandioser Plan, keine Gefühle für Liam zu entwickeln, ist endgültig gescheitert, sowas von. Und wenn ich ganz ehrlich zu mir selbst bin, bin ich hinaus über die Verliebtheit.

War es überhaupt je nur das, oder habe ich mir von Anfang an etwas vorgemacht? »Lia, Süße, ich kann dich denken hören«, tadelt Liam mich und streicht mit den Fingern über meine Stirn. »Mach dir nicht so viele Sorgen und lass den Dingen einfach ihren Lauf«, befiehlt er mir und lacht leise, als ich kläglich nicke. »Ich weiß, ihr Davenports habt alle ne Kontrollmacke, aber ich verspreche dir, los- und dich auf mich einzulassen, wird nicht wehtun.«

Empört schnappe ich nach Luft und boxe ihm auf die Brust. »Was soll das denn heißen?! Ich soll eine Kontrollmacke haben?! Logan ist viel schlimmer als ich, du hast doch k...« Liam stoppt meine Schimpftirade, indem er mich einfach küsst und mit einer schnellen Bewegung unter sich begräbt.

»Klappe halten, loslassen und abschalten«, nuschelt er zwischen zwei Küssen und ich kapituliere. Vorerst.

Mich Liam hinzugeben ist so viel verlockender als mich mit ihm zu streiten.

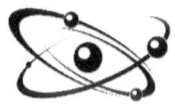

KAPITEL 14

Liam

Mit einem Lächeln nehme ich auf der Bettkante Platz und betrachte die immer noch schlafende Emilia. Sie kräuselt ihre Nase und seufzt leise, macht jedoch nach wie vor keine Anstalten, ihre Augen zu öffnen. Schmunzelnd beuge ich mich zu ihr hinunter, ziehe die Decke ein wenig hinab und drücke einen Kuss auf ihre nackte Schulter.

Emilia gibt einen wohligen Laut von sich und sieht mich mit zusammengekniffenen Lidern an, nachdem ich mich wieder aufgerichtet habe. »Du bist da, so weit, so gut, aber … wo ist das Frühstück?«, fragt sie mich und zieht eine Schnute, weil ich nur grinse. »Liiiaaam«, nörgelt sie und zerrt die Decke bis zu ihrer Nasenspitze hoch.

»Meine Schöne, der …«, fange ich an, als Lias Telefon auf dem Nachttisch klingelt. Sie schnappt sich das Smartphone und bedeutet mir nach einem Blick auf das Display, leise zu sein.

»Logan«, begrüßt sie ihren Cousin lächelnd. Wenige Sekunden später weicht ihr Lächeln jedoch Besorgnis und als parallel dazu mein Handy läutet und ich sehe, dass Ethan versucht, mich zu erreichen, schrillen auch bei mir sämtliche Alarmglocken.

Ich greife mir mein Telefon und haste aus dem Raum, damit Logan nicht noch zufällig mitbekommt, dass ich bei Emilia bin. Kaum, dass ich das Gespräch angenommen habe, legt Ethan auch bereits los.

»Hast du schon die neueste Meldung über Jackson gesehen?«, fragt unser Drummer mich und ich runzele verwirrt die Stirn.

»Neueste Meldung?«, hake ich wenig geistreich nach,

weil ich seit gestern Abend nicht mehr online war und infolgedessen auch keines der Social-Media-Netzwerke gecheckt habe.

»Er ist mit einem stadtbekannten Dealer abgelichtet worden und nun ergeht sich die gesamte Presse in wilden Spekulationen. Logan beruft gerade eine Krisensitzung ein und keiner von uns erreicht Jackson. Hast du irgendeine Idee, wo der Penner stecken könnte?!« Die Besorgnis in Ethans Stimme straft seine Beschimpfung Lügen.

»Nein, leider nicht«, erwidere ich, während mir gleichzeitig bewusst wird, dass ich Jackson in letzter Zeit nur selten außerhalb unserer Bandtreffen zu Gesicht bekommen habe.

Ich versuche, mich selbst zu beruhigen. Unser Bassist hat schon immer Phasen gehabt, in denen er sich zurückgezogen hat und für sich allein sein musste. Das jetzt wird nichts anderes sein.

»Bevor wir keine Einzelheiten kennen, sollten wir ihn nicht vorverurteilen«, rede ich weiter und höre Ethan zweifelnd brummen.

»Wir treffen uns bei Logan und Elle zum Frühstück. Er telefoniert gerade mit Biddy, damit sie ebenfalls dazustößt und zusammen mit Jackson, der hoffentlich bald auftaucht, ein Statement vorbereiten kann. Natürlich erst nachdem er uns erklärt hat, wie diese verschissenen Fotos zustande gekommen sind.« Ethan räuspert sich kurz. »Hat mit Biddy gestern Abend noch alles geklappt?«, wechselt er dann das Thema.

»Klar. Ihr Bett steht und sie hat die letzte Nacht geschlafen wie eine Tote«, labere ich unbedacht drauflos und möchte mir in derselben Sekunde eine aufs Maul hauen. Logans jüngerer Bruder atmet deutlich wahrnehmbar scharf ein und mir geht der Arsch auf Grundeis. »Hat sie mir vorhin erzählt, ich habe sie kurz angerufen, um zu klären, wann ich heute kommen soll.

Um ihr weiterzuhelfen.« Fuck. Die Kurve habe ich mehr schlecht als recht genommen und ich kann nur hoffen, dass Ethan mit seinen Gedanken woanders ist.

»Machst du dich ebenfalls auf den Weg? Und versuch bitte, ob du Jackson erwischst. Irgendwann muss er sein verficktes Telefon doch mal in die Hand nehmen.« Erleichtert stoße ich meinen angehaltenen Atem aus. Scheinbar hat Ethan nichts geschnallt, denn sonst hätte er sicherlich was gesagt und mich nicht so einfach vom Haken gelassen.

»Mache ich. Bis gleich«, erwidere ich, lege auf und drehe mich um.

Emilia steht im Türrahmen ihres Schlafzimmers, nur mit meinem Kapuzenpullover bekleidet, und mir stockt einen Moment lang der Atem.

An diesen Anblick könnte ich mich definitiv gewöhnen, doch ihr das zu sagen, ist ausgeschlossen.

Emilia Davenport ist nach wie vor ein wandelndes Minenfeld und ihr Vertrauen in mich nicht gefestigt genug, als dass sie mit meinem Wunsch umgehen könnte.

Also bleibe ich stumm, gehe lediglich auf sie zu und drücke einen Kuss auf ihre Stirn. Mit einem kleinen Seufzen schlingt sie ihre Arme um meine Hüften und kuschelt sich an meine nackte Brust. Ihre warmen, weichen Lippen streifen über meine Haut und für einen verfluchten Augenblick bin ich versucht, sie ins Bett zurückzubringen, um dort weiterzumachen, wo wir letzte Nacht aufgehört haben.

»Das mit dem Frühstück holen wir ein andermal nach, ja?«, murmele ich, fahre mit einer Hand in ihr Haar und ziehe ihren Kopf leicht nach hinten, bis sie zu mir aufsieht.

Sie lächelt und nickt. »Das machen wir.«

Drei simple Worte, die mich breit grinsen lassen.

Wir machen Fortschritte.

Dass Emilia die Tür, die sie mir vergangene Nacht buchstäblich und im übertragenen Sinne geöffnet hat, nicht sofort wieder zustößt, ist sogar ein großer für sie.

Anderthalb Stunden später sitze ich zwischen Emilia und Logan, der praktisch ohne Punkt und Komma redet, wie er es immer macht, wenn er außer sich vor Sorge ist. Meist überspielt er das mit flapsigen, rotzigen Worten, doch heute ist er anders. Gedämpfter. Die Sache mit Jackson macht ihn wahnsinnig, das merkt man ihm deutlich an. Und mit jedem Satz steigert er sich weiter rein und malt sich ein Horrorszenario nach dem anderen aus.

»Ich habe Emilia gebeten, mir eine Liste erstklassiger und diskreter Entzugskliniken herauszusuchen, in die wir Jackson sofort bringen können, damit er die Hilfe bekommt, die er benötigt«, verkündet er in dieser Sekunde und mein Kopf ruckt zu ihm herum.

»Alter, jetzt mach mal halblang. Jeder von uns weiß, *wie* schlimm es werden kann, sollte diese Schlagzeile zutreffen«, unterbreche ich ihn aufgebracht. »Aber wir haben noch überhaupt keine Ahnung, was es mit diesen Fotos auf sich hat, ob an den Gerüchten was dran ist, oder ob das Ganze nicht nur eine miese Falschmeldung ist«, blaffe ich ihn an. »Im Zweifel für den Angeklagten«, setze ich nach. »Jackson ist nicht mal hier, um seine Sichtweise darzulegen, und du spielst bereits Richter und Henker in einer Person.«

Ich will einfach nicht glauben, dass an den verfickten Fotos irgendwas dran sein soll. Jackson tickt nicht so. Keiner von uns. Wir feiern gern, trinken dann auch mal einen über den Durst oder ziehen uns einen Joint rein, aber das war's auch schon. Von harten Drogen haben wir immer die Finger gelassen, weil wir nur zu gut wissen, was die anrichten können. Wie schnell sie eine Karriere, ein Leben ruinieren können.

»Jackson ist doch kein Idiot. Ich bin mir sicher, dass es für die Fotos eine logische Erklärung gibt«, mischt sich nun auch Chase ein, der bisher ziemlich still gewesen ist.

»*Jackson* glänzt vor allem durch Abwesenheit«, kommt es reichlich angefressen von Logan. »Wenn er nichts zu verbergen hat, warum ist er dann nicht hier, um uns diese verfluchten Aufnahmen zu erklären? Warum schweigt er sich aus und reagiert auf keine unserer Nachrichten, wenn er d…« Logan verstummt abrupt, als die Stimme unseres Bassisten ertönt.

»Weil ich bis vor einer halben Stunde geschlafen habe, du Pisser«, schnauzt Jackson. »Und weil ich mich, kaum, dass ich diesen völlig überzogenen Alarm in Form von ungefähr dreiundfünfzig verpassten Anrufen und unzähligen Kurznachrichten auf meinem Handy gesehen habe, auf den Weg hierher gemacht habe.«

Jackson stößt sich vom Türrahmen ab, geht zur Anrichte, holt sich eine Tasse aus dem Schrank über der Kaffeemaschine und schenkt sich anschließend ein. Nachdem er Milch in seinen Becher getan hat, nimmt er am Kopfende des langen Tisches Platz und sieht uns nacheinander an.

»Seid ihr noch ganz dicht?!«, fragt er uns und schüttelt mit dem Kopf.

Er sieht übernächtigt aus, als hätte er eine anstrengende Partynacht hinter sich. Jackson geht von uns allen allerdings am seltensten feiern, aber wenn, lässt er es meist richtig krachen. Eigentlich kein Grund zur Besorgnis.

Eigentlich.

Doch zum ersten Mal regt sich in mir ein leicht mulmiges Gefühl. Nicht greifbar, aber nicht weniger beunruhigend.

Was ist, wenn an der ganzen Story doch mehr dran ist?

»Du fragst, ob *wir* noch ganz dicht sind?!«, zischt Logan und verschränkt die Arme vor seinem Oberkörper. »Wer von uns hat sich denn mit einem stadtbekannten Dealer beim Abwickeln eines Geschäfts ablichten lassen?!« Elle neben ihm schnappt nach Luft und legt in einer beruhigenden Geste ihre Hand auf seinen Oberarm.

»Blake ist ein alter Kumpel von mir. Ich kenne ihn seit der High School und wir sind immer in Kontakt geblieben. Er dealt, ja. Ich weiß, dass es dämlich war, mich öffentlich mit ihm zu treffen, aber heilige Scheiße, wir haben nur über alte Zeiten gequatscht und zusammen gesoffen. Mehr nicht«, rechtfertigt sich Jackson.

Logan tauscht einen Blick mit Ethan, ehe er zu Jackson sieht. »Du bist in letzter Zeit der Erste, der verschwindet, wenn wir im Tonstudio oder mit unseren Bandproben fertig sind. Du hängst kaum noch mit uns ab, sondern bi…«

Jackson stößt ein genervtes Schnaufen aus und fällt unserem Bandleader ins Wort. »Fuck, weil ich einfach alle bin. Meine Verletzungen vom Unfall und die Tour stecken mir noch in den Knochen und ich hatte kaum Zeit, mal durchzuatmen, weil wir so ein irrsinniges Pensum und Tempo an den Tag legen.« Sein Blick ist ernst und irgendwie zerknirscht. »Ich habe euch das damals nicht gesagt, aber bei dem Autounfall, den ich mit Joe hatte, hat auch mein Rücken was abbekommen. Daran knacke ich nach wie vor, aber mehr ist da nicht.«

Logans Augen werden groß. »Dein Rücken?! Ist dir klar, dass wir in Teufels Küche hätten kommen können, wenn da auf der Tour noch was passiert wäre?!« Leicht fassungslos schüttelt unsere Oberglucke mit dem Kopf. »Die Plattenfirma hätte uns den Arsch aufgerissen, wenn wir deinetwegen den Versicherungsschutz verloren hätten, weil du deinen Mund nicht aufgemacht hast!«, blafft er unseren Bassisten an, während dieser ihn völlig unbeeindruckt anschaut.

»Hätte, hätte, Fahrradkette«, schnauzt Jackson zurück. »Die Tour ist vorbei und es ist alles okay, also hör gefälligst auf, dich unnötig in Vergangenes reinzusteigern!« Er knallt seinen Kaffeebecher auf den Tisch und richtet seine Augen auf Emilia, die unsere Auseinandersetzung bisher stumm verfolgt und zwischendurch in ihrem Notizblock herumgekritzelt hat. »Gehe ich recht in der Annahme, dass du schon ein grobes, erstes Statement entworfen hast, Biddy?«, wendet er sich an sie. Lia hebt ihren Blick und sieht ihn tadelnd an, bis Jackson einknickt. »Emilia?«, korrigiert er sich und ich beiße mir auf die Zunge, um nicht aufzulachen.

Als ich wegschaue, fällt meine Aufmerksamkeit auf Ethan, der mich so nachdenklich-wissend betrachtet, dass mir einen Moment lang schlecht wird. Fuck. Ich habe doch nichts getan, außer Emilia anzublicken.

»Das habe ich. Wir werden ein knappes, erklärendes Video-Statement in eurem Social-Media-Account abgeben, in dem du dein Verhältnis zu Blake darlegst. Alte Freunde, ihr habt euch zufällig getroffen, bla bla bla, an den Drogengerüchten ist nichts dran, du erfreust dich bester Gesundheit und arbeitest gemeinsam mit dem Rest der Band mit Volldampf an eurem nächsten Album.«

Logan schnaubt. »Und das soll ausreichen?«, fragt er seine Cousine zweifelnd.

»Das wird ausreichen. Wir messen der Sache keine große Bedeutung bei, bauschen es nicht unnötig auf und dementsprechend wird auch die Wirkung nach außen sein. Ihr präsentiert euch als Einheit, Jackson erklärt die Situation in ein paar kurzen Sätzen und dann schwenkt ihr auf euer neues Album. Wenn ihr eure Fans besonders glücklich machen wollt, lasst sie an einem der neuen Songs teilhaben. Spielt einen kleinen Ausschnitt.«

Emilia sieht mich an und lächelt einen Moment, bevor sie sich wieder auf Jackson konzentriert, der ähnlich ungläubig wie Logan aus der Wäsche schaut.

»*Wenn* keine weiteren Schlagzeilen in dieser Richtung folgen, wird das reichen. Alles andere würde bedeuten, ihnen unnötiges Futter zu geben und die Sache größer zu machen, als sie ist.« Sie beugt sich vor und greift nach der Dose mit dem Müsli. »Ich für meinen Teil würde jetzt gerne frühstücken, ich habe mittlerweile Bärenhunger«, verkündet Emilia.

»Anstrengende Nacht gehabt?«, fragt Ethan unvermittelt, während er mich mit seinem Blick fixiert.

Scheiße.

Er weiß es.

Oder er ahnt es zumindest.

Scheinbar hat er mir vorhin doch besser zugehört, als ich angenommen habe.

Emilia, die von der in der Luft liegenden Spannung nichts bemerkt, streut noch Salz in die Wunde. »Kurz war sie«, erwidert sie, während sie etwas von dem Müsli sowie Milch in eine Schüssel gibt.

Elle, Chase und Amy starren alarmiert erst mich und dann Lia an. Ethan hingegen hat weiterhin mich im Visier, nur Jackson und Logan scheinen nichts zu begreifen.

»Natürlich ist sie platt, der ganze Stress mit dem Umzugsunternehmen war ja nicht ohne. Aber Liam war ja Gott sei Dank da und konnte ihr helfen«, schlägt sich der unwissende, ältere Davenport auf meine Seite. Er klopft mir auf die Schulter. »Du bist ein echter Freund, auf den immer Verlass ist, Alter.«

»Aber sicher«, krächze ich und scheitere jämmerlich bei dem Versuch, normal zu klingen.

Ethan legt seinen Kopf leicht schief und sieht mich an, als wolle er mich häuten, bleibt aber stumm.

Fuck.

Ich bin geliefert.

Wenn der jüngere Davenport Bescheid weiß, ist es nur eine Frage der Zeit, bis auch der andere dahinterkommt. Der hat mich nur aus einem einzigen Grund derzeit nicht im Fokus: Jacksons Probleme. Und dann gnade mir Gott.

Emilia lächelt mich so süß an, dass ich nicht anders kann, als meinerseits zu lächeln, Ethans stechenden Blicken zum Trotz.

»Was haltet ihr davon, wenn wir das Video für das Statement in Logans Studio drehen und nicht in dem der Plattenfirma? Das ist intimer und würde eure Verbundenheit nicht nur als Band, sondern eben auch als die Familie, die ihr nun einmal seid, meiner Meinung nach noch stärker zeigen«, fragt sie anschließend in die Runde.

»Die Idee finde ich gut«, kommt es zuerst von Jackson, während Logan, Ethan, Chase und ich ebenfalls zustimmend nicken.

»Gut, dann machen wir das nach dem Frühstück. Ein kleines Home-Video, das dem Gerücht den Wind aus den Segeln nehmen wird.« Emilia schiebt einen Löffel voll Müsli in ihren Mund und endlich stürzen sich auch die anderen auf den reichhaltig gedeckten Frühstückstisch.

Alle reden wild durcheinander, auch Logans und Ethans Freundinnen beteiligen sich rege an der Unterhaltung, nur ich bleibe zur Abwechslung lieber stumm, weil ich nach wie vor den prüfenden Blick des jüngeren Davenports auf mir spüre. Lustlos schaufele ich mir etwas Rührei und Speck auf den Teller, um nicht noch verdächtiger zu wirken. Hunger habe ich keinen, mein Magen ist wie zugeschnürt, aber ich zwinge mich zum Essen.

Nach dem Frühstück verschwindet Logan mit Emilia

im Schlepptau in den Keller, wo sein Tonstudio untergebracht ist. Amy und Elle beginnen damit, den Küchentisch abzuräumen, und Chase, die blöde Arschgeige, verdrückt sich mit Jackson nach draußen in den Garten und lässt mich so mit Ethan allein.

Logans Bruder beugt sich über den Tisch etwas nach vorn. »Weißt du, ich habe mich schon gewundert, wie schnell Biddy sich gefangen hat und wie gelöst und glücklich sie die letzten Wochen gewirkt hat«, fängt er mit leiser Stimme an und sieht einmal über seine Schulter, ehe er weiterspricht.

Amy und Elle haben zwischenzeitlich die Küche verlassen, um mit Polly und Gizmo eine kurze Runde zu drehen, also ist gar keiner mehr hier, der mir im Zweifelsfall den Arsch rettet.

»Seit wann läuft das zwischen euch?«, fragt er mich ernst und ich überlege, ob ich nun diplomatisches Geschick beweisen und ausweichend antworten soll, oder einfach mit der Wahrheit herausrücke.

»Seit ihrer Ankunft«, gestehe ich und Ethans Augen weiten sich kurz. »Bevor du jetzt ausrastest, das mit Emilia ist kein Spiel für mich.« Ethans Ausdruck ist immer noch zweifelnd und auch wenn ich ihn verstehe, möchte ich ihm dafür am liebsten eine aufs Maul geben.

»Ist es tatsächlich nicht.« Die Stimme von Chase hinter mir lässt mich zusammenfahren. Dass diese Arschgeige sich aber auch immer so anschleichen muss! »Er hat Elle neulich nach Rat gefragt und dabei verkündet, dass er vielleicht doch ein Mann für nur eine Frau sei«, haut unser zweiter Gitarrist mich ungerührt in die Pfanne und nimmt neben mir Platz. »Keine Panik, die Glucke ist noch im Keller und bereitet mit Biddy den Dreh vor«, beruhigt er mich.

»Wenn du Emilia nach allem, was sie mit ihrem Ex durchhat, wehtust, häute und grille ich dich«, verkündet Ethan. »Gemeinsam mit Logan ... dem ich vorerst nichts von euch sagen werde.« Ich atme erleichtert durch, einen wutentbrannten Logan Davenport im Nacken kann ich in dieser Phase meiner Beziehung mit Emilia nicht gebrauchen. »Fuck, Alter, dich hat's echt erwischt, oder?«, fragt Ethan mich verblüfft und fängt an zu grinsen, als ich nicke.

Ich bin Emilia von der ersten Sekunde an verfallen.

Und mittlerweile absolut verrückt nach ihr.

Der bloße Gedanke, dass ich sie verlieren könnte, sorgt dafür, dass sich mein Magen einmal umdreht.

»Du bist sowas von am Arsch«, klugscheißt Chase und springt mit einem Lachen auf, als ich mich auf ihn stürzen will. »Ihr fallt echt wie die Fliegen um und lasst euch einer nach dem anderen an die Leine legen.«

Ich grinse und tausche einen verschwörerischen Blick mit Ethan. »Warte nur ab, bis es bei dir soweit ist«, erwidere ich und Chase schüttelt entschieden den Kopf.

»Irgendjemand muss ja unseren Ruf aufrecht erhalten. Wir sind schließlich eine Rockband! Reicht schon, dass mehr als die Hälfte von uns ne feste Freundin hat. Fehlt nur noch, dass demnächst Kinderwagen und Schnuller zum Thema werden!« Mit diesen Worten verlässt er die Küche, weil Logan nach ihm brüllt.

»Danke, dass du nicht gleich ausflippst, weil ich Emilia ...«, fange ich an, doch Ethan unterbricht mich.

»Ich flippe aus. *Innerlich*. Aber ich habe mitbekommen, wie sie dich ansieht. Und noch viel wichtiger: Wie du sie ansiehst.« Er erhebt sich, als unser kontrollsüchtiger Frontsänger nach uns ruft. »Für mich spielt nur eins eine Rolle. Dass du sie glücklich machst, und das scheint im Moment der Fall zu sein. Sollte sich das ändern ...« Ethan lässt den Satz ins Leere laufen und seufzt leise. »Irgendwann müssen wir es Logan sagen. Ewig können wir das nicht geheimhalten.«

Ich nicke wenig begeistert, obwohl ich weiß, dass er

Recht hat. Wenn das mit Emilia und mir funktionieren soll, muss er es erfahren. Aber erst einmal muss ich Lia davon überzeugen, dass es mir ernst mit ihr ist und sie mir vertrauen kann.

KAPITEL 15

Emilia

Mein Schreibtisch ist voll mit Arbeit, und doch kann ich nicht verhindern, dass meine Gedanken immer wieder zu Liam abschweifen. Die letzten drei Wochen haben wir uns zwar nur wenig gesehen, aber die Zeit, die wir miteinander verbracht haben, war wunderschön. Liam ist bei jedem unserer Treffen unglaublich liebevoll und fürsorglich mit mir umgegangen, und ich bin nur noch verliebter in ihn.

Ich fühle mich so wohl und entspannt, wenn ich mit ihm zusammen bin. Wenn ich ganz ehrlich zu mir selbst bin, ist es mir nie zuvor so gegangen wie mit Liam. Eigentlich bin ich immer davon ausgegangen, dass Benedict die große Liebe meines Lebens gewesen ist, aber das, was ich für Liam empfinde, ist so anders und viel intensiver, dass es mir manchmal Angst macht.

Mein Handy vibriert zweimal und kündigt so den Eingang einer WhatsApp-Nachricht an. Ein Blick auf das Display lässt mich lächeln, als ich entdecke, dass es Liam ist, der sich bei mir meldet. Ich klicke auf die Benachrichtigung und mein Lächeln erstirbt langsam, als ich lese, was er mir geschrieben hat.

Meine Schöne, ich muss unsere Verabredung heute Abend leider absagen. Logan hat eine Nachtschicht angeordnet und ich kann ihm schlecht sagen, dass ich viel lieber Zeit mit seiner Cousine verbringen würde.

Seufzend antworte ich Liam und frage ihn, ob wir uns dann morgen sehen. Erst, nachdem ich die Nachricht abgeschickt habe, wird mir bewusst, dass ich mich verdächtig wie eine feste Freundin anhöre. Schnell jage ich hinterher, dass ich noch Hilfe beim Aufbau eines Bücherregals brauche und er doch mein Feuerwehrmann für derartige Notfälle sei. Ich muss lachen, als ich seine Antwort öffne und lese.

Lia, nicht nur für derartige Notfälle. ;)
Morgen lasse ich mich durch nichts abhalten, meine Schöne.
Auch nicht durch deinen kontrollsüchtigen Cousin.
Bis morgen.

Zufrieden lächelnd lege ich das Smartphone beiseite und zwinge mich dazu, mich endlich auf meine Arbeit zu konzentrieren. Diesen einen Tag werde ich schon noch irgendwie herumbekommen und Ablenkung in Form meines Jobs wird mir dabei helfen.

Schlaftrunken tapse ich am anderen Morgen nach einer kurzen Dusche in meine Küche, setze Kaffee auf und greife mir danach routinemäßig mein Handy, um die News zu checken.

Mir gefriert das Blut in den Adern, kaum, dass ich meinen Social-Media-Account geöffnet habe. Ich blinzele mehrmals, doch das Bild ändert sich nicht.

Liam.

In einer innigen Umarmung mit einer anderen Frau.

Eine ganze Serie von Fotos der beiden wird gekrönt von einer reißerischen Überschrift.

Konnte der Gravity-Keyboarder sie nie vergessen?

Theresa Hitchcock und er hatten vor einiger Zeit mal eine lockere Affäre, an die sogar ich mich noch erinnern kann, weil sie damals ständig Schlagzeilen gemacht haben. Die Presse hat sich seinerzeit förmlich überschlagen, weil sie glaubten, dass sich Liam endlich auf etwas Festes einlassen würde. Letztlich haben sich

Theresas und seine Wege jedoch getrennt - bis gestern.

Mir wird schlecht bei dem Gedanken daran, dass er mich eiskalt belogen und die Band beziehungsweise meinen Cousin vorgeschoben hat, damit er sich mit dieser Frau treffen kann. Ohne dass ich es will, blitzt eine ziemlich eindeutige Abfolge von Bildern vor meinem inneren Auge auf.

Kopfschüttelnd werfe ich mein Smartphone beiseite und atme mehrmals tief durch.

Was habe ich erwartet?!

Wie konnte ich nur so naiv sein und mich der Illusion hingeben, dass Liam mittlerweile ein Anderer ist?

Dass er es mit mir auch nur ansatzweise ernst meint und es für ihn nicht mehr als eine lose Sexgeschichte ist?!

Ich fühle mich so unglaublich dumm, vor allem, weil ich mir Liam doch aus exakt diesem Grund ausgesucht habe. Nach der Katastrophe mit Benedict wollte ich die Fäden ziehen, die Kontrolle behalten und nie wieder mein Herz verschenken. Das zwischen uns sollte genau das sein, was Liam gestern Abend daraus gemacht hat. Eine lockere Affäre ohne Verpflichtungen.

Aber ich habe mich verführen lassen von der Art und Weise, wie er mit mir umgegangen ist. Liam hat mich behandelt, als wäre ich etwas Besonderes für ihn, und ich habe angefangen, ihm zu glauben und zu vertrauen. Mich in ihn zu verlieben, wider besseren Wissens.

Wütend auf mich selbst schlage ich mit der Faust auf die Küchentheke und verfluche mich für meine Naivität. Liam Ashby ist niemals ein Mann für etwas Ernstes oder nur eine Frau gewesen, und er würde es niemals sein. Je eher ich das endlich begreife, desto besser.

Entschlossen schnappe ich mir mein Telefon und

schreibe Liam eine Kurznachricht, mit der ich unsere Verabredung für heute unter einem Vorwand absagen möchte. Gerade, als ich die Message abschicken will, klingelt es an meiner Tür. Liam und ich haben keine Uhrzeit abgemacht, aber ich kann mir nicht vorstellen, dass er so früh bei mir aufschlägt. Erst recht nicht, wenn ich darüber nachdenke, was er die vergangene Nacht *getrieben* hat.

Auf Zehenspitzen husche ich zur Tür, blicke durch den Spion und entdecke tatsächlich den *Gravity*-Keyboarder. Ohne, dass ich es will, schlägt mein Herz schneller. Dass ich körperlich so auf ihn reagiere, macht mich angesichts dessen, was er getan hat, erst recht sauer.

Schwungvoll reiße ich die Tür auf und will gerade zu einer gepfefferten Schimpftirade ansetzen, als Liam auf mich zutritt, mich mit einer stürmischen Bewegung an sich zieht und seinen Mund auf meinen drückt.

Mein verräterischer Körper macht, was er will und spricht auf Liams Kuss an, wie er es immer tut. Bereitwillig öffne ich meine Lippen für ihn und lasse zu, dass er den Kuss vertieft. Die Schmetterlinge in meinem Bauch flattern mit ihren Flügeln und gleichzeitig bricht mein Herz mit jeder Sekunde, die wir uns küssen, ein wenig mehr.

Nach einer gefühlten Ewigkeit löst Liam sich von mir und streicht mir mit den Fingerspitzen sanft über die Wange. »Hey, meine Schöne«, murmelt er mit rauer Stimme und bringt mich so zum Erschauern. »Ich weiß, ich bin sehr früh dran, aber ich wollte dich unbedingt sehen«, setzt er leise nach und sieht mich so eindringlich an, dass mein Pulsschlag noch einmal in die Höhe schnellt.

Verdammt, was ist denn bloß los mit mir?!

Ich bin doch kein unerfahrener, unschuldig-naiver Teenager mehr!

Insbesondere nicht nach meiner Erfahrung mit Benedict!

Warum also mache ich genau die gleichen Fehler?!

Weshalb lasse ich mich schon wieder so einwickeln?!

»Ach ja? Wolltest du das?«, frage ich betont kühl und Liam zieht mit einem leicht verwunderten Gesichtsausdruck eine Augenbraue hoch.

Ich mache auf dem Absatz kehrt und verschwinde in der Küche. Seine Schritte ertönen hinter mir und verraten mir so, dass er mir folgt. Fahrig greife ich nach der Kaffeekanne und schenke mir etwas in meinen bereitstehenden Becher ein.

»Möchtest du auch? War sicher eine anstrengende und kurze Nacht, so wie ich Logan kenne«, wende ich mich mit einem sich ziemlich falsch anfühlenden Lächeln auf den Lippen Liam zu.

»Kaffee wäre super«, erwidert er und sucht meinen Blick. Prüfend mustert er mich, scheint aber dann zu dem Schluss zu kommen, dass er meine vorhergehende unterkühlte Art überbewertet. Auf seinen Zügen breitet sich ein verschmitzt-amüsiertes Grinsen aus, ehe er weiterspricht. »Logan hat uns alle mal wieder wahnsinnig gemacht mit seinem Perfektionismus und seinen Wutausbrüchen.«

Wow.

Er lügt mir eiskalt ins Gesicht.

Mein Magen schlägt mehrere Purzelbäume und mir wird schlecht.

Das Ganze hier fühlt sich wie eine verfluchte Wiederholung meiner Beziehung mit Benedict an, nur mit dem Unterschied, dass ich dieses Mal mit offenen Augen auf die Katastrophe zugesteuert bin.

Mechanisch hole ich eine Kaffeetasse aus dem Schrank über der Maschine, schenke Liam ein und halte ihm den Becher dann entgegen. Dass er trotz der Schlagzeilen in sämtlichen sozialen Netzwerken nicht einmal den Arsch in der Hose hat, mir reinen Wein einzuschenken, sondern mich weiter anschwindelt, tut so weh.

»Ich war erst gegen zwei Uhr zu Hause, weil dein durchgeknallter Penner von Cousin nicht eher Ruhe gegeben hat, bis wir den Song so im Kasten hatten, wie er ihn sich vorgestellt hat.« Liam schmunzelt und trinkt einen Schluck, bevor er die Tasse neben sich auf der Anrichte abstellt. »Aber verfickte Scheiße, letztlich ist das Ding nur durch seine Beharrlichkeit so gut geworden. Ich denke, es ist eines der stärksten Lieder für das neue Album und hat das Potential zu einem Hit«, redet er im Plauderton weiter, während ich ihm am liebsten den Hals umdrehen möchte. »Die Nacht war also definitiv anstrengend und kurz, aber das war es wert. Verrate das dem Wichser bloß nicht, dann dürfen wir uns seine Klugscheißerei ewig anhören.«

Blanke Wut ergreift bei der Erkenntnis, wie perfide und gerissen Liam mich manipuliert, damit seine Lüge nicht auffliegt, Besitz von mir. Endlich reagiere ich so, wie ich sollte und lasse mich nicht mehr länger von meinen Empfindungen für ihn blenden.

»Du bist wirklich unglaublich! Für wie dumm hältst du mich eigentlich?! Ich will, dass du gehst! Sofort!«, schnauze ich ihn an, ehe ich meinen Kaffeebecher abstelle und anschließend mit energischen Schritten an ihm vorbeihaste in Richtung Wohnungstür. »Dass du die Unverfrorenheit besitzt, mir dermaßen ins Gesicht zu lügen, macht mich sprachlos!«, blaffe ich über meine Schulter hinweg und reiße die Tür auf.

Liam, der mir gefolgt ist, starrt mich völlig verblüfft an. »Lia, was ist denn l…«, fängt er an, doch ich unterbreche ihn.

»Das ist nicht dein ernst?!«, fauche ich und stemme die Hand in die Seite. »Willst du mir tatsächlich weismachen, dass du keine Ahnung hast, wovon ich spreche?!« Kopfschüttelnd atme ich mehrmals tief ein und aus, bevor ich weiterrede. »Ich möchte, dass du verschwindest. Erinnerst du dich noch daran, wie ich dir gesagt habe, dass ich es jederzeit beenden kann und du das widerspruchslos hinzunehmen hast?!« Meine Stimme ist mit jedem Wort heiserer geworden und kippt am Ende nach oben weg. »Exakt dieser Moment ist jetzt gekommen. Also hau endlich ab!«

Liam sieht mich so perplex und verwirrt an, dass ich für ein paar winzige Sekunden tatsächlich zweifele, doch dann schiebt sich wieder dieses schreckliche Bild von ihm und Theresa vor mein inneres Auge.

»Emilia, diese Ansage hast du gemacht, als die Dinge zwischen uns noch völlig anders standen«, erwidert er, bricht jedoch ab, als ich energisch mit dem Kopf schüttele.

»Als die Dinge zwischen uns noch völlig anders standen?!«, wiederhole ich seine Worte. »Das hier war *nie* mehr als eine Fick-Geschichte, die ich nun beende. Punkt, aus.« Meine Kehle ist mit jedem gesprochenen Wort enger geworden und zu meinem Entsetzen spüre ich, wie mir Tränen in die Augen schießen. Nicht auszudenken, dass ich vor ihm zu weinen anfange.

»Lia«, versucht er es ein letztes Mal, doch ich bin unerbittlich.

»Geh. Jetzt.« Zwei Worte, die ich irgendwie hervorquetsche, während ich verzweifelt versuche, nicht loszuheulen.

Liam seufzt resigniert und verlässt dann tatsächlich mein Appartement. Ich schlage die Tür hinter ihm zu, lasse mich mit dem Rücken an ihr hinab auf den Boden sinken und lausche seinen sich langsam entfernenden Schritten. Erst, als ich sicher bin, dass er fort ist, schluchze ich auf und lasse meinen Tränen freien Lauf.

Stunden später werde ich von einem ziemlich

beharrlichen Klopfen und Klingeln an meiner Wohnungstür geweckt. Irgendwie habe ich es von dem Fußboden im Flur auf meine Couch im Wohnzimmer geschafft, auf der ich mich zusammengerollt und geweint habe, bis ich eingeschlafen bin.

»Emilia Davenport, mach sofort diese verdammte Tür auf, oder ich trete sie ein!«, schnauzt eine mir nur zu gut bekannte Stimme.

Hastig erhebe ich mich, stolpere durch den Raum und stoße mir den großen Zeh am Türrahmen an. Fluchend schalte ich das Flurlicht ein und öffne die Wohnungstür. Mein Zeh pocht und tut höllisch weh, doch bei dem Anblick meines Cousins tritt dieser Schmerz in den Hintergrund.

Ethan sieht mich mit einer so merkwürdigen Mischung aus Entrüstung und Besorgnis an, dass ich wieder zu weinen beginne. Mit einem Seufzen zieht er mich in seinen Arm und drückt mich fest an sich, während er die Tür mit seinem Fuß zuschiebt.

»Biddy, Süße, Liam hat mich völlig neben der Spur angerufen und mir erzählt, was zwischen euch vorgefallen ist«, nuschelt er an meinem Ohr und ich erstarre in seiner Umarmung.

»Du weißt Bescheid über uns?!«, krächze ich und mein Cousin atmet tief durch.

»Ja, ich weiß Bescheid, und glaub mir, ich bin nicht sonderlich begeistert, dass du dir ausgerechnet Liam ausgesucht hast«, mosert er und klingt dabei so angefressen, dass ich auflachen muss und mich durch das gleichzeitige Schluchzen verschlucke. Ethan klopft mir auf den Rücken, bis mein Husten nachlässt. »Verstehe mich nicht falsch, Liam ist einer meiner engsten Freunde und ich liebe ihn wie einen Bruder, aber er ist eben auch … Liam. Der Typ, der nichts anbrennen lässt.«

Schniefend nicke ich an seiner Brust. »Und genau das

hat er letzte Nacht mal wieder getan«, wispere ich und fühle einen neuen Schwall von Tränen in mir emporsteigen.

»Hat er eben *nicht*«, antwortet Ethan ohne zu zögern und mein Herz steht für einen Moment still. »Ich hätte nie gedacht, dass ich das mal über unseren sexuell hyperaktiven und sich nicht festlegen wollenden Keyboarder sage, aber … der Mann will dich. *Nur* dich, Biddy. Ich habe ihn nie zuvor so fertig erlebt wie heute am Telefon. Eigentlich wollte ich ihm die Eier abreißen, weil ich diese verschissene Schlagzeile schon gesehen hatte, doch Liam hatte ehrlich keine Ahnung.«

Ich löse mich von Ethan und sehe misstrauisch zu ihm auf. »Aber die Bilder sind eindeutig … und er hat nichts davon gesagt, sondern mir vorgelogen, dass er mit euch bis spät in die Nacht im Studio war«, widerspreche ich.

Mein Cousin seufzt und hebt die Papiertüte in seiner Hand, die mir vorher gar nicht aufgefallen ist. »War er auch. Er hat dich weder hintergangen, noch dich angelogen.« Er zieht mich mit sich in die Küche und holt zwei kleine Löffel aus meiner Besteckschublade. »Nervennahrung. Schokoladen-Kirsch-Eis, deine Lieblingssorte«, erklärt er und schleift mich mit sich in mein Wohnzimmer.

Dort angekommen nimmt er auf der Couch Platz und klopft auf die freie Fläche neben sich. Nachdem ich mich gesetzt habe, greife ich nach einem der Löffel, als Ethan das Eis auspackt und den Deckel sowie die Schutzfolie entfernt. Ich nehme einen Löffel der cremigen Masse und schiebe ihn mir in den Mund, während die Gedanken in meinem Kopf Amok laufen.

Ein Teil von mir möchte so gern glauben, was Ethan mir erzählt. Doch da ist auch der Teil von mir, der nicht vergessen kann, dass Liam ein Playboy ist, der sich niemals auf eine Frau hat festlegen wollen.

Warum sollte es jetzt anders sein?

»Was du heute abgezogen hast, war völlig daneben«, dringt Ethans Stimme in meine Überlegungen. Mein Kopf fliegt zu ihm herum und ich starre ihn fassungslos an. »Emilia, bei allem Verständnis für dich angesichts der Dinge, die Benedict getan hat, dass du Liam nicht einmal den Hauch einer Chance eingeräumt hast, dir zu erklären, was wirklich losgewesen ist … das geht nicht.« Er schnalzt mit der Zunge, als ich etwas einwerfen will. »Ganz ehrlich, welcher Fremdgeher ruft denn bitte den Cousin seiner Süßen an, weil er vollkommen verwirrt ist und die Welt nicht mehr versteht?! Den Cousin, von dem er angedroht bekommen hat, dass er ihn langsam und schmerzvoll umbringt, sollte er dir wehtun?!«

Diesem berechtigten Einwand kann ich nicht wirklich etwas entgegensetzen, denn Ethans Frage macht Sinn.

»Wie ich schon sagte, die Schlagzeile um Theresa und sich hatte er noch gar nicht gesehen, sonst hätte er dir doch als Erstes gesagt, wie das zustande gekommen ist. Die beiden sind sich zufällig begegnet, als er auf dem Weg ins Studio war, und Himmel, sie haben eine gemeinsame Vergangenheit. Die Pressegeier waren zur rechten Zeit vor Ort, haben die zwei abgelichtet und wie beinahe jedes Mal eine beschissene und unwahre Schlagzeile daraus gemacht. Und warum? Weil es sich gut verkauft. Die Leute wollen nicht die Wahrheit, sondern eine gute Story«, verteidigt Ethan seinen Kumpel und ich fühle mich mit jedem Wort, das er spricht, mieser. »Liam war ein Player, aber er war und ist kein Scheißkerl, der lügt und betrügt. Er hat immer mit offenen Karten gespielt und jede seiner Frauen wusste, woran sie ist und was sie bekommt.«

Ethan sieht mich ernst an, nimmt mich in den Arm und drückt einen Kuss auf meinen Scheitel.

»Ich kann verstehen, dass du Probleme hast,

jemandem zu vertrauen. Und ich kann auch verstehen, dass dir das bei Liam nicht unbedingt leichter fällt. Er steht im Rampenlicht, nicht so sehr wie Logan oder ich, aber eben doch genug ... und die Weiber umkreisen ihn wie die Motten das Licht ... aber Fuck, Emilia, so wie jetzt bei dir habe ich ihn wirklich noch nie zuvor gesehen.«

Er verwuschelt mir die Haare und taucht seinen bisher unbenutzten Löffel dann ebenfalls in den Eisbecher.

»Diese Fotos ... ihn so zu sehen ... das hat mich mit der Wucht eines Vorschlaghammers getroffen. Ich habe mich gefühlt, als würde ich noch einmal dasselbe wie mit Benedict erleben«, flüstere ich und Ethan streichelt mir in sanften, kreisenden Bewegungen über den Rücken.

»Ich weiß ... und das verstehe ich. Das an sich versteht auch Liam, aber dass du ihm nicht mal die Chance gegeben hast, seine Version der Geschichte zu erzählen, das geht so nicht, Emilia. Zu einer Beziehung gehört eben auch, dass man solche Dinge klärt und es ist nicht fair, dass jemand in deiner Position der Klatschpresse so blind glaubt.«

Kläglich seufzend nicke ich und schlage die Hände vor das Gesicht. Das war so dumm von mir, aber ich habe Rot gesehen. »Aber ... ich ... Liam ... ich habe keinen Schimmer, was er möchte. Erinnerst du dich noch an Logans Party in der Nacht, als ich angekommen bin?« Ethan gibt einen Brummlaut von sich. »Am Morgen danach hat er verkündet, dass er kein Mann für eine Frau sei«, murmele ich und sehe verwundert zur Seite, weil Ethan amüsiert auflacht.

»Das mag er seinerzeit gesagt haben, aber Liam hat seine Meinung ziemlich schnell revidiert. Was erwartest du? Damals dachte er das. Und dann kamst du.« Ethan lehnt sich zu mir hinüber und sieht mich so ernst an, dass mir ein wenig mulmig wird. »*Du* bist diejenige, die sich darüber klar werden muss, was sie möchte und was nicht. Die entscheiden muss, ob sie dem, was zwischen euch ist, eine Chance geben möchte. Die herausfinden muss, ob sie die Vergangenheit hinter sich lassen und Liam unvoreingenommen begegnen kann. Dass du ihn immer wieder mit Benedict vergleichst und ihn auf eine Stufe mit diesem Bastard stellst, hat er definitiv nicht verdient. Liam hat seine Entscheidung getroffen und die ist für dich gefallen. Du hast das aber noch nicht getan.«

Verschämt blicke ich weg, bis Ethan seine Finger an mein Kinn legt und mich so dazu bringt, ihn wieder anzusehen.

»Wenn du mich fragst, ist das, was ihr füreinander empfindet, das Risiko wert«, raunt er.

Mein Herz schlägt schneller und doch packt mich gleichzeitig die Furcht bei dem Gedanken daran, dass ich Liam mit meinem Verhalten heute Morgen endgültig vergrault haben könnte.

»Den hast du nicht verjagt«, redet Ethan weiter und grinst, als ich ihn verblüfft angucke. »Ich kenne dich, Biddy. Deine Angst steht dir förmlich ins Gesicht geschrieben, doch sie ist unnötig. Du wirst den ersten Schritt machen und dich entschuldigen müssen, aber Liam wird dich ganz sicher nicht wegschicken. Fuck, der Kerl ist dir mit Haut und Haar verfallen!«

Meine Wangen werden warm, während sich gleichzeitig ein Lächeln auf meine Lippen stiehlt.

»Ich ihm auch«, gestehe ich meine Gefühle für Liam erstmalig gegenüber einem anderen Menschen ein. »Es macht mir eine Heidenangst«, setze ich leise nach. »Ich möchte ihm so gern vertrauen. Manchmal wünschte ich mir, dass ich Benedict niemals getroffen hätte. Dann hätte ich jetzt nicht solche Schwierigkeiten damit, mich verletzlich zu machen und Liam in mein Leben zu lassen.«

Ethan wiegt nachdenklich seinen Kopf hin und her. »Dann hätten die Dinge zwischen Liam und dir sich vielleicht niemals so entwickelt«, wendet er ein. »Alles ist zu irgendetwas gut, auch die schlechten Sachen, die uns passieren«, sinniert er und nimmt noch einen Löffel des mittlerweile bereits ziemlich geschmolzenen Eis. »Und was das Liam in dein Leben lassen angeht: Im Grunde hast du das schon längst getan. Du willst dir nur nicht eingestehen, dass du etwas für ihn empfindest, oder?« Unter seinem eindringlichen Blick knicke ich nach wenigen Momenten ein.

»Ich habe mich in ihn verliebt. Von der ersten Sekunde an«, gebe ich zu und Ethan lächelt mild, ehe sein Gesichtsausdruck wechselt und eine Mischung aus Erheiterung und Schadenfreude zeigt.

»Dann wirst du deine Arschbacken zusammenkneifen, zu ihm gehen und dich entschuldigen.« Ethan legt seine Hand auf meinen Mund, als ich etwas entgegnen möchte. »Arschbacken zusammenkneifen und entschuldigen, keine Widerrede.«

Ich nicke und mein Cousin nimmt seine Finger von meinen Lippen. Eine kleine Weile sitzen wir schweigend nebeneinander und löffeln den Eisbecher leer, bis ich meine Stimme wieder erhebe.

»Hast du zufällig auch eine Idee, wie wir Logan beibringen, dass …«

Ethan schnauft und unterbricht mich. »Nicht meine Baustelle. *Das* überlegst du dir bitte mit deinem Lover.« Er keucht, als ich ihm auf den Oberarm boxe. »Eins nach dem anderen. Bring erst einmal das mit Liam wieder in Ordnung, dann kannst du dir Gedanken machen, wie ihr der Oberglucke steckt, dass zwischen euch was läuft.«

Nickend gebe ich meinem Cousin Recht. Das mit Logan wird sich ergeben.

Ethan steht auf und zieht mich mit sich hoch. Er

nimmt mich noch einmal fest in die Arme und drückt einen Kuss auf meinen Scheitel.

»Liam ist nicht nachtragend, das war er noch nie. Du hast ihn verletzt, ja, aber das wird schon«, flüstert er und mein Herz zieht sich bei dem Wort *verletzt* zusammen. »Manchmal muss man ein Risiko eingehen und springen, aber wie ich bereits sagte, in eurem Fall lohnt es sich.« Er lehnt sich zurück und grinst mich verschmitzt an. »Er hat sicher nichts dagegen, wenn ich dir den Code für sein Tor verrate.« Mit einem Augenzwinkern gibt er mir anschließend die Zahlenkombination, mit der ich auf Liams Grundstück komme.

Dass mein Cousin so positiv über das, was zwischen Liam und mir läuft, spricht, rührt mich. Zumindest einer der Davenport-Brüder ist auf unserer Seite. Dass Ethan letztlich leichter zu knacken ist als Logan, verdränge ich vorerst. Wie Ethan schon sagte: Alles zu seiner Zeit.

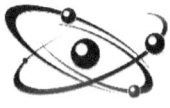

KAPITEL 16

Liam

Ethan hat nicht wieder von sich hören lassen, nachdem ich ihn wegen Emilia angerufen habe. Was in sie gefahren ist, weiß ich inzwischen, und obwohl ich verstehe, wieso sie so überreagiert hat, kränkt mich dennoch, dass sie mir so etwas unterstellt. Gerade sie müsste in ihrer Position doch wissen, was die Presse für einen Schrott erfindet. Die würden ihre Seele für eine höhere Auflage verkaufen. Aber selbst wenn das nicht wäre, dass sie nach allem, was zwischen uns in den letzten Wochen passiert ist, glaubt, ich würde ihr so etwas antun, hat mich tiefer getroffen, als ich zugeben mag.

Dieser Pisser Benedict hat Emilias Vertrauen wirklich nachhaltig zerstört. Ich verziehe das Gesicht, der miesen Sackratte würde ich am liebsten bei lebendigem Leib die Haut abziehen. Ihn an seinem Schwanz aufhängen, wäre auch eine nette Alternative. Logan und Ethan haben sicherlich auch noch die eine oder andere Idee, was man mit diesem Mistkerl anstellen könnte.

Ich seufze. Dass Logan nach wie vor nicht Bescheid weiß, liegt mir schwer im Magen. Er ist mein bester Freund, wir sind Familie füreinander, und ihn anzulügen, behagt mir mit jedem Tag weniger. Seit wir uns kennen, haben wir quasi von Anfang an über alles gesprochen. Logan kennt jedes meiner dunklen Geheimnisse und war immer für mich da, wenn es mir dreckig ging. Ihn so hinter das Licht zu führen, hat er nicht verdient.

Wie ich es ihm sagen soll, ohne dass er das mit Lia und mir torpediert, weiß ich jedoch auch nicht. Nach wie vor mache ich mir keine Illusionen darüber, wie Logan auf den Umstand reagieren wird, dass ich mit seiner kleinen Cousine etwas angefangen habe. Begeisterungsstürme habe ich garantiert nicht zu erwarten, dazu war mein Frauenverschleiß in der Vergangenheit zu groß und Lias Erfahrungen mit Benedict tun ihr Übriges dazu. Bei dem Gedanken, dass ich mir vielleicht ganz umsonst den Kopf zerbreche, weil das mit Emilia und mir tatsächlich vorbei ist, fühle ich mich, als hätte mir jemand mit voller Wucht seine Faust in den Magen gerammt.

Ich will gerade nach der Wasserflasche auf dem Couchtisch vor mir greifen, als es an der Tür klingelt. Verwundert runzele ich die Stirn. Die wenigen Leute, die auf mein Grundstück kommen können, halten sich nicht mit derartigen Höflichkeiten auf, sondern platzen einfach so mit ihrem Schlüssel herein. Denn was bringt der Code zum Tor ohne Schlüssel? Es gibt nur vier Menschen, denen ich blind vertraue und denen ich einen Schlüssel zu meinem Haus gegeben habe.

Brummelnd erhebe ich mich und fange auf dem Weg zur Tür zu meckern an. »Ihr Vollpfosten, warum benutzt ihr nicht euren verdammten Schlü…«, schimpfe ich und stocke in der Sekunde, in der ich die Haustür geöffnet habe. Mit der Person, die vor ihr steht, habe ich im Leben nicht gerechnet. »Lia«, raune ich erstaunt und sie lächelt mich sichtlich verlegen und schuldbewusst an.

»Ethan hat mir die Zahlenkombination für das Tor verraten«, erklärt sie und sieht mir kurz in die Augen, ehe sie schnell zur Seite blickt. »Er war bei mir und hat mir gesagt, dass … dass … du nichts getan hast«, wispert sie und ihre Wangen werden rot.

Mein Hirn registriert nebenbei, dass sie völlig ungeschminkt und lediglich mit einer alten Jeans, Sneakers sowie einem verwaschenen Hoodie bekleidet ist. Ihre Haare hat sie zu einem unordentlichen Knoten gebunden und Fuck, ich finde sie anziehender als je zuvor.

»Liam, es tut mir so leid«, murmelt sie und guckt mich wieder an.

Ihre Unterlippe zittert leicht und ihre Augen schimmern verdächtig, sodass ich nicht anders kann, als sie mit einer schnellen Bewegung an mich zu ziehen.

Lia schluchzt auf und schlingt ihre Arme um meine Hüften. Sie schmiegt sich eng an mich, bettet ihren Kopf an meiner Brust und heilige Scheiße, ich könnte ewig so mit ihr stehen bleiben.

»Diese Bilder von Theresa und dir, die haben mir heute Morgen den Boden unter den Füßen weggezogen. Ich habe mich gefühlt, als würde ich das Gleiche wie mit Benedict noch einmal mit dir erleben, und das hat so wehgetan, dass ich einfach Rot gesehen habe«, führt sie weiter aus und seufzt leise, als ich sie fester in meine Arme schließe. »Du hast mit keinem Ton euer zufälliges Treffen erwähnt und ich habe ganz automatisch die falschen Schlüsse gezogen«, schnieft sie und sieht mit einem ihr förmlich ins Gesicht geschriebenen schlechten Gewissen zu mir auf. »Dass ich dir nicht einmal die Gelegenheit gegeben habe, mir deine Version zu erzählen, tut mir so leid. Ich kann verstehen, wenn du stinksauer auf mich bist und n…« Ich stoppe sie, indem ich sie einfach küsse.

Lia keucht überrascht, erwidert meinen Kuss jedoch augenblicklich mit einer Leidenschaft und Intensität, die einen Schauer über meine Wirbelsäule jagt. Ich nehme ihr Gesicht in meine Hände und löse mich nur widerwillig von ihr.

Ernst sehe ich auf sie hinunter und warte, bis ich sicher bin, dass ich ihre uneingeschränkte Aufmerksamkeit habe. Fuck, ihre feucht schimmernden und leicht geschwollenen Lippen machen es mir schwer, mich zu konzentrieren, doch ich muss ein paar Dinge loswerden, bevor das hier ausufert.

»Ich habe es nicht erwähnt, weil es völlig unwichtig war«, erwidere ich. »Dass wir fotografiert wurden, habe ich nicht einmal mitbekommen, sonst hätte ich dir sofort davon erzählt. Ich kenne doch die Presse-Aasgeier und hätte gewusst, was sie für eine Story daraus machen würden.« Ich drücke einen Kuss auf ihren Mundwinkel, ehe ich weiterspreche. »Du weißt um meine Vergangenheit ... dass ich kein Kind von Traurigkeit war, um es mal vorsichtig zu formulieren ... aber Lia, das mit dir ... ich würde das niemals aufs Spiel setzen für ein wie auch immer geartetes Abenteuer.« Ich atme mehrmals tief durch und sehe sie eindringlich an. »Ich wollte nie ein Mann für nur eine Frau sein, weil ich schon früh habe lernen müssen, wie weh ein Verlust tun kann ... dass er dich fast zerstören kann ... doch das mit uns ... ist anders und ich möchte, dass es funktioniert. Ich will mit dir zusammen sein ... *nur* mit dir.«

Lia sieht aus großen Augen zu mir auf und diesen verdammten Hauch von Unglaube, der über ihr Gesicht huscht, möchte ich ihr am liebsten auf der Stelle und für immer austreiben. Doch ich ermahne mich innerlich zu Geduld. Vertrauen, dass auf eine so perfide und miese Art zerstört wurde wie das ihre, baust du nicht von heute auf morgen wieder auf. Dafür braucht es Zeit und ich bin bereit, sie ihr zu geben.

»Ich will dich nicht anlügen, dass du mir heute Morgen nicht einmal die Chance gegeben hast, meine Sichtweise darzulegen, hat mich geärgert. Und es hat mich getroffen, dass du tatsächlich denkst, ich würde dir etwas Ähnliches wie dein verschissener Ex antun.«

Emilia blickt verschämt nach unten, doch ich lege meine Finger an ihr Kinn und bringe sie so dazu, wieder zu mir aufzuschauen.

»Es ist okay, ich bin nicht mehr wütend auf dich. Ich bitte dich nur, das nächste Mal nachzudenken und mir die Gelegenheit zu geben, das richtigzustellen und der Presse verdammt noch mal nicht alles zu glauben. Mich anzuhören, bevor du dir deine eigene Wahrheit zurechtschusterst und mich von dir wegschubst.«

Lia schlingt ihre Arme um meinen Hals, stellt sich auf die Zehenspitzen und drückt ihren Mund auf meinen. »Versprochen«, nuschelt sie an meinen Lippen, ehe sie mich richtig küsst.

Ich fasse in ihr Haar, vertiefe den Kuss und gebe ein ungehaltenes Grollen von mir, als sie mich von sich schiebt. Für meine Begriffe haben wir alles geklärt und könnten jetzt zum gemütlichen Teil des Abends übergehen.

Mehr als alles Andere möchte ich sie in mein Bett schaffen und ihr auch auf diese Art und Weise zeigen, was sie mir bedeutet. Konsterniert blicke ich auf sie hinab, als ihr Magen laut und vernehmlich knurrt. Wieder einmal.

»Ich habe außer etwas Eiscreme den ganzen Tag noch nichts gegessen und einen Mordshunger«, gesteht sie und erneut rumpelt es in ihrem Bauch. »Hast du vielleicht irgendein Fertiggericht in deinem Kühlschrank, oder können wir was zu essen bestellen?«, fragt sie mich und guckt mich verwirrt an, als ich ein entrüstetes Schnauben von mir gebe.

»Fertiggericht? Was bestellen?«, wiederhole ich ihre Worte und sie nickt zögerlich. »In dieser Hinsicht kennst du mich aber schlecht, meine Schöne«, necke ich sie, dirigiere sie in das Innere des Hauses und schließe die Tür hinter ihr.

Lia zieht ihre Sneakers aus, stellt sie beiseite und sieht mich fragend an. Entschlossen schnappe ich mir ihre Hand und ziehe sie hinter mir her in meine Küche.

»Was für dich das Backen ist, ist für mich das

Kochen«, erkläre ich und ihre Miene wechselt von verwirrt zu verblüfft, als sie meine voll ausgestattete Küche betritt. »Was hast du denn gedacht, wer den Auflauf, den ich dir neulich mitgebracht habe, gemacht hat?!«, frage ich sie mit einem leicht beleidigt klingenden Unterton.

»Der war von dir?!«, platzt es voller Erstaunen aus Lia heraus. Kurzentschlossen schlage ich ihr einmal kräftig auf den Arsch, was ein entrüstetes Quietschen ihrerseits auslöst. »Hey! Woher hätte ich das denn wissen sollen?!«, meckert sie und weicht mir elegant aus, als ich erneut zuschlagen will. »Liam Ashby, du steckst wirklich voller Überraschungen«, setzt sie mit einem Kichern nach und lacht ausgelassen, als ich ihr Handgelenk packe und sie mit einem schnellen Ruck an mich ziehe.

»Meine Schöne, du kennst erst die Spitze des Eisbergs«, kontere ich und wackele mit den Augenbrauen. »Du wirst viel Zeit mit mir verbringen müssen, um jedes meiner kleinen und großen Geheimnisse zu ergründen«, treibe ich unsere Neckerei noch ein wenig auf die Spitze.

Meine Bandkollegen würden mich für die kitschigen Gedankengänge in meinem Kopf vermutlich bis in alle Ewigkeit aufziehen, aber alles, was ich denken kann, sind drei simple Worte.

Ein ganzes Leben.

Ich will diese Frau an meiner Seite, nach Möglichkeit für den Rest meiner Tage, und ich werde alles daran setzen, dass dieser Wunsch Realität wird.

Bisher habe ich nie verstanden, was in Ethan oder Logan vorgeht. Wieso sie sich fest an Amy beziehungsweise Elle gebunden haben.

Bis jetzt.

Ich will exakt das, was die beiden mit ihren Süßen haben.

Mit Lia.

Sie muss nur noch *Ja* sagen und sich auf mich einlassen.

Als Ganzes.

Auf meine unromantische Seite, die auf gewagten Sex steht und die gerne auch mal einen Dreier durchzieht, ebenso wie auf die, die sie ganz für sich haben und heute einfach einen schönen Abend mit ihr verbringen will.

Ich mache mir keine Illusionen. Unterdrücke ich meine Bedürfnisse dauerhaft, bekommen wir früher oder später Probleme und ob sie sich damit arrangieren kann, ist fraglich.

Aber neulich in der Bar hatte ich den Eindruck, dass meine Kleine generell nicht abgeneigt ist, gemeinsam mit Cole und mir ihren sexuellen Horizont zu erweitern. Lia ist aufgeschlossen und will sich ausprobieren, daran habe ich keinen Zweifel. Ebenso wenig zweifle ich daran, dass sie sich mit der Cole-Einschränkung, was die Dreier angeht, zufrieden gibt.

Emilia mit einem anderen als ihm zu teilen, ist für mich ausgeschlossen, da bin ich stur und sie hat in der Theorie ja bereits ihr Einverständnis erklärt. Ich kann nicht verhindern, dass sich ein schmutziges Grinsen auf meinen Lippen bildet, als ich an den gemeinsamen Abend mit Cole und insbesondere den Kuss zurückdenke, den Lia und er getauscht haben.

»Will ich wissen, wo deine Gedanken gerade sind?«, dringt ihre Stimme in meine Überlegungen.

Sie zieht eine Schnute, als ich mit dem Kopf schüttele.

»Alles zu seiner Zeit, meine Schöne«, antworte ich und zwinkere ihr zu, was Emilia mit einem genervten Augenrollen quittiert.

»Wenn du mir schon nicht verraten willst, worüber du so dreckig lächelst, bekochst du mich dann zumindest?« Mit einem nonchalanten Grinsen nicke ich und begebe mich zu meinem Kühlschrank, um zu checken, ob ich alle Zutaten für das mir vorschwebende Abendessen im Haus habe. »Wie großzügig von dir«, mault sie und ich lache amüsiert auf.

Ich werfe ihr über die Schulter hinweg einen kurzen Blick zu. »Vielleicht bin ich später sogar so großzügig, dich doch noch einzuweihen.« Meine Stirn in Falten legend schaue ich aus dem Fenster.

»Sieht aus, als müsstest du die Nacht hierbleiben.«

Von uns bisher unbemerkt, hat sich der Himmel zugezogen und ist nun beinahe schwarz. Die Nachrichten haben bereits heute Morgen ein heftiges Unwetter angekündigt, doch über meinen Streit mit Emilia hatte ich das komplett verdrängt.

Lia lacht mit einem leicht nervös klingenden Unterton. »Abwarten. Vielleicht wird es gar nicht so schlimm«, widerspricht sie und wird rot, als ich sie nur stumm anblicke.

Ich beiße mir auf die Zunge, verkneife mir den Kommentar, dass das nicht unsere erste gemeinsame Nacht wäre. Ein Teil von mir kann sie verstehen, weil es eine weitere Grenze wäre, die sie überschreitet, aber der Rest von mir will, dass sie ihre verfickten Leitlinien endlich ganz begräbt und nicht immer wieder Rückschritte zum alten Status macht, der eh absurd ist.

»Liam?«, ertönt ihre Stimme dicht hinter mir, ehe sie ihre Arme von hinten um meine Hüften legt. »Ich wollte dir nicht schon wieder wehtun … es ist nur … ich … du … wir«, stammelt sie und verstummt, als ich meine Hand auf ihre lege.

Langsam verschränken sich unsere Finger miteinander, während wir so stehen bleiben. Ich habe nicht den Hauch einer Ahnung, wie lange wir einfach nur so dastehen. Emilias Nähe, ihr zarter, verführerischer Duft bringt mich um den Verstand und weckt meine Gier auf sie, die mit jeder Sekunde größer wird.

»Können wir nicht einen Kompromiss schließen?«, frage ich irgendwann und höre sie einen fragenden Laut von sich geben. »Du traust dich aus deiner Komfortzone und versuchst zumindest, den Dingen ihren Lauf zu lassen. Wenn du nachher noch nach Hause fahren willst und das Wetter es zulässt, werde ich dich nicht aufhalten.« Ich schweige einen Moment. »Vergiss das mit dem nicht aufhalten, ich kann nicht versprechen, dass ich nicht versuchen werde, dich mit unfairen Mitteln doch zum Bleiben zu bewegen.«

Lia lacht leise.

»Das klingt aber nicht wirklich nach einem Kompromiss«, wendet sie ein, lehnt sich aber noch dichter an mich. Sie drückt einen Kuss auf die Haut unterhalb meines Haaransatzes und verpasst mir so eine Gänsehaut. »Aber da wir im Grunde genommen meine Regeln schon längst außer Kraft gesetzt haben und es nur meine Angst ist, die mich immer wieder überrollt … bleibe ich. Die ganze Nacht. Unter einer Bedingung.« Sie kichert über mein verwirrtes Brummen. »Ich bekomme morgen endlich das versprochene Frühstück.«

Ein Lächeln breitet sich auf meinem Gesicht aus, ehe ich mich zu ihr umdrehe, meine Hände an ihre Wangen lege und sie küsse.

»Das lässt sich einrichten«, raune ich zwischen zwei Küssen.

Ich kann mein verficktes Glück nicht fassen.

Sie bleibt tatsächlich bei mir.

»Liam … Hunger«, murrt sie an meinen Lippen und ich zwinge mich dazu, sie freizugeben.

»Ja, du unromantisches Biest«, knurre ich und deute auf die Sitzecke unter dem Fenster. »Platz nehmen, Klappe halten«, befehle ich.

Je schneller wir hier fertig sind, desto schneller

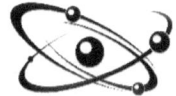
bekomme ich, was ich eigentlich möchte.

Lia.

Wimmernd, bettelnd und meinen Namen stöhnend unter mir.

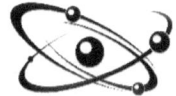

KAPITEL 17

Emilia

Auf meinem Platz am Küchentisch sitzend beobachte ich Liam dabei, wie er den Kühlschrank checkt. Eigentlich weiß ich nicht, was ich verwirrender finde: Seinen hochkonzentrierten Blick oder den prall gefüllten Kühlschrank. Bei meinen Cousins war da früher zu Single-Zeiten nur Alkohol drin.

»Was hältst du von einem Gemüse-Reis-Auflauf mit Hähnchenbrust?« Ich starre ihn an, als käme er von einem anderen Stern und nicke schließlich. »Gut.« Mit zunehmender Fassungslosigkeit beobachte ich, wie er zwei Zucchini, zwei Karotten, eine Aubergine sowie eine Paprika aus dem Kühlschrank holt.

Ich versuche, nicht auf seinen knackigen Arsch zu schauen, während er das Gemüse kurz abspült, um es anschließend auf ein neben dem Waschbecken bereitliegendes großes Schneidebrett zu legen, scheitere aber kläglich. Um mich von meinen rotierenden Gedanken abzulenken, versuche ich, ein Gespräch in Gang zu bringen.

»Wieso wusste ich davon nichts?« Dass er gern und mit Leidenschaft kocht, ist komplett an mir vorbeigegangen.

»Wovon?«, fragt er.

»Dass du so ein verkappter Jamie Oliver bist. Nur in sexy.«

Liam dreht sich um, blickt mich an und lacht schallend. »Wehe, du verpfeifst mich in der Öffentlichkeit. Eignungen als Hausmann werden definitiv abgestritten!« Er holt eine große Auflaufform aus einem Schrank über der Anrichte und stellt sie neben das Brett, bevor er beginnt, das Gemüse zu schneiden. »Meine Mom und ich haben früher oft zusammen gekocht«, erzählt er mit einem wehmütigen Ausdruck im Gesicht. »Für mich fühlt sich das jedes Mal ein bisschen an, als würde ich nach Hause kommen.« Er lächelt, doch der Schmerz in seiner Miene entgeht mir nicht.

Schnell wendet er sich wieder ab und dem Gemüse zu. Einem spontanen Impuls folgend erhebe ich mich, begebe mich zu ihm und schlinge nicht zum ersten Mal an diesem Abend meine Arme um seine Hüften.

»Ich weiß«, wispere ich, kuschele mich an ihn und wünsche mir, dass ich ihm etwas von seinem Schmerz und seiner Trauer nehmen kann.

»Es klingt vielleicht albern oder naiv, aber in solchen Momenten habe ich das Gefühl, als wäre sie noch bei mir und würde mir über die Schulter schauen.« Er verspannt sich und ich lege meine Hand auf seine, mit der er die Zucchini festhält, die er gerade schneidet.

»Das ist weder albern noch naiv«, flüstere ich und streiche sanft mit dem Daumen über seinen Handrücken.

Liam räuspert sich, atmet mehrmals tief durch und schneidet das Gemüse anschließend weiter zurecht. Ich folge den Bewegungen seiner Hand mit meiner und löse den Kontakt erst, als er fertig ist und die kleinen Zucchinistückchen vom Brett in eine bereitstehende Schüssel schieben möchte.

»Mein Onkel hat sich darüber immer lustig gemacht. Er fand es unmännlich, dass ich mich so für das Kochen begeistere«, murmelt er. »Er hat nie verstanden, dass es etwas ist, das mich bis heute mit meiner Mom verbindet.«

Ich drücke einen Kuss auf seinen Hals und streiche mit meinen Fingern über seinen Unterarm. »Ich sollte das vielleicht nicht sagen, aber dein Onkel ist ein minderbemittelter Vollpfosten.«

Liam lacht amüsiert auf. »Tu dir keinen Zwang an, ich betitele dieses emotional verkrüppelte Arschloch noch mit ganz anderen Schimpfwörtern.« Er dreht sich halb zu mir um. »Aber du solltest mal Logan hören, dagegen sind wir Zwei harmlos.«

Ich kann mir lebhaft vorstellen, wie mein Cousin abgeht, sobald die Sprache auf Liams gleichgültige Verwandtschaft kommt. Logan konnte derartige Ungerechtigkeiten bereits als Kind nur schlecht ertragen. Für ihn bedeutet seine Familie alles.

Auch wenn ich nicht alles mitbekommen habe, erinnere ich mich noch, dass er das eine oder andere Mal mit Liams Onkel aneinandergeraten ist und schließlich Hausverbot bekam. Die Freundschaft zwischen meinem Cousin und dem *Gravity*-Keyboarder hat Liams Vormund damit jedoch nicht beenden können.

Ganz im Gegenteil.

»Lia, Süße, so sehr ich das hier und insbesondere deine Nähe gerade genieße, ich brauche ein bisschen Raum zum Kochen.« Liams Stimme hört sich leicht verzweifelt an und als ich mich von ihm löse, greift er nach mir und stiehlt mir einen Kuss.

Ich begebe mich wieder auf meinen Platz am Küchentisch und lasse ihn in Ruhe werkeln. Zunehmend fasziniert betrachte ich ihn, während gleichzeitig meine Nervosität mit jeder verstreichenden Minute steigt.

Wir erreichen ein weiteres Mal eine neue Ebene, was mich einerseits glücklich macht, mich andererseits jedoch einschüchtert. Wie schnell aus dieser eigentlich nur als lose angedachten Affäre etwas ganz Anderes geworden ist, überrascht mich immer wieder aufs Neue.

Erschrocken zucke ich zusammen, als es draußen blitzt und donnert. Der Himmel ist mittlerweile nachtschwarz und Liams triumphierendes Grinsen, das er mir über seine Schulter hinweg schenkt, lässt mich schmunzeln. Es kracht noch einmal ohrenbetäubend laut und dann geht ein Platzregen nieder, der seinesgleichen sucht.

»Damit ist endgültig ausgeschlossen, dass ich dich heute Abend auch nur einen Fuß vor die Tür setzen lasse.« In seiner Stimme schwingt ein Hauch von Dominanz mit, die mich erschauern lässt und für ein aufgeregtes Kribbeln in meinem Bauch sorgt.

»Wir werden sehen, vielleicht ist es ja genau so schnell wieder vorbei, wie es gekommen ist«, widerspreche ich ihm, gebe meinen Worten aber einen neckenden Klang.

Im Grunde genommen will ich nicht gehen. Ich möchte bei Liam sein, in seinen Armen einschlafen und am anderen Morgen neben ihm aufwachen.

Himmel, ich bin verloren.

Sowas von.

»So oder so. Ich lasse dich nicht weg, und glaube mir, später wirst du ohnehin zu erledigt sein, um es noch nach Hause und in dein Bett zu schaffen.« Liam zwinkert mir mit einem zweideutigen Lächeln zu und arbeitet dann schweigend weiter.

Mein Herz stolpert und schlägt dann schneller, so sehr bringt seine Ankündigung es in Aufruhr. Mit einem nervösen Lächeln löse ich meinen lockeren Haarknoten und fahre mit den Fingern durch meine Haarsträhnen.

Die Düfte, die die Küche nach und nach erfüllen, sind intensiv und machen mich noch hungriger, als ich es ohnehin schon bin. Um meinen Händen etwas zu tun zu geben, recke ich mich und schalte das kleine Küchenradio in der Fensterbank ein. Liam hat einen Lokalsender eingestellt und beinahe augenblicklich verkündet ein Nachrichtensprecher, dass sämtliche Zufahrtsstraßen zu seinem Stadtteil bereits überflutet sind und jedem dringend geraten wird, sein Haus nicht zu verlassen.

»Damit wäre das auch von objektiver Seite geklärt, meine Schöne.« Er sieht mich intensiv an und lacht, als ich eine Schnute ziehe. »Wir essen zusammen, machen es uns gemütlich und schauen einen Film. Ganz harmlos, wie ein altes Ehepaar«, beruhigt er mich, nur um mit seinen nächsten Worten alles gleich wieder zunichtezumachen. »Fürs Erste.«

Davonrennen ausgeschlossen, denke ich und atme geräuschvoll aus.

»Kannst du nicht mal für einen Abend loslassen?« Ich zucke zusammen. Dass Liam sich mir genähert hat und nun vor mir kniet, habe ich überhaupt nicht mitbekommen. Er lächelt mich ungewohnt sanft an und nimmt mein Gesicht in seine Hände. »Einfach mal auf Pause drücken und den Dingen ihren Lauf lassen?« Mein Herz klopft schneller, als er mit seinem Daumen zärtlich über meine Wange streicht. »Es wird auch nicht wehtun, versprochen.« Er grinst verschmitzt und gegen meinen Willen muss auch ich lächeln.

»Sagte der Wolf zum Lamm«, widerspreche ich amüsiert.

»Du magst ja vieles sein, Lia, aber sicherlich kein Lamm«, neckt er mich, richtet sich auf und drückt mir einen kurzen Kuss auf die Stirn.

Mein Telefon fängt an zu klingeln und ich fische es aus meiner Hosentasche. Ein Blick auf das Display und ich muss lachen. Ich lege einen Finger an meine Lippen und bedeute Liam so, leise zu sein.

»Hi Logan«, begrüße ich meinen überfürsorglichen Cousin und erhebe mich, um die Küche zu verlassen.

»Biddy, ist alles in Ordnung bei dir? Ich habe es zuerst bei dir zu Hause versucht, aber da ist niemand ans Telefon gegangen. Du bist doch hoffentlich nicht draußen unterwegs?« Logans Redeschwall bringt mich zum Grinsen.

»Alles okay, ich bin bei einem Freund«, antworte ich, merke einen Moment zu spät, was für eine Steilvorlage ich dieser Glucke damit geboten habe.

»Einem Freund?«, fragt er prompt gedehnt nach und ich rolle mit den Augen. »Kennen wir den?« Ich höre Elle im Hintergrund schimpfen, dass er nicht so verflucht neugierig sein soll. »Sie ist meine Cousine, da kann ich doch wohl mal nachfragen!«, blafft er seine Freundin an.

»Nein, ihr kennt ihn nicht«, lüge ich und schaue zu Liam in die Küche. Er ist gerade damit beschäftigt, Wasser für den Reis aufzusetzen und hört mich nicht.

»Wann hattest du denn Zeit, einen Kerl zu treffen?«

»In den fünf Minuten, in denen ihr mich mal nicht mit Arbeit zugeschüttet habt.« Ich wirke genervter, als ich beabsichtigt habe, aber Logans Daddy-Getue macht mich wahnsinnig. »Falls es dir noch nicht aufgefallen sein sollte, ich bin eine erwachsene Frau.«

»Ich habe deinen Eltern versprochen, dass ich auf dich aufpasse«, murrt er, als würde mein Alter damit bedeutungslos. »Wenn du dich mit irgendwelchen zwielichtigen Typen herumtreibst, möchte ich das wissen.«

»Logan, das wird mir jetzt wirklich zu blöd. Selbst wenn ich mit zwei Kerlen gleichzeitig vögeln würde, ginge dich das gar nichts an.« Er holt hektisch Luft und hustet dann mehrmals kräftig, offensichtlich hat er sich verschluckt.

»Biddy!«, faucht er, als er wieder zu Atem gekommen ist, und ich pruste laut los. »Das ist nicht witzig! Überhaupt nicht.« Über seinen entrüsteten Unterton muss ich nur noch mehr lachen.

»Wenn es dich beruhigt, wir sind nur zu zweit … mich eingeschlossen«, japse ich und Liam, der soeben den Topf mit dem Wasser für den Reis auf den Herd stellt, sieht kopfschüttelnd zu mir. »Keine

Orgiengefahr«, setze ich nach und auf Liams Lippen bildet sich ein amüsiertes Schmunzeln.

»Wie überaus beruhigend«, ätzt Logan und hustet noch einmal. »Ich will doch nur nicht, dass man dir wieder wehtut.« Mein Lachen erstirbt und meine Kehle wird eng.

Treffer, versenkt.

»Ich weiß«, presse ich hervor.

»Ist er gut zu dir?«, bohrt mein Cousin nach.

Ich betrachte Liam, unschlüssig, was ich auf diese Frage antworten soll. Logans bester Freund und Bandkollege ist der Grund, warum es mir so viel besser geht. Er ist derjenige, der dieses taube Gefühl in mir vertrieben hat und in dessen Nähe ich mich so unglaublich wohl fühle.

»Biddy, behandelt er dich ordentlich?«, wiederholt Logan seine Frage mit einem drängelnden Unterton.

»Ja, Dad.« Ich schnaube in den Hörer. »Er kocht für mich und danach schauen wir einen Film und kuscheln noch ein bisschen, zufrieden?« Liam grinst erfreut. »Logan, ich lege auf, ja? Wie gesagt, ich bin ein großes Mädchen und kann auf mich selbst aufpassen, also hör auf, dir Sorgen zu machen.«

»Du bist meine kleine Cousine, da höre ich *nie* auf, mir Sorgen zu machen«, stänkert Logan gegenan. »Wenn das mit diesem Kerl was Ernstes ist, will ich ihn kennenlernen, ist das klar?!« Elle sagt im Hintergrund etwas zu ihm, das ich nicht verstehe, aber seinem Schnaufen nach passt es ihm nicht in den Kram. »Er muss durch den Logan-Davenport-Check, ist mir egal, was du davon hältst.«

Resigniert seufze ich. Da ich Logan schlecht sagen kann, dass er meinen Freund bereits sehr gut kennt, brumme ich lediglich ein »Ja« in den Hörer. Dass ich Liam gedanklich als meinen Freund bezeichnet habe, wird mir erst mit einigen Sekunden Verspätung bewusst.

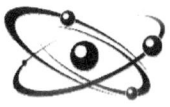

»Wunderbar. Mehr möchte ich doch gar nicht. Versprochen, wenn er einen netten Eindruck macht und gut zu dir ist, hat er nichts zu befürchten. Sollte er ne Arschgeige wie Benedict sein, kann ich allerdings für nichts garantieren.«

Ich gebe einen entrüsteten Laut von mir. »Glaubst du wirklich, ich bin zweimal so dämlich, mich auf ein derartiges Arschloch einzulassen?!«

Logan stöhnt. »Himmel, Biddy, natürlich halte ich dich nicht für dämlich. Ich möchte nur auf Nummer sicher gehen. Betrachte mich einfach als dein Backup.«

Ich lache kurz auf. »Du als mein Backup … das kann ja nur in die Hose gehen«, entgegne ich und ersticke Logans sich anbahnenden Moseranfall im Keim. »Ich muss jetzt wirklich auflegen, wir quatschen morgen.« Ohne seine Erwiderung abzuwarten, beende ich das Gespräch.

Mein Pulsschlag galoppiert mir förmlich davon, als Liams und mein Blick sich treffen. Der Ausdruck in seinen Augen geht mir unter die Haut und erweckt die Schmetterlinge in meinem Bauch zu neuem Leben.

KAPITEL 18

Emilia

Eine Dreiviertelstunde später sitze ich zwar herrlich satt, aber dennoch völlig angespannt auf Liams Riesencouch und starre auf den Fernseher vor mir. Wir schauen irgendeinen Actionfilm, von dem ich bisher nicht eine Sekunde mitbekommen habe, weil mich diese Situation so kribbelig und nervös macht, dass ich mich auf nichts konzentrieren kann.

Ich höre Liam in der Küche hantieren und versuche, meine Aufregung in den Griff zu bekommen. Vergeblich. Meine Beine anziehend lege ich meinen Kopf auf meine Knie und seufze leise. Ich fahre zusammen, weil sich plötzlich zwei Hände auf meine Schultern legen und anfangen, mich sanft zu massieren. Das wohlige Stöhnen, das aus den Tiefen meiner Kehle kommt, kann ich nicht unterdrücken.

»Deine Muskeln sind total verhärtet«, murmelt Liam und verstärkt seine Massage etwas, was mir einen leichten Schmerzensschrei entlockt. »Das kommt davon, dass du immer so krumm über deinem Schreibtisch hängst.« Am liebsten würde ich ihm an den Kopf werfen, dass nur *er* für meine aktuellen Verspannungen verantwortlich ist, aber das kann ich nicht machen, ohne mich zu verraten.

»Aua!«, keuche ich, weil er einen besonders schmerzhaften Punkt erwischt und gleich noch fester knetet. »Fuck, Liam!«

»Ihr Davenports seid solche Weicheier«, verkündet er lachend.

»Ach, woher weißt du das denn? Massierst du etwa Logan und Ethan regelmäßig?«, bohre ich grinsend nach.

Er löst sich von mir, kommt zu mir und lässt sich neben mich auf die Couch fallen, deutlich dichter als vorhin, während wir gegessen haben.

»Nein, aber die beiden lassen sich auf unseren Tourneen immer mal eine Masseurin kommen.« Er sieht zu mir rüber und wackelt mit seinen Augenbrauen. »Die Pussys hörst du noch drei Räume weiter jaulen.« Ich will gerade etwas erwidern, als er sich zu mir hinüber beugt und meine Haare über meine Schulter nach vorne schiebt, so dass mein Nacken komplett frei liegt.

»Liam«, tadele ich ihn leise, aber er lässt sich nicht beirren und haucht einen zarten Kuss auf meinen Hals, gefolgt von einem leichten Biss.

Meine Atmung beschleunigt sich und in meinem Unterleib meldet sich ein sehnsüchtiges Ziehen. Er rückt dichter auf und zieht meinen Pullover sowie den Träger meines BHs hinunter, bis meine Schulter freiliegt. Mein Herz hämmert in meiner Brust und das Summen in meinem Kopf wird immer stärker. Ich fühle mich wie elektrisiert und meine Nackenhärchen stellen sich auf, dabei hat er bisher kaum was getan.

»Deine Haut ist so weich«, raunt er und küsst meinen Nacken, direkt unter meinem Haaransatz, was einen erregenden Stromstoß durch meinen Körper jagt.

»Liam ...«, flüstere ich, aber er ignoriert mich.

Seine Zunge tanzt über meine Haut und die kleinen Bisse, die er entlang meiner Schulter platziert, machen mich schwach. Seine Zärtlichkeiten haben nichts Drängendes – und genau das finde ich heute Abend erregend. Ich stöhne lustvoll, weil er sich wieder über meinen Hals hermacht und meine Haut zwischen seine Zähne zieht.

Er zwickt mich in mein Ohrläppchen und ich keuche unterdrückt. Liam fasst in meine Haare, wickelt sie einmal um seine Faust und zerrt meinen Kopf dann nach hinten. Mit seinem Blick fixiert er meine Lippen und sieht mir anschließend in die Augen.

»Du hast mich überrumpelt, an jenem ersten Abend, weißt du das eigentlich?« Verwirrung macht sich in mir breit. Wovon spricht er? »Dein Kuss ... normalerweise küsse ich meine Betthäschen nicht.«

»Das wusste ich nicht«, stammele ich hilflos. »Wieso hast du mir das beim zweiten Mal nicht gesagt?« Ich erinnere mich an sein kurzes Zögern, bevor er mich damals das erste Mal von sich aus geküsst hat.

Liam seufzt und nähert sich meinem Mund bis auf wenige Zentimeter. »Weil ich bereits nach unserem ersten Kuss angefixt war und dich unbedingt wieder schmecken wollte«, wispert er und drückt seine Lippen auf meine, bevor ich etwas entgegnen kann.

Er gleitet mit seiner Zunge in meine Mundhöhle und verführt mich zu einem laszviven, langsamen Tanz, der mich unter Strom setzt. Die heftige Reaktion meines Körpers auf seinen Kuss überfordert mich, aber Liam lässt mir keine Zeit, sie zu analysieren.

Seine Hand umschließt meine Brust und massiert meinen immer härter werdenden Nippel durch den Stoff meiner Kleidung. Das in mir hochkochende Verlangen wird mit jeder Sekunde stärker und ich kapituliere.

»Hör bitte nicht auf«, flehe ich Liam zwischen seinen sinnlichen und erotischen Küssen an.

Er lacht leise, bringt meinen Körper in eine liegende Position und beugt sich wieder über mich. Sein heißer, alles verzehrender Kuss raubt mir die Sinne und ich fühle mich merkwürdig leicht.

Langsam und bedächtig zieht er mich bis auf meinen Slip aus, jeden Zentimeter meiner Haut, den er freilegt, versieht er mit sanften Küssen, die mir die Tränen in die Augen treiben. Ich schließe meine Lider, weil mich meine Empfindungen zu überrollen drohen. Was zwischen uns geschieht, fühlt sich so tiefgehend an. So real. Überall, wo mich seine Hände, seine Lippen oder seine Zähne liebkosen, scheine ich in Flammen aufzugehen. Ich winde mich unter ihm, bin endgültig unfähig, noch klar zu denken.

»Liam«, wimmere ich, als er über meinen Nippel leckt und dann zärtlich an ihm saugt.

Sein raues Lachen geht mir unter die Haut und ist so sexy, dass ein weiteres erregendes Prickeln durch meine Venen rauscht. Mit der Mischung aus behutsamen Bissen und liebevollen Küssen, mit denen er sich wie in Zeitlupe über meine Brüste sowie meinen Bauch in tiefere Regionen bewegt, bringt er auch den letzten Funken meines Widerstandes zum Erliegen.

Er hakt seine Finger unter das Bündchen meines Strings und zieht ihn über meine Schenkel nach unten. Der kühle Lufthauch, der über mein aufgrund seiner Zärtlichkeiten bereits nasses Geschlecht weht, als er meine Beine spreizt, bringt mich zum Erschauern.

»Seit unserem letzten Mal stelle ich mir das hier vor. Dich erneut zu schmecken und wie ich dich wieder dazu bringe, meinen Namen zu stöhnen.« Seine Stimme ist so tief und rau, dass ich ein leises Stöhnen nicht zurückhalten kann.

Gänsehaut breitet sich auf meinem Körper aus und der leidenschaftliche Blick, mit dem er auf mich hinabschaut, bringt mich um den Verstand. Er beugt sich vor und ich fange an zu zittern, obwohl er mich noch nicht einmal berührt.

»Lia«, seufzt er und presst seinen Mund auf die Innenseite meines Oberschenkels.

Ein lautes Keuchen ausstoßend bäume ich mich auf, als er das erste Mal mit seiner Zunge durch meine Scham gleitet. Ich wimmere und winde mich, weil Liam so gekonnt an meiner Perle saugt, dass mein ganzer Unterleib zu pulsieren scheint. Der Reiz, den er auf meine Klit ausübt, bringt meinen Körper zum Zucken und macht es mir unmöglich, auch nur einen einzigen meiner heiseren Lustschreie zu unterdrücken.

Seufzend wölbe ich mich ihm entgegen und schnappe nach Luft, als er den Druck auf meinen Kitzler noch erhöht. Das feste Kreisen seiner Zunge lässt mich seinen Namen stöhnen, wieder und wieder. Gerade, als ich denke, dass ich mehr auf gar keinen Fall aushalten kann, schiebt er zwei Finger in mich und fängt an, ernst zu machen.

Keuchend und um Erlösung bettelnd kralle ich mich mit einer Hand in seine Haare, was ihn nur noch anzustacheln scheint. Immer schneller stößt er mit seinen Fingern im Rhythmus seiner Zungenschläge in mich und ich explodiere. Mein gesamter Körper steht unter Hochspannung und mein Orgasmus fegt über mich wie eine Urgewalt hinweg. Die Lust, die ich empfinde, flutet meinen Verstand, meine Sinne, überrollt mich vollends. Ich verliere mich in meinen Emotionen, werde überschwemmt von den süßen Nachbeben, die Liam mit jedem weiteren vorsichtigen Zungenschlag auslöst.

Nach Atem ringend schlage ich meine Hände vors Gesicht, nachdem er mich freigegeben hat. Unmöglich, dass ich ihm jetzt in die Augen sehe.

Erst, als ich mir sicher bin, mich wieder so weit im Griff zu haben, dass Liam mein inneres Chaos nicht mehr wahrnehmen wird, nehme ich die Finger von meinem Gesicht und schaue mit einem kleinen Lächeln zu ihm auf.

»Lia …«, beginnt Liam, wird jedoch beinahe rüde von mir unterbrochen, weil ich mich aufsetze und ihn in der gleichen Sekunde nach hinten schubse.

Ich beuge mich über ihn und verschließe seinen Mund mit einem Kuss, als er erneut zu sprechen anfangen will. Liam steigt nach einem kaum merklichen Zögern auf meinen Kuss ein und vergräbt eine Hand in meinem Haar, während er mich mit der anderen ganz auf sich zieht. Ich spreize meine Beine, lasse sie rechts und links von seinen Hüften auf die Couch sinken und ziehe sie an, bis ich rittlings auf seinem Schoß sitze.

Der raue Stoff seiner Jeans reibt über meine empfindliche Scham und ich keuche laut auf. Die Wölbung in seiner Hose ist deutlich wahrnehmbar und ich kann mich nicht zurückhalten. Aufreizend lasse ich meine Hüften kreisen und erschauere, weil Liam unterdrückt in unseren zunehmend wilderen und leidenschaftlicheren Kuss stöhnt. Langsam, als hätte ich alle Zeit der Welt, lasse ich meinen Mund über sein Kinn hinab zu seinem Hals gleiten.

»Emilia.« Mein Name ist kaum mehr als ein Hauch, aber mir geht das dunkle Timbre seiner Stimme sowie die in diesem einen Wort mitschwingende Erregung, durch und durch.

»Der letzte Sommer, den du bei uns verbracht hast«, fange ich an und schiebe sein T-Shirt hoch, während ich die Haut an seinem Hals sanft mit meinen Zähnen malträtiere.

Liam seufzt mir ein raues »Ja?« entgegen und ich schmunzele.

»Ich habe mir mehr als einmal vorgestellt, wie es wäre, deinen Körper mit meinem Mund zu entdecken«, wispere ich und beiße etwas grober zu. »Deinen Schwanz.« Mit jedem meiner Worte ist sein Atem schwerer geworden und sein Griff in meinem Haar fester.

»Aber in meinem letzten Sommer bei Logan«, presst er hervor und stockt dann, weil ich auf die durch meine Zunge feuchte Haut in seiner Halsbeuge puste. »Du warst doch fast noch ein Kind.«

»Ich war ein Teenager mit völlig verrückt spielenden Hormonen und lauter schmutzigen Fantasien«, antworte ich lachend.

Liam richtet sich etwas auf und gibt meine Haare frei, damit ich ihm sein Oberteil über den Kopf ziehen kann.

»Schmutzigen Fantasien?« Sein Grinsen ist äußerst unanständig und ich weiß, dass ich ihn am Haken habe.

»Ja … die meisten mit dir in der Hauptrolle.« Ich lasse meine Zunge über seinen Brustkorb tanzen, folge der Spur der alten Brandnarbe unter seinem Adlertattoo und taste mich langsam tiefer vor.

Die Muskeln unter seiner Haut zucken unkontrolliert bei jeder meiner Berührungen, und dass er so heftig auf mich reagiert, macht mich mutig. Liam stöhnt heiser, als ich ihn in die Haut direkt über seinem Bauchnabel beiße und mich anschließend an den Knöpfen seiner Jeans zu schaffen mache.

Ich zerre an seiner offenen Hose sowie der Pants darunter und muss lachen, weil er mich in einem mehr als offensichtlichen Anflug von Ungeduld etwas zurückschiebt und mir hilft, ihn von den letzten Kleidungsstücken zu befreien. Mit einem erleichterten Laut lässt er sich wieder zurück auf das Sofa fallen und sucht dann meinen Blick.

Mit einem Seufzen hocke ich mich zwischen seinen Beinen auf meine Fersen und betrachte seinen nackten Körper. Seinen sich schnell hebenden und senkenden Brustkorb, der mir von seiner unter der Oberfläche lauernden Erregung erzählt. Seinen Bauch mit diesem unverschämt scharf aussehenden Sixpack. Seine pralle Härte, deren feuchte Spitze die Haut direkt unter seinem Bauchnabel berührt. Ich schaue nach oben, lecke mir über die Lippen und Liam sieht mich so gequält und gleichzeitig sehnsüchtig an, dass mir heiß und kalt wird und mein Schoß erneut zu pochen anfängt.

»Lia«, fleht er und ich lehne mich etwas vor, um meine Hände auf seine Oberschenkel zu legen.

Federleicht streiche ich über seine Beine nach oben

und fühle mich mit jedem bittenden Ton, den er von sich gibt, machtvoller. Mich über ihn beugend lasse ich meine Zunge hauchzart über die Haut in seiner Leistengegend fahren, um ihn danach sanft mit meinen Zähnen zu zwicken. Liam atmet scharf ein und spannt sich unter mir an. Ich stütze mich mit einer Hand neben seiner Hüfte auf der Couch ab, während ich mit der anderen der schmalen Haarlinie bis zur Wurzel seines Schafts folge.

»Emilia«, knurrt er zunehmend ungeduldig und ich nutze diesen Moment, um meine Finger um seinen Penis zu legen. Sacht gleite ich an ihm auf und ab, verweile kurz an seiner Eichel und verreibe die auf ihr befindlichen Lusttropfen, bevor ich ihn weiter massiere. »Ich warne dich, du solltest …«

Seine letzten Worte werden unverständlich, weil ich in dieser Sekunde das erste Mal mit meiner Zunge an der Unterseite seines Schwanzes entlangfahre. Liams Härte pulsiert, als ich meine Lippen um seine Eichel schließe und ich kann ein leichtes Seufzen meinerseits nicht verhindern.

»Fuck«, flucht er und ich nehme ihn so tief auf, wie es mir möglich ist.

Ich umspiele ihn mit meiner Zunge und lasse ihn dabei langsam wieder aus meinem Mund gleiten. Dieses Spiel wiederhole ich einige Male, bis er einen frustriert-lustvollen Laut ausstößt.

Ich schaue zu ihm hoch und das Feuer in seinen Augen lässt mich zittern. Das Spiel seiner Kiefermuskeln ist deutlich zu sehen und ich frage mich, wie er es schafft, das Ruder nicht an sich zu reißen. Er müsste nur meinen Hinterkopf packen, um mich in Position zu halten und meinen Mund so zu benutzen, wie er es möchte.

»Hör noch nicht auf«, bittet er mich und lässt seinen Kopf nach hinten fallen, als ich meine Zärtlichkeiten fortsetze.

Die weiche Haut seiner Erektion auf meiner Zunge zu spüren und die Bilder meiner jugendlichen Fantasie durch die Realität zu ersetzen, fühlt sich so viel besser als erwartet an. Ich erhöhe den Unterdruck und Liam verwünscht mich, aber das leichte Zucken seines Schwanzes in meinem Mund beweist mir das Gegenteil. Der ohnehin nur noch dünne Faden seiner Selbstbeherrschung zerreißt endgültig, als ich meine Zunge in die kleine Einkerbung auf seiner Spitze drücke. Mit einem Grollen greift er in meine Haare und zieht mich nach oben zu sich.

Sein Gesichtsausdruck hat etwas Wildes, Urtümliches und die raue Gier in seinen Augen facht den Grad meiner eigenen Erregung nur noch weiter an. Er küsst mich hart, tief und hungrig und bringt seinen Mund dann dicht an mein Ohr.

»Umdrehen. Auf die Knie.« Vier Worte, die mich vor Lust beben lassen. »Sofort.« Ich leiste seinem Befehl Folge und verfolge über meine Schulter jede seiner Bewegungen.

Er positioniert sich hinter mir und spreizt meine Beine noch ein wenig, bevor er sich über mich beugt, meine Haare zur Seite streift und meinen Nacken wieder freilegt. Mit der Spitze seines Schwanzes streicht er ein paar Mal durch meine Schamlippen, während er wohldosierte Küsse zwischen meinen Schulterblättern platziert.

Ich seufze wohlig, um nur Sekunden später aufzukeuchen, weil er sich langsam, Zentimeter für Zentimeter, in mich schiebt und mich dehnt. In dieser Stellung spüre ich ihn unglaublich tief und dieses Gefühl verursacht ein betörendes und äußerst sinnliches Ziehen in meinem Unterleib.

Liam verharrt, als er zur Gänze in mir ist und meine Knie fangen an zu zittern, weil er mich erneut in die empfindliche Haut meines Nackens beißt. Sein Oberkörper bedeckt meinen Rücken und ihn so nah bei mir zu wissen, lässt mich immer wieder erschauern.

»Lia«, stöhnt er an meinem Ohr, zieht sich beinahe zur Gänze aus mir zurück, um sogleich wieder hart in mich zu stoßen.

Ich kralle meine Finger in den Stoff des Sofas und drücke mich ihm entgegen, um ihn noch tiefer in mich aufzunehmen. Die Lust, die ich empfinde, ist berauschend und lässt mich gierig um mehr betteln. Mein Blut dröhnt in meinen Ohren und mit jedem Stoß verliere ich mich ein wenig mehr in meiner Leidenschaft und meinem Verlangen. Jedes Mal, wenn er wieder tief in mich eindringt, reibt er über einen mich willenlos machenden Punkt in meinem Inneren.

Liam krallt eine Hand in meine Hüfte, während er mit der anderen über meinen Bauch und dann langsam tiefer fährt. Er reibt mit seinen Fingern über meine geschwollene Perle und nimmt mich zunehmend härter. Sein heißer Atem fächert über meine Haut und ich höre ihn immer wieder leise und irgendwie fragend meinen Namen sagen, so als müsste er sich vergewissern, dass ich bei ihm bin.

Mit einem Aufschrei spanne ich mich plötzlich an, ziehe mich immer enger um seinen Schaft in mir zusammen und Liam keucht. Die Kontraktionen in meinem Unterleib sind so kraftvoll, dass ich mich nicht länger halten kann und meinen Oberkörper nach vorne auf meine Arme sinken lasse. Jeder weitere Stoß von Liam lässt mich gequält-verzückt aufstöhnen und verlängert meinen eigenen Höhepunkt.

Ich wimmere, als er über mir erstarrt und seine Fingernägel sich in das Fleisch meiner Hüfte bohren. Liam bricht mit einem Stöhnen und seinem Kosenamen für mich buchstäblich auf mir zusammen und drückt mich mit seinem Körper hinunter auf das Sofa. Sein stoßweise gehender Atem beruhigt sich nur langsam und ich muss lächeln, als er mir ein paar Haarsträhnen aus dem verschwitzten Gesicht streicht.

»Bist du in Ordnung?«, fragt er mich besorgt und verlagert sein Gewicht auf mir ein wenig.

Ich nicke nur stumm und genieße das Gefühl, ihn quasi überall zu spüren und von seinem männlichen Geruch vermischt mit dem Duft seines Aftershaves eingehüllt zu werden.

Liam zieht sich aus mir zurück und erhebt sich. Mit einem Lächeln streckt er mir seine Hand entgegen und hilft mir auf. »Gemeinsam duschen, meine Schöne?«, fragt er mich und ich nicke lächelnd.

Im Badezimmer angekommen öffnet Liam die Glastür zu der großzügigen Duschkabine und stellt das Wasser an. Er prüft die Temperatur und lässt mich erst unter den Wasserstrahl treten, als diese seine Zustimmung findet.

Schmunzelnd betrachte ich ihn, bis er eine Augenbraue hebt. »In letzter Zeit bist du ziemlich zahm und kuschelig«, necke ich ihn und spiele damit auf unser heutiges Vorspiel sowie die Nacht in meiner Wohnung an.

Liam hebt eine Augenbraue und gibt ein dunkles Lachen von sich. »Ich werde dir beizeiten schon zeigen, wie falsch du damit liegst«, kontert er. »Aber eben, wenn ich das will.« Er beugt sich zu mir hinunter und drückt einen Kuss auf meine Lippen. »Und jetzt dreh dich um«, befiehlt er mir und greift dann nach dem Shampoo.

Mit sanften, kreisenden Bewegungen schäumt er meine Haare ein, ehe er sich das Duschgel schnappt und anfängt, mich abzuseifen. Die Intimität, die mit diesen Handlungen einhergeht, lässt erneut einen Kloß in meiner Kehle entstehen und treibt mir die Tränen in die Augen.

Liam zieht mich mit dem Rücken an seine Brust und

hält mich fest, als würde er instinktiv spüren, wie es gerade um mich bestellt ist. Nach kurzem Zögern lasse ich mich gegen ihn sinken und lehne meinen Kopf gegen seine Brust. Ich fühle mich geborgen und bin so glücklich, dass ich ein Seufzen nicht unterdrücken kann.

»Habe ich zu viel versprochen?«, murmelt Liam an meinem Ohr und verwirrt mich damit für einen Moment. »Was das Loslassen angeht?«, setzt er leise nach.

Ich drehe mich in seinen Armen um, schmiege mich an ihn und suche seinen Blick. »Hast du nicht«, erwidere ich ernst und stelle mich auf die Zehenspitzen, um ihn zu küssen.

Dank Liam habe ich die Trauer schnell überwunden, aber die Verletzungen sind nach wie vor da. Doch hier und jetzt habe ich das erste Mal das Gefühl, dass meine Wunden tatsächlich zu heilen beginnen.

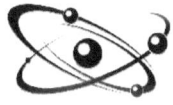

KAPITEL 19

Emilia

Am anderen Morgen sitze ich wieder am Küchentisch und beobachte Liam dabei, wie er am Herd steht und Rührei sowie Schinkenstreifen für sich brät, nachdem er mir Pancakes nach einem Rezept seiner Mutter zubereitet hat. Ich gebe etwas Ahornsirup auf meinen Pancake und verteile ihn großzügig mit meinem Messer, ehe ich mir das erste Stück abschneide und es in meinen Mund schiebe.

»Oh Gott, der schmeckt himmlisch«, verkünde ich und schließe einen Moment genießerisch die Augen. »Deine Kochkünste sind definitiv gefährlich für meine Figur, also sollte das Essen machen für mich in unserer Beziehung etwas Besonderes bleiben.« Ich erstarre, als mir nur eine Millisekunde zu spät bewusst wird, *was* ich da gerade von mir gegeben habe.

Liam dreht sich zu mir um, lächelt und zwinkert mir zu. »Jetzt bloß nicht in Panik verfallen, Lia«, ordnet er an, gibt sein Rührei sowie die Schinkenstreifen auf den bereitstehenden Teller und kommt dann zu mir an den Tisch. »Ich möchte exakt das. Eine Beziehung mit dir. Ich will, dass wir es versuchen«, setzt er nach und fixiert mich mit seinem Blick. »Ich dachte eigentlich, dass ich dir das auf verschiedene Arten deutlich genug zu verstehen gegeben habe, aber ich sage es dir gern noch einmal: Ich möchte mit dir zusammensein. Ohne irgendwelche Regeln, Leitlinien oder sonstige Fallstricke, sondern als ganz normales Paar.«

Mein Herz klopft heftig in meiner Brust und mein Blut dröhnt in meinen Ohren, so aufgeregt bin ich.

Er neigt seinen Kopf leicht und sieht mich fragend an. »Irgendwelche Einwände? War was dabei, das du nicht möchtest?«, hakt er nach und ich beeile mich, mit dem Kopf zu schütteln.

»Nein«, krächze ich und räuspere mich, um meine Stimme wieder unter Kontrolle zu bekommen. »Ich meine, ich möchte das auch. Alles, was du gesagt hast.« Herrgott, wann habe ich denn meine Fähigkeit verloren, mich halbwegs vernünftig auszudrücken?!

Ich gebe dem Drang in mir nach, erhebe mich, umrunde den Tisch halb und setze mich auf Liams Schoß, nachdem dieser mit einem verschmitzten Grinsen ein wenig nach hinten gerückt ist. Ich nehme sein Gesicht in meine Hände und küsse ihn sanft. »Ich will dich«, wispere ich. »Ganz und gar.« Mein Magen zieht sich vor Aufregung zusammen, weil mir eigentlich drei andere Worte durch den Kopf gehen.

Ich liebe dich, denke ich, und kann es doch nicht aussprechen. Viel zu früh. Die Jahre, die wir uns schon kennen, ignoriere ich derzeit. Also küsse ich Liam und versuche, all meine Gefühle für ihn in diesen Kuss zu legen.

»Dann hör auf, dir Sorgen zu machen, meine Schöne«, brummt er gegen meinen Mund und bringt mich so zum Erschauern. Unwillkürlich fällt mir die Unterhaltung ein, die ich gestern mit meinem Cousin Ethan geführt habe.

»Hast du irgendeine Idee, wie wir Logan das mit uns beibringen, ohne dass er einen halben Herzkasper erleidet und völlig ausflippt?«, frage ich und seufze, als Liams Gesichtsausdruck verzweifelt wird und er mit dem Kopf schüttelt. »Das kann doch nicht so schwer sein«, bleibe ich hartnäckig.

»Wir reden von Logan. Der Oberglucke, die mehr als deutlich gemacht hat, was mit den Kerlen geschehen wird, die es wagen, sich dir in irgendeiner Form zu nähern«, widerspricht er. »Ich habe seine Anordnung, wenn auch zunächst unwissend, bereits in der Nacht deiner Ankunft unterwandert. Und na ja, wir wissen beide, dass Logan mein bisheriger Lebenswandel nur so lange egal ist, wie es nicht um dich geht. Er wird ausrasten, machen wir uns nichts vor.«

Mit einem Seufzen stehe ich auf und nehme wieder gegenüber von Liam Platz, um meinen Pancake aufzuessen. »Also halten wir es vorerst weiter geheim vor ihm?« Mir gefällt der Gedanke nicht, andererseits möchte ich eine Chance haben, meine Beziehung zu Liam zu festigen, ohne dass mein durchdrehender Cousin mir ständig dazwischenfunkt und mir sagt, was das Beste für mich ist. »Ich bin erwachsen und treffe meine eigenen Entscheidungen, das hat Logan zu respektieren.«

Liam gibt einen abwägenden Laut von sich. »Klingt in der Theorie ganz fantastisch, aber in der Praxis?! Logan kennt mein ausschweifendes Sexleben, das Meiste davon hat er quasi hautnah auf Tour mitbekommen. Der wird rotsehen und sich einen Scheißdreck dafür interessieren, dass du nicht mehr die kleine Biddy bist.«

Diesem Einwand habe ich nicht so recht etwas entgegenzusetzen. »Aber wir können ihn nicht ewig belügen«, gebe ich zu bedenken.

»Nicht ewig … aber vielleicht noch ein kleines Weilchen? Lass ihn sich langsam darauf einstellen. Wir könnten ihn nach und nach an die Idee gewöhnen, dass wir zu Freunden geworden sind. Das an sich ist angesichts der Tatsache, dass ich dir diverse Male in deiner Wohnung geholfen habe, gar nicht so ungewöhnlich.«

Ich wiege meinen Kopf leicht hin und her, so richtig überzeugt bin ich von Liams Vorschlag nicht - eine bessere Idee habe ich aber auch nicht. Ehe ich etwas erwidern kann, klingelt mein Smartphone, das neben mir auf dem Tisch liegt. Der Name auf dem Display lässt mich erstarren und erschrocken zu Liam schauen.

»Logan«, erkläre ich und auch er friert mitten in der Bewegung ein. Dass er mich nach gestern schon wieder anruft, obwohl ich ihm gesagt habe, dass ich mich bei ihm melde, beunruhigt mich.

»Er kann es nicht wissen«, verkündet Liam, doch sein Gesichtsausdruck spricht eine andere Sprache. »Es sei denn ... hast du mal geprüft, ob er auch bei dir seine verschissene illegale Ortungs-App installiert hat?!«

Bitte was?!

Ortungs-App?!

Illegal?!

»Erkläre ich dir später, geh lieber ran, sonst kommt er garantiert auf die Idee, das Ding zu checken. Er sagt zwar immer, er nutze die nur im Notfall ... dich nicht zu erreichen, könnte aber für ihn schon einer sein.« Liam wedelt mit seiner Hand und ich schnappe mir umgehend das Telefon, um das Gespräch anzunehmen.

»Hi Logan«, begrüße ich meinen Cousin und bemühe mich um einen unverfänglichen Tonfall.

»Katastrophenalarm. Wir müssen sofort zum Label und Schadenbegrenzungsmaßnahmen besprechen«, spricht Logan los und hält sich gar nicht erst mit einer einleitenden Anrede auf. »Du erinnerst dich sicher an den Song, den wir am Ende des Jackson-nimmt-keine-Drogen-Videos eingespielt haben, oder?!«

Ich runzele die Stirn. »Ja, natürlich«, erwidere ich und nehme dabei ganz automatisch einen geschäftsmäßigen Tonfall an.

»Irgend so eine verschissene Indie-Band behauptet, wir hätten ihn gestohlen«, blafft er hörbar empört und mir klappt die Kinnlade hinunter.

Logan und auch der Rest der Jungs würden sich eher die Arme und Beine abhacken, als sich am geistigen Eigentum anderer zu bedienen. Für sie ist Ideenklau eine der sieben Todsünden, die sie niemals begehen würden.

»Wo bist du? Soll ich dich abholen?«, versucht Logan wenig subtil, meinen derzeitigen Aufenthaltsort in Erfahrung zu bringen. »Die Gelegenheit an sich ist zwar denkbar ungünstig, aber ich könnte einen kurzen Blick auf deinen *Freund* werfen«, schlägt er vor. »Falls du noch bei ihm bist«, schiebt er nach und ich erstarre ein weiteres Mal.

Ob er vor seinem Anruf tatsächlich diese Ortungs-App gecheckt hat und weiß, dass ich bei Liam bin?!

Will er mich aufs Glatteis führen?!

Mich dazu bringen, ihm in die Falle zu tappen?!

Ich schüttele diese Gedanken ab, ein derartiges Verhalten würde in der aktuellen Situation nicht zu Logan passen.

Gravity wird angegriffen, auf eine der denkbar miesesten Arten, und dem gilt zurzeit seine Hauptsorge. Mir mit seiner App hinterherzuspionieren, dürfte definitiv auf seiner Prioritätenliste nicht ganz oben stehen, sofern er sie überhaupt bei mir installiert hat.

»Ich bin nicht mehr bei ihm. Wir treffen uns bei der Plattenfirma, ich stehe auf dem Parkplatz eines Einkaufszentrums und mache mich gleich auf den Weg.«

Logan seufzt und klingt dabei so verzweifelt, dass ich ihn in die Arme nehmen möchte.

»Wir bekommen das in den Griff. Von diesen Vorwürfen wird nichts an euch kleben bleiben«, verspreche ich ihm. Sie sind absurd und aus der Luft gegriffen, dessen bin ich mir sicher.

»Bis gleich, Küken. Ich rufe jetzt Liam an und setze ihn ins Bild.« Mit diesen Worten legt er auf und ich beeile mich, Liam in knappen Sätzen einzuweihen, während sein Telefon bereits klingelt.

Ich haste nach oben in Liams Schlafzimmer und ziehe mich in Windeseile an, um mich so schnell wie möglich auf den Weg zu machen und Logan sowie die anderen beim Label zu treffen. Unten angekommen hält Liam mich mit einer Hand an meinem Arm auf, gerade, als ich das Haus verlassen will.

»Ich gebe dir zehn Minuten Vorsprung, damit wir nicht gleichzeitig bei der Plattenfirma aufschlagen.« Er küsst mich kurz auf den Mund und versucht sich an einem Lächeln, kann die Besorgnis in seiner Miene aber nicht ganz unterdrücken. »Den Song, den wir angeblich geklaut haben sollen, haben wir gemeinsam erarbeitet«, erklärt er. »Was diese Indie-Band behauptet, ist absolut an den Haaren herbeigezogen.«

Ich umarme ihn und streichele ihm kurz mit den Fingerspitzen über die Wange. »Ich weiß, und ich werde dafür sorgen, dass das jeder erfährt.« Zuversichtlich lächele ich ihn an. »Wir werden sie in Grund und Boden stampfen.«

Liam grinst, aber es erreicht seine Augen nicht. »Kampfküken-Modus?«, neckt er mich.

»Aber sowas von. Die werden mich kennenlernen und sich wünschen, niemals ihre Klappe aufgerissen zu haben«, erwidere ich entschlossen.

Zwei Wochen später bin ich fix und fertig. Dieser Plagiatsvorwurf hat weitere Kreise gezogen, als ich zunächst angenommen habe und es hat die Band und mich einiges an Arbeit gekostet, um ihn einzudämmen.

Mit einem Seufzen lehne ich mich in meinem Schreibtischstuhl zurück und reibe mir über das Gesicht. Ich habe versucht, die Jungs weitgehend abzuschirmen, damit sie an ihrem Album weiterarbeiten können, aber alles konnte ich ihnen nicht abnehmen.

Insbesondere Logan hat unter den unberechtigten Vorwürfen gelitten wie ein Hund. Es ging um seine Ehre als Songwriter und Komponist, und das hat ihn tiefer getroffen, als er zugeben mochte.

Das Klingeln an meiner Tür lässt mich hochschrecken, weil es schon so spät ist und ich mit niemandem mehr rechne. Liam und ich haben uns in den letzten Wochen kaum außerhalb des Plagiatsdramas zu Gesicht bekommen und auch heute steckt er meines Wissens nach mit den anderen Bandmitgliedern im Tonstudio, um die Aufnahmen weiter voranzutreiben.

Es klingelt erneut und klopft anschließend, sodass ich mich eilig erhebe, um an die Tür zu gehen. Ein Blick durch den Spion lässt mich freudig aufquietschen. Ruckartig reiße ich die Wohnungstür auf und springe Liam direkt in die Arme.

Stürmisch küsse ich ihn und schlinge meine Beine um seine Hüften sowie meine Arme um seinen Nacken. Er trägt mich in die Wohnung zurück, schlägt die Tür mit dem Fuß zu und keilt mich an der nächstgelegenen Wand zwischen seinem Körper und sich ein.

»Du hast mir so gefehlt«, nuschele ich an seinem Mund und höre ihn einen zufrieden klingenden Laut ausstoßen.

Ich lehne mich zurück und betrachte ihn prüfend. »Du siehst müde aus«, tadele ich ihn und fahre mit meinen Fingerkuppen über sein Gesicht.

»Du wirkst ebenfalls, als könntest du mehr als nur eine Mütze voll Schlaf vertragen«, gibt er zurück und lehnt seine Stirn gegen meine. »Und du hast mir genauso gefehlt.« Seine Worte lösen ein warmes Gefühl in meinem Bauch aus und bringen mich dazu, ihn vermutlich ziemlich offensichtlich verliebt anzulächeln.

»Was machen wir daraus?«, frage ich ihn und gucke ihn irritiert an, als er verzweifelt stöhnt.

»Heute leider gar nichts, weil ich in zwanzig Minuten wieder im Studio sein muss.« Mein Blick wird vorwurfsvoll, doch Liam schüttelt entschieden mit dem Kopf. »Tut mir leid, meine Schöne, aber Logan hat endlich sowas wie einen kreativen Anfall, und den wollen wir ausnutzen.«

Diesem Einwand habe ich nichts entgegenzusetzen, im Gegenteil. Wenn mein Cousin nach den letzten Wochen und den gegen die Band erhobenen Vorwürfen nun langsam wieder zu seiner alten Form zurückfindet, kann und will ich dem nicht im Weg stehen.

»Aber morgen ist Videoabend bei mir angesagt. Wahrscheinlich mit der gesamten Truppe. Ich weiß, das ist nicht optimal, aber wir könnten uns zumindest sehen … und auch du hättest mal ein bisschen Ablenkung von dem ganzen Mist der letzten Wochen. Auch ein paar Frauengespräche tun dir sicher gut.«

Liams Miene hellt sich auf, als ich nicke.

»Bei dir zu sein, auch wenn wir nicht offen miteinander umgehen können ist besser, als dich gar nicht zu sehen«, murmele ich und küsse ihn erneut.

Ich murre frustriert, als er den Kuss beendet und mich absetzt.

»Mach es mir doch nicht noch schwerer«, seufzt er, macht einen Schritt zurück und dann wieder auf mich zu, um mich mit seinem Körper gegen die Wand zu pressen.

Er verschließt meine Lippen mit seinen, gleitet mit seiner Zunge in meinen Mund und gibt mir einen so sinnlichen, heißen und intensiven Kuss, dass meine Knie weich und mein Höschen feucht werden.

»Liam, das ist unfair«, schimpfe ich halbherzig gegen seinen Mund und kralle mich mit meinen Händen in den Kragen seiner Lederjacke. »Bitte, bleib«, flehe ich, als er meine Handgelenke umfasst und mich dazu bringt, meine Finger von seiner Jacke zu lösen.

»Ich muss wieder zurück, ehe Logan misstrauisch wird. Der Vorwand, mit dem ich mir diese kurze Pause ergaunert habe, war ziemlich fadenscheinig.«

Er zwinkert mir zu. »Aber das hier ist die elend lange Hin- und Rückfahrt durch die Stadt wert gewesen.« Er streckt seine Hand aus und streicht mir ein paar Haarsträhnen hinters Ohr. »Bis morgen?«

Ich nicke. »Bis morgen.«

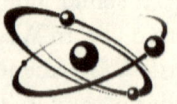

KAPITEL 20

Liam

Cole nimmt einen Schluck seines Biers und stellt es dann neben sich auf die Anrichte. Er mustert mich mit dem für ihn so typischen eindringlichen Blick, ehe er anfängt zu sprechen.

»Gehe ich recht in der Annahme, dass du deine Süße *nicht* davon in Kenntnis gesetzt hast, dass sich die Umstände des Videoabends etwas geändert haben?«, fragt er mich und grinst dreckig, weil ich ihm nur meinen Mittelfinger zeige.

»Was kann ich denn dafür, dass die Idioten alle umfallen wie die Fliegen!«, verteidige ich mich. »Ich bin doch quasi gezwungen gewesen, mir ein Alternativprogramm einfallen zu lassen!«

Ursprünglich hatte ich wirklich nur einen harmlosen Filmabend mit dem Großteil der Meute geplant, bei dem Lia sich endlich mal wieder entspannen sollte. Zuerst hat Logan abgesagt, weil Elle sich irgend so einen beschissenen Virus eingefangen hat und sich die Seele aus dem Leib kotzt. Dass die Oberglucke seine Süße in diesem Zustand nicht allein lassen wollte, erklärt sich von selbst.

Kurz danach hat sich Ethan gerührt und sowohl Amy als auch sich abgemeldet. Sein Vorwand war dermaßen fadenscheinig, dass mir beinahe in der gleichen Sekunde klar gewesen ist, dass er mit seiner Kleinen lieber allein sein wollte. Einen Vorwurf kann ich ihm daraus nicht machen. Durch den Stress der letzten Wochen hat er Amy ebenso wenig gesehen wie ich Emilia.

Jackson ist nicht in der Stadt und Chase hatte keinen Bock auf einen Abend mit lauter Pärchen. Ich muss bei dem Gedanken an seine genauen Worte grinsen, dass er sich lieber die Seele aus dem Leib ficken gehe, als hier auf der Couch mit uns zu versauern. Vor nicht allzu langer Zeit hätte ich ähnlich reagiert.

Kurzentschlossen habe ich daraufhin Cole eingeladen, zunächst ohne Hintergedanken. Ich wollte einfach nur, dass der Abend für Emilia entspannend und nicht schon wieder so ein Pärchen-Ding wird, das sie nervös macht.

Obwohl wir in der letzten Zeit große Fortschritte gemacht haben, habe ich einen Filmabend unter Freunden in dem Fall für besser gehalten. Doch je länger ich darüber nachgedacht habe, desto verlockender fand ich den Gedanken, das neulich in der Bar begonnene Spiel mit Cole ein wenig weiter zu treiben.

Guter, heißer und gewagter Sex ist schließlich auch entspannend.

Und ich bin mir sicher, dass meine Süße die Vorstellung eines Dreiers mit Cole und mir ebenfalls ziemlich scharf findet.

»Hast du mit Emilia eigentlich mal über diese ganze Sache gesprochen?«, lenkt mein Kumpel mich von meinen Überlegungen ab.

»Du erinnerst dich an den Kuss, oder?«, schlage ich den Ball in sein Spielfeld zurück. »Wie heftig sie darauf reagiert hat, muss ich *dir* ja wohl nicht erzählen.« Ich hebe eine Augenbraue und Cole fängt an zu grinsen. »Und sie weiß von dem Dreier in dem Hotelzimmer damals. Dass du und ich den gemeinsam durchgezogen haben. Sie findet die Vorstellung erregend, daran habe ich keinen Zweifel.«

Lias Reaktion auf Coles Kuss, die ganze Situation in der Bar an sich und auch ihr Verhalten bei unserem späteren Gespräch haben Bände gesprochen. Sie ist grundsätzlich neugierig und einem derartigen

Experiment nicht abgeneigt, dafür würde ich meine Hand ins Feuer legen. Alles, was sie braucht, ist einen kleinen Anstoß, und den werde ich ihr heute Abend geben. Der weitere Verlauf liegt dann in ihrer Hand.

»Die Situation damals auf der Tour ist aber eine andere gewesen. Die Frau hat dir nichts bedeutet, Emilia jedoch ...« Cole lässt den Satz ins Leere laufen.

»Du bist der Einzige, mit dem ich sie teilen würde, das weiß sie. Bei dir habe ich kein Problem damit. Weder, wenn du sie küsst, noch, wenn du sie vögelst. Ich will aber dabei sein, auch das weiß sie.«

Cole blickt mich abschätzend an. »Dennoch, zwischen dem Kuss neulich in der Bar und Sex zu Dritt heute ist ein himmelweiter Unterschied«, gibt er zu bedenken.

»Die Frau damals hat erst auch nicht gewusst, ob ein Dreier was für sie ist – bis wir sie mit zwei Orgasmen vorab überzeugt haben«, kontere ich selbstbewusst, was Cole amüsiert lachen und zustimmend nicken lässt. »Davon abgesehen ... Emilia möchte experimentieren, sich ausprobieren, das hat sie mir selbst gesagt. Mehr als einmal.«

Es klingelt an der Tür und ich verlasse die Küche, um meine Kleine hereinzulassen. Sie sieht mich fragend an, kaum, dass ich die Haustür geöffnet habe.

»Wo sind denn alle? Ich bin doch schon spät dran, und dennoch die Erste?«, fragt sie verwirrt, deutet auf die nahezu leere Auffahrt hinter sich und tritt an mir vorbei hinein in das Hausinnere. »Oh ... ich wusste gar nicht, dass du auch hier sein würdest«, begrüßt sie Cole, der soeben im Türrahmen meiner Küche aufgetaucht ist und sich lässig gegen die Zarge lehnt.

»War ne spontane Planänderung, weil die anderen alle abgesagt haben«, antwortet er mit einem rauen Unterton in der Stimme.

Ich beobachte Lia, die zwischen Cole und mir hin

und her sieht und noch nicht so recht zu wissen scheint, was sie von den geänderten Umständen halten soll.

»Haben sie? Ich wusste nur von Logan.« Emilias Blick trifft auf meinen und ich zucke mit den Schultern.

»Ethan und Amy hatten irgendeine billige Ausrede, die im Klartext übersetzt bedeutet, dass sie lieber zum Ficken zu Hause bleiben«, haue ich meinen Bandkollegen ungerührt in die Pfanne. »Chase und Jackson haben von vornherein abgesagt, also blieb nur noch ich … und ich dachte mir, dass dir ein Abend zu dritt mit Cole dieses Mal vielleicht lieber ist, als ein Pärchenabend zu zweit?«

Lia zupft am Saum ihrer Bluse, während sie mehrmals tief ein- und ausatmet. Sie schaut mich an und lächelt amüsiert.

»Dachtest du das, ja?«, beantwortet sie meine Frage mit einer Gegenfrage.

Ihre Stimme klingt aufgeregt und zittrig, während ihr Ausdruck die gleiche Mischung aus Nervosität und Neugierde zeigt wie seinerzeit in der Bar. Ich nähere mich Emilia, lege einen Arm um ihre Taille und ziehe sie eng an mich.

Cole tritt ein paar Schritte auf uns zu, was sie dazu bringt, sich ihm in meiner Umarmung halb zuzuwenden. »Liam meinte, es wäre ein … *Experiment* … ein Versuch, ob du dich an einem solchen Abend entspannen kannst«, murmelt er und ich spüre, dass meine Kleine leicht erschauert.

»Ähm … du meinst, an einem Videoabend?«, hakt sie nach und hört sich dabei so heiser und kribbelig an, dass ich schmunzeln muss.

Cole grinst und über sein Gesicht huscht ein verruchter Gesichtsausdruck, der Emilia an meinem Körper erneut zum Zittern bringt. »Dafür haben wir uns doch getroffen, oder Liam?«, gibt er unschuldig zurück und sucht meinen Blick.

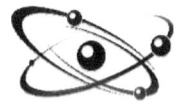
Ich lasse ein paar Sekunden verstreichen, ehe ich Lia sanft auf den Hals küsse. »Meine Schöne, was für eine Alternative ist dir denn bitte gerade durch den Kopf gegangen?«, ziehe ich sie auf und streiche mit meinem Mund über ihre weiche Haut.

Emilia zieht scharf die Luft ein und legt ihre Finger auf meinen Arm um ihre Hüfte. »Liam …«, seufzt sie verlegen-vorwurfsvoll und ich lache leise, ehe ich mich von ihr löse und nach ihrer Hand greife.

»Lass uns ins Wohnzimmer gehen«, fordere ich sie auf und ziehe sie hinter mir her, dicht gefolgt von Cole.

KAPITEL 21

Emilia

Vor innerer Anspannung zitternd folge ich Liam und Cole in das Wohnzimmer und nehme auf der Couch Platz. Auch wenn es keiner von uns direkt ausgesprochen hat, vermute ich, dass dieser Abend alles andere als ein normaler Filmabend wird - wenn ich es denn auch will. Das letzte Wort dazu liegt in meiner Hand, das hat insbesondere Liam mir unterschwellig mit seinen Sätzen und seinem Verhalten vermittelt.

Seit jenem Abend in der Bar und dem Kuss mit Cole beschäftigt mich der Gedanke, wie es wohl wäre, mich beiden Männern gleichzeitig hinzugeben. Das kann und will ich nicht leugnen. Ich bin neugierig, doch dabei geht es nicht einmal in erster Linie um den Sex mit zwei Kerlen. Was mich daran so besonders fasziniert, ist der Umstand, es mit Liam und Cole zu tun.

Weder Liam noch Cole sind austauschbar für mich, in sämtlichen meiner diesbezüglichen Fantasien geistern der *Gravity*-Keyboarder sowie der muskulöse und tätowierte *Caged-Birds*-Bassist herum. Bei Cole ist es gerade der imposante und einschüchternde Körperbau, der mich zusammen mit seinem Auftreten so antörnt und erregt.

Liam greift nach der Fernbedienung, nachdem er Getränke und etwas Knabberzeug auf den Tisch gestellt hat. Er schaltet den Fernseher sowie den DVD-Player ein und klickt sich tatsächlich in das DVD-Menü, um den Film zu starten. Mit einem Augenzwinkern nimmt er zu meiner Linken Platz, während Cole zu meiner Rechten sitzt.

Eingerahmt von den beiden Männern werde ich mit jeder verstreichenden Sekunde gleichzeitig aufgeregter und … erregter. Mein Höschen ist nass, dabei haben die zwei noch gar nichts mit mir getan, mein Kopfkino dafür umso mehr. Liam hat mir ein Glas Wein aus der Küche mitgebracht, nach dem ich jetzt greife. Hektisch kippe ich den Inhalt hinunter und höre meinen Freund leise amüsiert auflachen.

»So durstig, meine Schöne?«, neckt er mich, lehnt sich zu mir und streicht mein Haar zur Seite, um einen Kuss auf meinen Hals zu drücken.

Ich kann mir ein sehnsüchtiges Seufzen nicht verkneifen, genauso wenig wie das mich verratende Erschauern meines Körpers. Cole zu meiner Rechten legt eine Hand auf mein Bein und ich zucke zusammen, als hätte mich ein elektrischer Schlag getroffen.

Mein Kopf fliegt zu ihm herum und ich fange angesichts der Gier, mit der er mich betrachtet, zu zittern an. Mein Verstand spielt völlig verrückt, meine Vernunft und mein Verlangen liefern sich einen Kampf, der mich an meine Grenzen treibt und zu allem Überfluss auch noch immer weiter erregt. Ich möchte das hier. So sehr, dass es mir Angst macht.

Coles Fingerspitzen, die in sanften, kreisenden Bewegungen über meinen Oberschenkel fahren und dabei jedes Mal ein bisschen weiter nach oben wandern, werden mir plötzlich mit aller Deutlichkeit bewusst. Sie reißen mich aus meinem Amok laufenden Gedankenkarussell und katapultieren mich zurück in das Hier und Jetzt.

»Lia, Süße, was auch immer gerade in deinem Kopf vorgeht«, raunt Liam an meinem Ohr und beißt mich sanft in mein Ohrläppchen, »hör auf, dir Sorgen zu machen. Wir sind drei erwachsene Menschen, die Spaß miteinander haben. Und egal, was heute Nacht passiert, es ändert nichts in unserer Beziehung zueinander. Gar nichts«, versichert Liam mir, legt seine Finger sanft an mein Kinn und bringt mich so dazu, ihn anzusehen.

»Ich ... es ... ich ...«, stammele ich, unfähig, die richtigen Worte zu finden.

Liam greift in mein Haar und zieht mich zu sich, küsst mich so hart und besitzergreifend, dass ich noch feuchter werde, als ich es ohnehin bereits bin. Cole schiebt seine Hand noch ein wenig höher und mit jedem Zentimeter, den er sich meiner Mitte nähert, steigt meine Anspannung, ins Unermessliche, bis ich schließlich in einer Art Kurzschlusshandlung abrupt aufspringe.

»Ich hole mir noch ein Glas Wein.« Ich will mich aus dem Staub machen, doch Liam greift nach meiner Hand.

»Bleib, Lia.« Seine Stimme ist rau und bestimmt. Mir läuft ein Schauer über den Rücken hinab. Cole erhebt sich und versperrt mir so meinen Fluchtweg. Mein Puls geht mittlerweile derart schwindelerregend schnell, dass ich das Gefühl habe, jeden Augenblick ohnmächtig werden zu müssen.

Liam steht ebenfalls auf, schlingt einen Arm um meine Taille und streicht meine Haare beiseite. Er beißt mich sanft in die Schulter, während Cole mich unverwandt ansieht. Die Lust in seinen Augen sorgt dafür, dass mein Unterleib sich zusammenzieht.

Cole macht einen Schritt auf mich zu und steht jetzt so dicht vor mir, dass unsere Oberkörper sich berühren. Als er sich langsam zu mir hinunterbeugt, lege ich eine Hand auf seine Brust und stoppe ihn so.

»Ist das, was gleich folgt, den Nervenkitzel wert?« Fragend schaue ich zu Liam, der daraufhin lächelt und nickt.

Ich sehe wieder zu Cole auf, der sich etwas zurückgezogen hat. Mein Herz galoppiert in meiner Brust, während ich einen Arm um Coles Nacken lege und ihn zu mir hinunterziehe. Mit einem rauen Stöhnen verschließt Cole meinen Mund mit seinem und küsst mich so voller Gier, dass meine Knie weich werden. Seine Lippen sind warm und weich, und die Intensität, mit der er mich küsst, ist genau richtig. Sein Zungenpiercing jagt mir auch dieses Mal einen lustvollen Schauer nach dem anderen über meine Wirbelsäule.

Liam schmiegt sich von hinten an mich und streift mit seinem Mund über die empfindliche Haut in meinem Nacken. Mein Blut dröhnt in meinen Ohren und ein Teil von mir fragt sich nach wie vor, was ich hier eigentlich tue. Obwohl ich nicht leugnen kann, dass ich immer mal fantasiert habe, wie es mit zwei Kerlen wäre, habe ich bisher keinerlei Ambitionen gehabt, diese Fantasie auch in die Tat umzusetzen.

»Nicht nachdenken, Lia«, flüstert Liam an meinem Ohr und saugt meine Haut zwischen seine Zähne. »Genieß es einfach und lass dich fallen«, wispert er und zieht mit seiner Zunge eine feuchte Spur meinen Hals entlang. »Wir haben Spaß miteinander, daran ist nichts verkehrt.«

Liam hat Recht.

Und ich will das hier viel zu sehr, als dass ich jetzt noch einen Rückzieher machen könnte.

Mein gesamter Körper scheint in Flammen zu stehen, dabei haben wir gerade erst angefangen.

Coles Zunge neckt meine, fordert mich zu einem leidenschaftlichen und hemmungslosen Tanz heraus, während Liam anfängt, meine Bluse aufzuknöpfen. Aufstöhnend klammere ich mich an Cole, nachdem Liam mich von dem Kleidungsstück befreit hat und sich von hinten wieder dicht an mich drückt.

Ich spüre seine nackte Haut an meiner und keuche überrascht. Dass er sein Shirt ausgezogen hat, habe ich überhaupt nicht mitbekommen. Liams Körperwärme, oder besser gesagt seine Hitze, hüllt mich ein und unwillkürlich lehne ich mich etwas gegen ihn.

Cole löst sich kurz von mir, um sich seinerseits sein Shirt auszuziehen, und ich kann ein verzücktes Seufzen nicht unterdrücken. Sein gesamter Oberkörper sowie seine Arme sind von Tattoos übersät und er ist so durchtrainiert und muskulös, dass ich automatisch meinen Arm ausstrecke, um ihn zu berühren.

Cole atmet scharf ein, als ich mit meinen Fingerkuppen sein beeindruckendes Sixpack nachfahre. Mit einem animalisch klingenden Laut lässt er eine Hand in meine Haare fahren und drückt seinen Mund erneut auf meinen. Liams Finger auf meinem Bauch gleiten langsam nach oben und ich seufze unterdrückt, als er meine Brust umfasst und meinen harten, aufgerichteten Nippel durch den Stoff des BHs reizt.

Das Pochen in meinem Schoß ist jetzt schon unerträglich und ich kann fühlen, *wie* feucht ich bereits bin. Mein Blut pumpt in gefühlter Schallgeschwindigkeit durch meine Venen und ich scheine von innen heraus zu verbrennen. Coles Küsse bringen mich zusammen mit Liams Berührungen um den Verstand und ich habe keine Ahnung, wie lange ich mich noch auf meinen Beinen halten kann.

»Schlafzimmer. Jetzt«, keucht Liam an meinem Ohr und ich nicke, bin erleichtert, und doch steigt die Nervosität in mir gleichzeitig in neue, schwindelerregende Höhen.

Liam verhakt seine Finger mit meinen und zieht mich hinter sich her, aus dem Raum hinaus und die Treppe in das Obergeschoss hinauf. Ein Blick über meine Schulter lässt mein Herz einmal stolpern, denn Coles Gesichtsausdruck ist voller Hunger. Er grinst schmutzig, zwinkert mir kurz zu und ich drehe mich schnell wieder um, was ihn leise lachen lässt.

Oben angekommen stößt Liam die Tür zu seinem Schlafzimmer auf und zieht mich in seine Arme, kaum, dass wir den Raum betreten haben. Sein Mund ist auf meinem, bevor ich etwas sagen oder gar wieder das Nachdenken anfangen kann. Cole presst sich von hinten an mich, nachdem er den Verschluss meines BHs geöffnet hat. Sein muskulöser Oberkörper an meinem Rücken lässt mich ungehemmt in Liams sinnlichen Kuss stöhnen.

Cole streift die Träger meines BHs von meinen Schultern, Liam hilft ihm dabei und senkt anschließend seine Lippen auf meine Brust. Er reizt meine Brustwarze mit seinen Zähnen, wieder und wieder saugt er an ihr oder zwickt sie sanft. Jede seiner Liebkosungen jagt einen elektrischen Schlag nach dem anderen durch meinen Körper und steigert meine Erregung nur noch.

Mein Atem geht abgehackt und mein Herz stolpert vor Aufregung, als Cole sich an meiner Jeans zu schaffen macht. Seine Hand ist in meinem Höschen, kaum, dass er den Reißverschluss geöffnet hat.

»Scheiße, bist du feucht«, keucht er an meinem Ohr und ringt mir ein langgezogenes Stöhnen ab, indem er seine Finger auf meiner Klit kreisen lässt. Meine Scham pocht vor Lust und meine Knie zittern, so heftig reagiere ich auf die beiden Männer. Cole massiert meinen Kitzler so gekonnt, dass bei jedem Kreisen ein gewaltiges Zucken durch meinen Körper geht, und zu meiner eigenen Erschütterung kann ich die ersten Ausläufer meines Höhepunkts bereits wahrnehmen.

Liam geht vor mir auf die Knie und zerrt mit einer einzigen schnellen Bewegung meine Jeans gemeinsam mit meinem Höschen hinab. Achtlos wirft er meine restlichen Kleidungsstücke beiseite und sieht mit einem schmutzigen Grinsen zu mir auf. Langsam streichelt er mit seinen Fingern über meine Waden nach oben, während Cole meine Schamlippen teilt und mit seinen Fingerspitzen durch meine Spalte streicht.

Ich brenne vor Verlangen und kann das wollüstige Wimmern, das sich den Weg aus den Tiefen meiner

Kehle bahnt, nicht unterdrücken. Cole schiebt zwei Finger in mich, was mich scharf einatmen lässt.

»Fuck, bist du eng«, stöhnt er an meinem Ohr und bringt mich zum Keuchen, als er seinen Handballen auf meinen Kitzler drückt. »Ich kann's kaum erwarten, deine Pussy um meinen Schwanz zu spüren … so eng wie eine Faust«, murmelt er und drückt einen dritten Finger in mich.

Liam tanzt mit seinen Fingerspitzen über die Innenseite meiner Oberschenkel, ohne seinen Blick auch nur eine Sekunde von meinem zu lösen. Die Intensität, mit der er mich ansieht, bringt mein Blut zum Kochen. Langsam richtet er sich auf, macht einen Schritt rückwärts und zieht sich seine restliche Kleidung aus. Der Ausdruck in seinen Augen hält mich gefangen und ich bin unfähig, meine Lider zu schließen.

Liams Schwanz ist bereits vollständig hart und ich schnappe nach Luft, als er seine Hand ohne Umschweife um seinen Schaft legt und ihn im gleichen Rhythmus massiert, in dem Cole seine Finger in mich hinein- und wieder hinausschiebt. Liam fickt mich mit seinem Blick, hält mich gefangen und lässt mich stumm nach mehr betteln.

Himmel.

Cole steigert seinen Takt und ich explodiere, als er seinen Handballen noch kräftiger auf meine Klit drückt. Mein ganzer Körper zuckt und ohne Coles Arm um meine Hüfte wäre ich unfähig, mich weiter auf den Beinen zu halten, so heftig schüttelt mein Höhepunkt mich durch. Wieder und wieder ziehen meine inneren Wände sich zusammen und nur langsam flachen die Kontraktionen in meinem Unterleib ab.

»Heilige Scheiße, ich kann definitiv nicht erwarten, deine Pussy um meinen Schwanz zu fühlen«, haucht Cole an meinem Ohr und klingt dabei so gierig, dass ein neuerlicher, kräftiger Schauer durch meinen Körper geht. »Auf's Bett mit dir, Süße«, befiehlt er mir und dirigiert mich mit sanftem Druck in die Richtung von Liams Bett.

Dort angekommen krabbele ich hinauf und ziehe mich so weit auf die Matratze, bis ich mit dem Oberkörper am Kopfteil lehne. Stumm beobachte ich, wie Cole sich ganz auszieht und räuspere mich nervös, was beide Männer einen Blick tauschen und anschließend verdorben grinsen lässt. Cole ist ebenso wie Liam gut bestückt. Wie der *Gravity*-Keyboarder ist auch er bereits vollständig hart und der Anblick lässt meine Scham pulsieren.

Wir haben nicht besprochen, wie weit das hier gehen soll und so erregend und lustvoll ich die Vorstellung eines Dreiers finde - meine praktischen Erfahrungen in Sachen Analsex sind gleich null. In der Hinsicht bin ich eine Jungfrau. Mein Ex hat mich mehr als einmal dazu überreden wollen, doch mit ihm konnte ich mir das nie vorstellen.

Mit Liam schon.

Was hinter dieser Aussage steckt, damit will ich mich lieber gar nicht erst befassen. Binde ich Liam meine Unerfahrenheit jetzt auf die Nase, wird das hier nicht weniger heiß für mich, dessen bin ich mir sicher - aber aufs Ganze gehen wird er dann nicht.

Doch ein Teil von mir will exakt das … alles.

Beide Männer gleichzeitig in mir.

Bei dem bloßen Gedanken daran zieht meine Scham sich erneut vor Lust zusammen.

Ich bin wahnsinnig angespannt und aufgeregt, doch gleichzeitig weiß ich, dass Liam und auch Cole auf mich aufpassen werden.

Liams fragender Blick trifft auf meinen und unwillkürlich muss ich lächeln.

Da ist er wieder.

Mein Feuerwehrmann, der für jede meiner

Empfindungen eine Art inneren Radar zu haben scheint.

»Kommt zu mir«, flehe ich und meine Stimme klingt dabei heiser und sehnsüchtig. »Bitte«, setze ich leise nach und lasse meine Beine, die ich bisher geschlossen gehalten habe, auseinanderfallen.

Cole schnappt beim Anblick meiner nassen und geschwollenen Scham nach Luft und lässt sich nicht länger bitten. Die Bewegungen, mit denen er zu mir auf die Matratze kommt, ähneln denen eines Raubtieres auf der Jagd. Er ragt über mir auf und wenn ich ihn nicht kennen würde, hätte ich jetzt vermutlich Angst vor ihm, so eindrucksvoll sieht er mit seiner Glatze, den Tattoos und seinem muskelbepackten Körper aus. Ich fühle mich klein unter ihm, doch genau dieser Aspekt ist es, der meine Gier auf ihn noch anfacht.

»Fickt mich«, bettele ich, benutze bewusst den Plural, um auch den letzten Zweifel auszuräumen, *wie* ich die beiden Männer haben möchte.

»Nicht so schnell«, tadelt Cole mich, beugt sich zu mir hinunter und küsst mich.

Langsam lässt er sich auf mich hinabsinken und wir stöhnen beide auf, als sein Schwanz gegen mein Geschlecht drückt. Coles Körpergewicht presst mich in die Matratze, was sich unglaublich gut anfühlt.

Liam kommt ebenfalls zu uns auf das Bett und Cole dreht sich mit mir im Arm halb, sodass ich neben ihm und damit zwischen beiden Männern zu Liegen komme. Seine Lippen wandern über mein Dekolleté, während Liam seinen Mund über meine Schulterblätter tanzen lässt. Ihre Hände fahren über meinen Körper, berühren jeden Millimeter, mal sanft und zart, dann wieder drängend und fordernd.

Liam zieht mich halb auf sich und legt seine Hände an meine Oberschenkel. »Spreiz deine Beine für Cole, meine Schöne«, haucht er an meinem Ohr und dirigiert mich mit festem Druck. »Bist du schon einmal von jemandem mit einem Zungenpiercing geleckt worden?«, fragt er mich und lacht leise, als ich erschauere, während ich verneine. »Die Frage, ob dich die Vorstellung antörnt, kann ich mir klemmen, hm?«, neckt er mich.

Cole platziert sich währenddessen zwischen meinen weit geöffneten Schenkeln und senkt seinen Kopf ohne Vorwarnung auf meine noch völlig überreizte Scham. Ich keuche laut, als er seine Zunge durch meine Spalte gleiten lässt. Das Metall seines Piercings berührt meine Klit und ich stöhne vor Lust, weil Cole anfängt, mich mit langsamen Zungenschlägen zu verwöhnen.

Bei jedem Kreisen seiner Zunge rast ein erregendes Prickeln durch meinen Körper und ich fühle mich wie elektrisiert. Cole steigert die Intensität und den Rhythmus, in dem er mich leckt, mit jedem Zungenschlag und das warme Metall seines Piercings versetzt mir einen zusätzlichen Kick.

Liam umfasst meine Brüste und zwirbelt meine Nippel, zieht an ihnen und als Cole an meiner Perle saugt, ehe er erneut seinen Körperschmuck einsetzt, verliere ich mich zum zweiten Mal an diesem Abend in einem heftigen Höhepunkt. Ich bäume mich auf, dränge mich Coles Mund entgegen und stöhne hilflos seinen Namen. Ermattet sinke ich irgendwann nach hinten und ringe nach Atem, während beide Männer meinen Körper weiterhin liebkosen.

Ich vergehe förmlich vor Lust und werde zu Wachs unter ihren Berührungen. Mein Zeitgefühl ist mir längst abhandengekommen, ich habe keine Ahnung, wie lange wir schon so auf dem Bett liegen, als Cole mich an den Hüften packt, sich auf den Rücken dreht und mich gleichzeitig in einer fließenden Bewegung auf seinen Schoß hebt.

Mit einem teuflischen Grinsen greift er nach meinem Kopf, zieht mich zu sich hinunter und verwickelt mich in einen alles verzehrenden Kuss. Ich kann mich selbst noch auf seinen Lippen schmecken, doch das stört mich nicht. Mit seiner freien Hand gleitet Cole über meine Seite, meinen Bauch hinab und zwischen unsere Körper. Ich stöhne heiser, als er meine völlig überreizte Klit erneut massiert und zucke zusammen, als Liam sich von hinten über mich beugt und mich grob in die Schulter beißt.

»Fuck, Emilia, ich *muss* jetzt wissen, wie es sich anfühlt, in dir zu sein.« Coles Tonfall ist ungehalten und gleichzeitig so durchdrungen von seiner eigenen Erregung, dass ich trotz meiner Nervosität kichern muss.

Er stößt ein raues Keuchen aus, als ich zwischen uns greife und meine Finger um seinen Schaft lege. Ich kann seinen Schwanz nicht ganz umfassen, was einen weiteren prickelnden Schauer über meine Wirbelsäule rieseln lässt. Langsam hebe ich mein Becken, positioniere mich über ihm und lasse mich ein wenig hinabsinken.

»Fuck … heilige Scheiße … Fuck«, kommt es von Cole, bevor er mich an den Hüften packt und mich forsch hinab auf seinen Schwanz drückt. Atemlos klammere ich mich an seine Schultern, als er vollends in mir ist.

Der Dehnungsschmerz ist an der Grenze des Erträglichen, doch nach ein paar Sekunden lässt das unangenehme Gefühl nach und weicht der in mir brodelnden Begierde auf mehr. Ich lasse mein Becken leicht kreisen und Cole flucht erneut derb. Aufseufzend stütze ich mich mit einer Hand auf dem Kopfteil und mit der anderen weiterhin auf Coles Schulter ab und bewege mich langsam.

Liam drängt sich von hinten eng an mich, umfasst mit einer Hand meine linke Brust und lässt die andere zwischen meine Beine wandern. Eigentlich sollte es mich nicht mehr überraschen, *wie* hemmungslos Liam ist, doch im ersten Moment verkrampfe ich, als seine Finger auf meinen Kitzler treffen.

»Lia«, ermahnt er mich prompt leise und schlägt mir einmal kräftig auf den Arsch, weil ich nicht gleich reagiere und in meiner angespannten Haltung verharre.

Cole greift in meinen Nacken, sucht meinen Blick und sieht mich ebenfalls tadelnd an. »Süße, lass los«, murmelt er und legt seine andere Hand auf meine rechte Brust. Beide Männer zwirbeln meine Nippel, mit genau der richtigen Mischung aus hart und zart und langsam aber sicher entspanne ich mich.

Liam gibt meine Brust frei, schlingt seinen Arm um meine Taille und dirigiert mich, gibt den Rhythmus vor, in dem ich mich auf Cole bewege. Immer wieder gleitet er beinahe gänzlich aus mir heraus und ich werde wahnsinnig vor Lust, jedes gottverdammte Mal, wenn er tief in mich eindringt.

Cole verführt mich ein weiteres Mal zu einem heißen Kuss und nimmt mich so fest in seine Arme, dass kaum noch ein Blatt Papier zwischen unsere Körper passt, nachdem Liam sich von mir gelöst hat. Ich höre das Geräusch einer sich öffnenden und wieder schließenden Schublade und meine Unruhe steigert sich noch, sofern das überhaupt möglich ist.

»Entspann dich«, nuschelt Cole zwischen zwei Küssen, legt seine Hände auf meinen Arsch und knetet ihn sanft. Er hält mich in meiner Position auf ihm, sein Schwanz tief in mir und obwohl er sich nicht bewegt, zuckt mein Körper immer wieder, so erregt bin ich durch die vorausgegangenen Orgasmen.

Ich rucke ein wenig nach vorn und schnappe nach Luft, als ich etwas Kühles auf meinem Hintern spüre.

»Lia«, flüstert Liam und beugt sich von hinten über mich, während er das Gleitgel in sanften und immer engeren Kreisen um meinen Muskelring verteilt.

Als er das erste Mal gegen den Ring drückt, verspanne ich mich kurz, nur um wenig später ein überraschtes Stöhnen auszustoßen. Was Liam da tut, fühlt sich ... gut an. Langsam schiebt er seinen Finger tiefer, bereitet mich vor, streichelt und massiert mich, bis ich nach mehr wimmere und er einen zweiten Finger dazu nimmt.

Cole unter mir richtet sich etwas auf und saugt meinen Nippel in seinen Mund, reizt ihn mit seinen Zähnen, bis ich mich vor Lust auf ihm winde und mich vollends entspanne. Aufstöhnend kralle ich mich in das Bettgestell vor mir, als Liam seine Finger noch tiefer in meinen Anus eindringen lässt und mich weiter dehnt.

Mein Körper zittert vor lustvoller Anspannung und die Gefühle, die Coles Schwanz und Liams Finger in mir auslösen, sind schon jetzt so unglaublich intensiv. Als Liam sich aus mir zurückzieht, zieht sich mein gesamter Unterleib ein weiteres Mal so stark zusammen, dass Cole erneut kräftig flucht.

»Verdammte Scheiße, *wie* eng kannst du noch werden?!«, stöhnt er.

»*So* eng, dass du glaubst, deinen verfickten Verstand zu verlieren«, ertönt Liams Stimme und wie zur Bestätigung ziehen meine inneren Wände sich noch fester um Coles Schwanz zusammen.

»Oh fuck!«, flucht Cole und nur wenige Sekunden später spüre ich Liams Schwanzspitze an meinem Hintereingang.

»Oh Gott«, wimmere ich, als Liam den Druck langsam erhöht und sich in mich schiebt. Ich halte die Luft an, als er vorsichtig immer tiefer in mich eindringt. Doch der erwartete Schmerz bleibt aus und auch das Dehnungsgefühl ist auszuhalten. »Bitte ... mehr«, flehe ich und höre Liam scharf einatmen, als ich mich ihm etwas entgegen drücke.

Oh.

Mein.

Gott.

Als Liam bis zu seiner Wurzel in mir ist, stoßen wir alle drei ein langgezogenes Stöhnen aus und verharren in dieser Position. Meine Empfindungen überrollen mich, mein gesamter Körper steht unter Strom und ich habe das Gefühl, kurz vor einem der gewaltigsten Höhepunkte, die ich je erlebt habe, zu stehen.

Liam beugt sich über mich, legt seine linke Hand auf meine an dem Bettgestell und bringt seinen Mund dicht an mein Ohr. »Du bist unglaublich«, flüstert er, zieht sich dabei ein wenig aus mir zurück, um dann sanft zuzustoßen. »So unglaublich«, raunt er und nimmt einen langsamen, intensiven Takt auf.

Liam steigert sein Tempo und mit jedem Stoß stöhnt auch Cole rau. Beide Männer so tief in mir zu spüren, zu wissen, dass sie das Gleiche fühlen wie ich, macht mich wahnsinnig vor Verlangen und schubst mich über die Grenze.

Mein Unterleib zieht sich rhythmisch zusammen, als ein weiterer Orgasmus mich überrollt.

»Nicht aufhören«, bettele ich atemlos und Liam fickt mich noch kräftiger. Bei jedem seiner Stöße geht ein lustvolles Zucken durch meinen Körper. »Fester, Liam, bitte«, stammele ich abgehackt, weil ich mehr möchte. Er drückt mich auf Cole hinunter, bringt mich dazu, noch etwas mehr ins Hohlkreuz zu gehen und ich wimmere, als er sich noch tiefer in mich zieht und mich durchvögelt. Exakt so, wie ich es will.

Cole unter mir spannt sich an und stöhnt meinen Namen, als er kommt.

»Lia«, keucht Liam über mir und erstarrt wenige Augenblicke später. »Heilige Scheiße.« Er sackt auf mir zusammen, beugt sich über mich und vergräbt seinen Kopf in meiner Halsbeuge. Gemeinsam ringen wir alle Drei nach Luft, sind noch völlig gefangen in dem soeben Erlebten.

Ich kann nicht sagen, wie lange wir so verharren. Irgendwann zieht Liam sich aus mir zurück und lässt sich zur Seite fallen. Cole grinst mich schief an und drückt mir einen kurzen Kuss auf die Lippen, bevor ich mich von seinem Schoß erhebe, unsicher, wie ich mich jetzt verhalten soll.

Aufstehen und duschen gehen, bevor es peinlich und unangenehm wird?

Doch die beiden Männer nehmen mir die Entscheidung ab. Liam zieht mich mit einer schnellen Bewegung zwischen sie und schlingt einen Arm um meine Taille, während Cole sich mit dem Gesicht zu mir auf die Seite dreht und mir mit den Fingerspitzen über die Wange streicht. Sie gehen ganz selbstverständlich mit der Situation um, und das macht es auch mir leichter.

»Heilige Scheiße, das war … verflucht heiß«, murmelt Cole irgendwann mit sichtlich belegter Stimme und ich muss lächeln, als auch Liam ihm zustimmt. »Alles gut bei dir, Süße?«, fragt er mich und ich nicke, ohne zu zögern.

»Ich würde das gern ab und an wiederholen«, verkünde ich nach einigen Sekunden des Schweigens und höre die beiden Männer scharf einatmen.

Liam drückt einen Kuss auf meine Schulter und tanzt mit seinen Fingerspitzen über meine Seite. »Definiere ab und an, Lia«, raunt er heiser.

Obwohl ich noch vollkommen erledigt bin, fängt mein Schoß bereits erneut zu pochen an.

»Wir könnten duschen gehen und dann vielleicht mal schauen, ob sich heute noch ein *ab und an* ergibt?«, antworte ich leise und sowohl Cole als auch Liam lachen amüsiert auf, ehe sie sich erheben.

Liam packt mich anschließend, wirft mich über seine Schulter wie einen Mehlsack und schlägt mir auf den nackten Arsch, was mich entrüstet aufschreien lässt. Mein Aufschrei geht in ein Keuchen über, als er mit der Handfläche über meinen Hintern reibt und den Schmerz so quasi tiefer unter meine Haut treibt. Es erwischt mich eiskalt, dass das scharfe Prickeln in meinem Gesäß mich erregt.

»Deine Kleine sieht aus meiner Perspektive reichlich verwirrt und gleichzeitig angetörnt aus«, mischt sich Cole, der seitlich hinter uns geht, prompt ein.

»Die Kleine ist anwesend und steht so gar nicht drauf, wenn man über sie in der dritten Person redet!«, zischele ich und klammere mich an Liam fest, nachdem dieser mich im Badezimmer angekommen auf meine Füße gestellt hat.

Cole tritt hinter mich und schmiegt sich mit seinem durchtrainierten Körper eng an mich, während er meine Hüften packt. »Dann eben ganz direkt: Du fährst drauf ab, wenn man dich ein bisschen fester anfasst und Liams Schlag auf deinen Hintern eben hat dich angemacht.«

Als ob er sich selbst noch einmal die Bestätigung holen muss, dass er richtig liegt, löst er sich etwas von mir und schlägt mit der flachen Hand kräftig auf meinen Po. Wie vorhin bei Liam kann ich ein lustvolles Stöhnen nicht unterdrücken.

»Wir werden heute Nacht noch eine Menge Spaß miteinander haben«, raunt Cole an meinem Ohr, während Liam seinen Mund auf meinen drückt.

Ich keuche in unseren Kuss, weil Cole mir in schneller Abfolge noch mehrmals auf den Hintern schlägt, ehe er mich frei- und sich unter die Dusche begibt. Liam und ich folgen ihm und so finde ich mich wenig später eingerahmt von beiden Männern unter dem großen Duschkopf wieder.

Vier Männerhände seifen mich ein, gehen auf meinem Körper auf Wanderschaft und fachen die ohnehin immer noch vorhandene Erregung in mir von Neuem an. Mit einem genießerischen Seufzen lasse ich mich ganz fallen und beschließe, diese Nacht in vollen Zügen zu genießen.

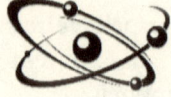

KAPITEL 22

Emilia

Fast ein Monat ist vergangen seit jener gemeinsamen Nacht mit Cole in Liams Haus. Lächelnd denke ich daran zurück, wie wir am anderen Morgen am Frühstückstisch gesessen haben. Entgegen meiner Befürchtung ist es weder direkt danach noch in den darauffolgenden Wochen merkwürdig zwischen uns geworden.

Ganz im Gegenteil.

Cole ist mittlerweile ein guter Freund für mich, mit dem ich mich sogar ab und an auf einen Kaffee treffe, um über Gott und die Welt zu reden. Wir haben nie direkt darüber gesprochen, aber wenn Liam nicht bei uns ist, fällt kein anzügliches Wort. Es ist, als ob die prickelnde Nuance in unserer Beziehung nur in Verbindung mit Liam in Erscheinung tritt.

Mit einem zufriedenen Lächeln biege ich um die Ecke zu meinem Wohnhaus. Bei Liam und mir könnte es besser nicht laufen, und auch die Plagiatsvorwürfe gegen *Gravity* sind mittlerweile nichts weiter als eine hässliche Fußnote ohne jede Bedeutung. Die Indie-Band, die behauptet hat, dass die Jungs sich an ihrem Repertoire bedient haben, hat ihre Anschuldigungen schlussendlich zurückgezogen und eine Unterlassungserklärung unterschrieben, deren Bruch sie teuer zu stehen kommen würde.

Liam und die übrigen Bandmitglieder befinden sich im Studio, um die letzten Takes für ihr Album aufzunehmen, das Ende November erscheinen soll, damit die Plattenfirma das Weihnachtsgeschäft noch voll mitnehmen kann. Logan war nicht sonderlich begeistert und hätte aus rein persönlichen Gründen lieber einen früheren Termin gehabt, aber dieses Mal sind die Plattenbosse stur geblieben. Ich muss schmunzeln bei dem Gedanken daran, wie die anderen ihn wegen seines Gemaules und Gejammeres aufgezogen haben.

Immer noch grinsend über Logan steige ich die Stufen zu meinem Wohngebäude hinauf und bleibe abrupt stehen, als ich den Mann erblicke, der direkt davor wartend auf und ab läuft.

Mein Herz krampft sich zusammen und mir wird gleichzeitig heiß und kalt.

Benedict.

Kaum, dass ich ihn entdeckt habe, erspäht mein Exfreund mich ebenfalls und hastet prompt auf mich zu. Die Einkaufstüte in meiner rechten Hand rutscht mir durch die Finger und landet mit einem Klatschen auf dem Beton zu meinen Füßen, während ich nichts anderes tun kann, als ihn mit offenem Mund anzustarren.

Ben lächelt mich an und bei seinem Anblick denke ich ganz automatisch nur an zwei Worte: Gewinnend und geschäftsmäßig.

So, wie er jetzt mich anlächelt, lächelt er normalerweise einen potentiellen Kunden an, den er für seine Agentur an Land ziehen möchte.

»Emilia«, begrüßt er mich mit diesem dunklen Unterton in seiner Stimme, der mich bisher nie kalt gelassen hat.

Doch jetzt passiert … *nichts.*

Nicht eine Faser meines Körpers reagiert auf ihn, zumindest nicht auf positive Art und Weise.

Auf der Negativliste hingegen kann ich so einiges vermelden.

Mein Magen fühlt sich an, als würde er in einer Schraubzwinge stecken und mir bricht der kalte Schweiß aus, weil mich die Erinnerungen an das hässliche Ende unserer Beziehung überwältigen.

Dass ich immer noch völlig regungslos vor ihm stehe und ihn wie einen Außerirdischen anglotze, scheint Benedict nicht im Geringsten aus dem Konzept zu bringen. Ohne zu zögern umarmt er mich und drückt mir zu allem Überfluss noch einen Kuss auf die Lippen, was jedoch endlich Bewegung in mich bringt.

Entschlossen schiebe ich ihn von mir und bücke mich anschließend nach meinen Einkäufen, die zum Teil aus der Papiertüte hinausgepurzelt sind, um noch etwas Zeit zu schinden. Benedict geht mit mir in die Hocke und hilft mir beim Aufsammeln, was in mir den starken Drang weckt, ihn anzuschnauzen, dass er seine Flossen von meinen Sachen nehmen soll.

Doch ich bleibe stumm, lächele ihn zu allem Überfluss auch noch kanadisch höflich an, als er mir die Butter sowie die Schokoladenkuvertüre reicht, die ich für ein neues Cupcake-Rezept eingekauft habe. Unsere Fingerspitzen berühren sich und Benedict streicht sanft mit dem Daumen über meinen Handrücken, eine zärtliche Geste, die in mir jedoch nichts als Ekel auslöst.

»Was machst du hier?«, frage ich ihn kühl, als ich mir sicher bin, dass mich meine Stimme nicht im Stich lässt. Ich richte mich auf und auch mein Exfreund erhebt sich wieder zu seiner vollen Größe. »Bist du beruflich in Toronto?«, setze ich nach, obwohl ich die Antwort im Grunde genommen bereits kenne.

Ich lese sie in seiner Miene. Ben ist hier, weil es mit seiner Agentur gerade noch beschissener läuft als vor unserer Trennung. Diese Information habe ich von meiner Freundin Maxine bekommen, die in London lebt und mit der ich regelmäßig telefoniere.

Mein Ex wird mich entweder um Geld bitten, oder aber, was ich für wahrscheinlicher halte, darum, dass ich zu ihm zurückkehre. Es geht ihm um seinen Geldesel, der ihm die letzten Jahre den Rücken freigehalten hat und um nichts anderes. Alles war einfacher und vor allem lukrativer, als sich jemand mit Ahnung vom Fach um seine Agentur gekümmert hat.

Er streicht sich eine Strähne seines dunkelblonden und ansonsten perfekt frisierten Haares aus der Stirn und schenkt mir wieder dieses Business-Lächeln, während er mich mit seinen blauen Augen fixiert.

»Ich bin privat hier. Deinetwegen«, lügt er mir eiskalt in das Gesicht und macht einen Schritt auf mich zu. »Ich habe einen Fehler gemacht, und den möchte ich jetzt korrigieren. Was muss ich tun, damit wir dort weitermachen können, wo wir aufgehört haben?« Seine Unverfrorenheit verschlägt mir für einen Augenblick die Sprache.

»Einen Fehler?«, hake ich nach und mein Ex nickt. »Verstehe, du möchtest die unzähligen Male, die du mich quasi mit der halben Frauenwelt Londons betrogen und hintergangen hast, zusammenfassen. Frei nach dem Motto: War doch alles das ein und dasselbe, zählt also auch nur als eine Verfehlung?!«

Sein Lächeln verrutscht kurz, sitzt jedoch wenige Sekunden später wieder, sodass ich mir unsicher bin, ob ich mir das nicht nur eingebildet habe.

»Emilia, ich leugne meinen Anteil an unseren Schwierigkeiten ganz sicher nicht, aber auch du musst Verantwortung für das übernehmen, was zwischen uns schiefgelaufen ist. Eine Beziehung schließt immer beide Partner mit ein und beide müssen daran arbeiten«, erwidert er und ich traue meinen Ohren nicht. »Du bist nie da gewesen, und wenn du mal anwesend warst, hast du mich abgewiesen oder warst zu nichts zu gebrauchen. Ich bin auch nur ein Mann mit Bedürfnissen, aber diese Frauen haben mir doch nie etwas bedeutet. Das war rein biologisch«, verkündet er dermaßen klischeehaft, dass ich nicht weiß, ob ich lachen oder ihn anschreien soll.

Kopfschüttelnd sehe ich ihn an, starre auf seinen perfekt geschwungenen Mund, den ich früher so anziehend gefunden habe und frage mich, ob er gerade wirklich diesen Müll von sich gegeben hat.

»Verstehe. Es hat nicht gereicht, dass ich alles getan habe, um deine Agentur vor der Pleite zu bewahren. Dass ich mir Tag und Nacht den Arsch abgerackert habe, um dich über Wasser zu halten und zu verhindern, dass du dein Geschäft schließen musst«, rede ich mich in Rage und werde mit jedem Wort lauter. »Natürlich habe ich unsere Beziehung vernachlässigt. Alles meine Schuld, dass ich nach vierzehn-Stunden-Tagen in *deiner* Agentur zu erledigt war, um mich hübsch zu machen und mich um dich zu kümmern.«

Bens Lächeln verrutscht zum zweiten Mal, und dieses Mal schafft er es nicht, es zu überspielen.

»Ich hätte natürlich auch noch die sexy, dauergeile und allzeit bereite Geliebte geben müssen, die die Beine für dich breit macht, wann auch immer dir danach ist«, schnauze ich ihn an und seine Gesichtszüge entgleisen endgültig. Die Zeit, die ich mit meinen Cousins und dem Rest der Gravity-Jungs verbracht habe, hat in meinem Wortschatz offensichtlich Spuren hinterlassen. Benedict ist Brite durch und durch und das eben wird in seinen Ohren geschmerzt haben.

Angewidert erinnere ich mich daran, wie oft er meinen Arsch gewollt und mich dazu hat gedrängt hat, ohne Rücksicht darauf, dass ich nicht das nötige Vertrauen zu ihm und Angst davor hatte. Bei Liam habe ich nicht einmal den Hauch eines Widerstands in mir verspürt, im Gegenteil.

Liam hat mir gegeben, was ich von Benedict im Grunde genommen in unserer gesamten Beziehung nicht bekommen habe. Sicherheit. Das Wissen, dass ich in jeder Sekunde *Nein* sagen kann, ohne dass er sich über meinen Willen hinwegsetzt. Liam respektiert meine

Wünsche und mich - etwas, das Ben nie getan hat.

»Du verdrehst die Tatsachen. Ich brauche Sex, wie *jeder* Kerl. Als ich den nicht mehr bekommen habe, habe ich mich anderweitig umgesehen«, wirft mein Exfreund mir vor, was mich nach Luft schnappen lässt. »Zu einer Beziehung gehört nun einmal Sex, und den habe ich sicher nicht im Übermaß von dir gefordert.«

Ich lache zynisch auf. »Sicher nicht, du hattest ja von Anfang an genügend Alternativen. Tu doch nicht so, als wärst du mir anfangs treu gewesen!« In meiner Kehle bildet sich gegen meinen Willen ein dicker Kloß.

Dass Benedict mich von Beginn unserer Liebesbeziehung an hintergangen hat, schmerzt mich nach wie vor und ist mir unbegreiflich. Ich war so blind und habe gedacht, wir wären glücklich, während er bereits munter durch alle Betten geturnt ist und auch vor meinen damaligen Freundinnen nicht halt gemacht hat. Dieser doppelte Verrat hat mich von all seinen Eskapaden am meisten getroffen und verwundet. Er war in zweifacher Hinsicht froh, mich zu haben. Erstens eine fähige Marketingexpertin, die für wenig Geld alles tut, um die Agentur über Wasser zu halten und zweitens ein neuer Freundeskreis von Frauen, in dem er wildern konnte.

»Was auch immer du dir hiervon versprichst: Daraus wird nichts. Ich bin fertig mit dir, Ben.« Er legt seinen Kopf leicht schief und sieht mich abschätzig an. »Du hast die Reise umsonst gemacht. Aber unter deinen zahlreichen Fickbekanntschaften in und um London findet sich doch sicher eine, die dumm genug ist, sich auf dich einzulassen und dich finanziell zu unterstützen«, ätze ich und registriere befriedigt das kurze, wütende Aufflackern in seinen Augen.

»Du wirfst unsere langjährige Partnerschaft weg, als wäre sie nichts gewesen. Was wir uns gemeinsam in London aufgebaut haben, sollte meiner Meinung nach einen zweiten Versuch wert sein. Es könnte sicher funktionieren. Wir beide müssen an uns arbeiten, damit …«

Ich unterbreche ihn mit einer unwirschen Handbewegung. »*Wir* müssen an gar nichts arbeiten, denn ein *uns* gibt es nicht mehr. Ich habe kein Interesse an einer Neuauflage. Wie ich schon sagte, ich bin fertig mit dir.« Ich schiebe mich an ihm vorbei und schüttele seine Finger an meinem Handgelenk ab, als er nach mir greift und mich zurückhalten will. Mein eisiger Blick trifft auf seinen und er tritt tatsächlich einen Schritt zurück.

Ich beiße mir auf die Zunge, um ein Lachen zu unterdrücken, als er ins Straucheln gerät und ein paar Stufen hinunterstolpert, ehe er sich wieder fängt. Logan oder auch Liam hätten ihm, wenn sie jetzt hier gewesen wären, sicher mit Freuden einen Schubs gegeben, um ihn ganz nach unten zu befördern. Mein Cousin hätte es ohne zu zögern als Notwehr bezeichnet, und Liam würde ihm sicher beipflichten oder ihm ein Alibi geben.

»Du machst einen gewaltigen Fehler«, faucht er aufgebracht, wirkt aus seiner Position unter mir jedoch so lächerlich, dass ich nicht anders kann, als zu schmunzeln.

»Mein einziger Fehler war, in dir etwas zu sehen, was du nie gewesen bist. Ja, daran war ich schuld. Daran, wie es zwischen uns gelaufen ist, aber nicht. Leb wohl, Ben.« Mit diesen Worten drehe ich mich um und lasse ihn einfach stehen.

Gott sei Dank bekomme ich den Schlüssel zur Haustür gleich beim ersten Mal ins Schloss. Erst, als sie hinter mir zufällt und ich mir sicher bin, dass Ben mir nicht gefolgt ist, lasse ich meinen Tränen freien Lauf. Die Erkenntnis, dass ich bisher lediglich verdrängt habe, was er mir angetan hat, trifft mich ungefiltert und mit voller Kraft.

Im Stockwerk über mir geht eine Appartementtür auf, was mich zusammenfahren lässt. Hastig wische ich mir mit meiner Hand über das Gesicht und mache mich dann auf den Weg in Richtung der Aufzüge. Das Letzte, was ich jetzt gebrauchen kann, ist die Begegnung mit einem Nachbarn.

Drei Tage später bin ich nach wie vor völlig von der Rolle und dermaßen fahrig und unkonzentriert, dass mir ein blöder Fehler nach dem anderen unterläuft. Angefangen damit, dass ich die nicht überarbeitete Version einer Presseerklärung versandt habe und endend damit, dass ich mich mit Logan wegen meiner Schlampigkeit in die Wolle bekommen habe.

Aktuell sitze ich in der Küche des älteren Davenport-Bruders und telefoniere mir die Finger wund, um meine stümperhafte Arbeit wieder zu korrigieren und die Pressegeier dazu zu bringen, die redigierte Fassung zu veröffentlichen. Bis auf einen haben sich alle dazu bereit erklärt, nur der Typ, der gerade am anderen Ende der Leitung sitzt, stellt sich stur.

»Wir haben die Fassung schon in den Druck gegeben«, wiederholt er zum gefühlt fünfzigsten Mal. »Ich kann da leider nichts für Sie tun, Miss Davenport.«

Gedanklich zeige ich ihm den Mittelfinger, während ich mich gleichzeitig um einen freundlichen Ton bemühe. »Freikarten für das nächste Gravity-Konzert in Toronto?«, locke ich ihn und höre, wie er scharf einatmet.

»Freikarten und Zugang zum VIP-Bereich, dann sehe ich, was ich tun kann«, macht er einen Gegenvorschlag. »Fotos mit der Band wären für meine Süße die Kirsche auf der Sahnetorte.«

Ich verziehe meine Miene. »Freikarten und der Zugang zum VIP-Bereich. Was die Fotos angeht, kann ich nichts versprechen.«

Der Wichser brummt ein »Okay« in mein Ohr und ich jubiliere innerlich, weil ich meinen unprofessionellen Patzer damit quasi ungeschehen gemacht habe. Erleichtert beende ich das Gespräch, lege das Telefon beiseite und vergrabe meinen Kopf in meinen Händen.

»Alles okay mit dir?«, ertönt so plötzlich nah bei mir eine Stimme, dass ich zusammenfahre. Ich habe Chase überhaupt nicht kommen gehört. Wie so oft hat sich der zweite Gitarrist der Band quasi herangeschlichen. »Du wirkst seit Tagen irgendwie bedrückt, wenn ich das so sagen darf. Hat Liam irgendetwas angestellt? Soll ich ihm ein paar gepflegte Schläge auf den Hinterkopf verpassen?« Mit einem Augenzwinkern setzt er sich mir gegenüber und greift nach der Kaffeekanne auf dem Tisch, um sich etwas in seinen Becher zu gießen. Dass mittlerweile jeder außer Logan und Jackson Bescheid weiß, hat sich anfangs seltsam angefühlt, aber inzwischen bin ich froh darüber.

»Nein, alles bestens«, lüge ich. Chase betrachtet mich eindringlich und legt seinen Kopf dann mit einer abschätzenden Miene leicht schief.

»Nach *alles bestens* siehst du nicht aus. Wenn es Liam nicht war, wer hat dir dann in den Kaffee gespuckt? Und erzähl mir jetzt nicht, dass es Logan mit seiner überzogenen Reaktion wegen der Presseerklärung ist. Du bist da zum einen ein Profi, der nicht das erste Mal mit einem schwierigen Kunden zu tun haben dürfte, und zum anderen kennst du Logan dein ganzes Leben lang und weißt, wie die Glucke tickt. So schnell, wie er hochgeht, beruhigt er sich auch wieder. Wer ihn kennt, kann das nicht mehr ernst nehmen.«

Ich schmunzele und nicke. Logan ist, wenn es um etwas geht, das ihm wichtig ist, wie das sprichwörtliche HB-Männchen, das zuerst gepflegt ausrastet, ehe es sich herunterfährt und seine Reaktion hinterfragt.

»Wenn es nichts mit Logan zu tun hat und Liam

auch nicht die Ursache des Übels ist … geht es um deinen verschissenen Ex?«, fragt Chase mich so unverblümt, dass mir die Kinnlade hinunter klappt. Er lächelt und zuckt mit den Schultern. »So viele Möglichkeiten gibt es nicht, und ich habe aus sicherer Quelle erfahren, dass er für ein paar Tage in Toronto gewesen ist.«

Woher zur Hölle weiß Chase das?!

Ich habe *niemandem* davon erzählt, nicht einmal Liam, weil ich Benedicts ekelhaften Auftritt so schnell wie möglich verdrängen wollte.

»Emilia, keine Panik, ich habe mit niemandem darüber gesprochen. Ein Freund, der in der gleichen Branche wie dein Ex tätig ist, hat mir davon erzählt«, beruhigt er mich und legt in einer beschwichtigenden Geste seine Hand auf meine. »Aber du solltest vielleicht endlich damit aufhören, das alles in dich hineinzufressen, und dich stattdessen jemandem anvertrauen.« Er fixiert mich mit seinem Blick. »Das muss nicht ich sein, aber mit irgendjemandem solltest du sprechen. Du bist großartig im Verdrängen, versagst dadurch aber jämmerlich im Verarbeiten. Monate zurück in Toronto und ein einziges Wiedersehen wirft dich noch Tage später aus der Bahn. Das sollte dir alles sagen.«

Seine Vorwürfe treffen mich, auch wenn ich im Grunde genommen weiß, dass er Recht hat. »Du hast doch keine Ahnung!«, blaffe ich ihn an, gehe sofort in die Angriffshaltung über. Chase drückt meine Hand und schnalzt leise mit der Zunge.

»Ich mag dich ja nicht sonderlich gut kennen, aber ich sehe, was du und Liam füreinander empfindet. Und so lange du mit deiner Vergangenheit nicht wirklich fertig bist, wird dein Arschloch von Ex immer ein Bestandteil eurer Beziehung sein. Willst du das?« Er hebt provokant eine Augenbraue.

Ich habe Chase unterschätzt, ihn bisher lediglich für den klugscheißerischen Spaßvogel der Band gehalten, doch in diesen Augenblicken zeigt er mir eine gänzlich andere Seite von sich. Mein Blick huscht zur Tür. Selbst wenn ich wollte, ich kann hier im Haus mit Logan im Tonstudio eine Etage tiefer nicht mit ihm reden.

»Wir schnappen uns Polly und ihren plüschigen Lover und drehen eine ausgiebige Runde. Logan wird mich in den nächsten anderthalb Stunden garantiert nicht vermissen, und du kannst eine Pause vertragen«, ordnet Chase an, steht auf und streckt mir seine Finger entgegen. »Erzähl das ganze Drama einfach Onkel Chase. Manchmal hilft es, mit jemandem zu sprechen, der nicht direkt beteiligt ist. Und wenn du doch nicht quatschen willst, hast du dir zumindest mal ein bisschen frische Luft um die Nase wehen lassen. Mein Angebot zuzuhören hat kein Verfallsdatum.«

Zögerlich ergreife ich seine Hand und lasse mich von ihm mitziehen. Im Flur angekommen ruft er nach Polly und Gizmo, die sogleich kläffend und schwanzwedelnd aus dem Wohnzimmer geschossen kommen. Nachdem er beiden die Leinen angelegt hat, drückt er mir die von Prinz Plüsch in die Hand, öffnet die Haustür und lässt mich an sich vorbei hinaustreten, ehe er mir mit Polly folgt.

Wir verlassen Logans Grundstück, schließen das Tor hinter uns wieder und laufen ein Weilchen einfach schweigend nebeneinander her. Dass Chase nicht weiter nachbohrt, sondern mir die Wahl lässt, ob und wann ich mit ihm rede, rührt mich und weckt paradoxerweise den Drang in mir, mich ihm anzuvertrauen.

Irgendwann fange ich einfach an zu erzählen. Wild durcheinander und teilweise ohne Sinn und Verstand berichte ich ihm von meiner desaströsen Beziehung vor Liam. Von dem Mann, von dem ich geglaubt habe, dass er meine große Liebe sei und der mir so wehgetan hat, dass ich eine Weile gedacht habe, dass ich mich davon niemals erholen würde. Der riskiert hat, mich mit einer Geschlechtskrankheit anzustecken, weil er quasi mit halb London ungeschützten Sex hatte und sich dabei etwas weggeholt hat, weshalb all das überhaupt erst herausgekommen ist.

Chase atmet geräuschvoll ein und aus, als ich bei Benedicts Auftauchen in Toronto und unserer Unterhaltung vor meinem Appartementgebäude angekommen bin. Ein Seitenblick zu ihm zeigt mir sein angespanntes Gesicht, das Zucken seiner Kiefermuskeln und wie er sichtlich mit seiner Beherrschung ringt.

»Weißt du, ich gehe ja nicht immer mit Logans gluckenhaftem Gehabe konform, aber in dem Fall … der Scheißkerl gehört kastriert. Kein Wunder, dass du solche Schwierigkeiten hast, Liam zu vertrauen«, murmelt er, bleibt stehen und sieht mich so betroffen an, dass ich doch tatsächlich auf der Stelle zu weinen anfange. »Mensch, Emilia«, seufzt er und nimmt mich ohne zu zögern in seine Arme. Seine Lederjacke strömt einen Duft aus, der mich an Liam erinnert, was mich augenblicklich ein wenig beruhigt.

Aufschluchzend vergrabe ich meinen Kopf an seiner Brust und lasse zum ersten Mal seit der Trennung alles raus. Wie Benedict mich gedemütigt hat in der Zeit, die ich noch in seinem Haus verbracht habe, indem er jede Nacht eine andere Schlampe mitgenommen und in unserem Bett gevögelt hat, während ich im Gästezimmer nebenan lag.

Bei Maxine habe ich nicht unterschlüpfen können, weil ihr Haus eine Großbaustelle war und sie selbst in einem Hotel geschlafen hat, doch ich bin zu stolz gewesen, meinen Cousin einzuweihen. Ein Hotelzimmer habe ich mir nicht leisten können, weil ich sämtliche meiner Reserven in Benedicts Agentur gepumpt hatte, und außer Maxine hatte mein charmanter Ex alle meine

Freundinnen gefickt.

»Himmel, weiß Logan davon? Oder Liam?«, fragt Chase mich, nachdem ich eine ganze Weile geschwiegen und lediglich leise Schniefgeräusche von mir gegeben habe.

»Bist du wahnsinnig?! Hätte ich meinem Cousin davon erzählt, wäre er jetzt bereits in Untersuchungshaft und würde auf seinen Mordprozess warten«, entgegne ich Chase, der daraufhin amüsiert auflacht. »Und Liam … ich kann ihm das nicht verraten … er würde mich nie wieder mit gleichen Augen ansehen, sondern sich fra…« Chase schlägt mir sanft auf den Hinterkopf und bringt mich so zum Verstummen.

»Emilia, Liam liebt dich. Das sieht außer Logan jeder von uns. Selbst Jackson hat mich schon darauf angesprochen, ob zwischen euch was laufen würde.« Er lacht auf, als ich nur entsetzt zu ihm hochblicke. »So diskret ihr euch auch verhaltet, wenn wir alle zusammen sind, aber man spürt einfach diese Spannung zwischen euch … es sei denn, man heißt Logan Davenport. Die Glucke kann oder will es nicht bemerken. Er ergeht sich zwar in irgendwelchen Vermutungen den Typen betreffend, der neulich für dich gekocht hat, kommt aber nicht auf die Idee, dass es dabei um seinen besten Kumpel geht, der bekanntermaßen ein fantastischer Koch ist, was wir alle regelmäßig genießen.«

Mir wird ganz anders bei dem Gedanken daran, dass Logan rätselt, mit wem ich mich treffen könnte. Es ist wirklich an der Zeit, dass Liam und ich ihm reinen Wein einschenken, bevor er es auf andere Art und Weise erfährt.

»Aber was ich eigentlich sagen wollte: Liam betrachtet dich nicht anders, wenn du ihm dich anvertraust. So ein Mensch ist er nicht. Er urteilt nicht. Hat er noch nie und glaub mir, wir haben schon viel Scheiße abgezogen, die Gott sei Dank nie in der Presse gelandet ist. Verrate ihm bloß nicht, dass ich das gesagt habe, aber so wie mit dir habe ich Liam nie zuvor erlebt. Ich bin immer überzeugt davon gewesen, dass er ein großes und weiches Herz hat, aber genauso habe ich bis zu deinem Auftauchen geglaubt, dass Liam nicht in der Lage ist, sich fest zu binden.« Chase lächelt, nimmt mein Gesicht in seine Hände und streicht mir mit den Daumen die Tränen von den Wangen. »Ich wiederhole es gern noch einmal: Er liebt dich und nichts, was du ihm über deine Vergangenheit mit deinem Arschloch von Ex erzählst, wird seinen Blick auf dich verändern. Aber es könnte sein, dass er endlich versteht, wieso du dich verhältst, wie du es nun mal tust und weshalb manch harmlose Sachen wie das Treffen einer Ex-Flamme so eine heftige Reaktion auslösen.«

Ein neuer Schwall von Tränen quillt mir aus den Augen und lässt meine Sicht auf Chase verschwimmen. Dass ich wahnsinnige Angst davor habe, Liams Achtung zu verlieren, wenn er erfährt, wie ich mich von Benedict noch über Monate nach unserer offiziellen Trennung habe behandeln lassen, ist mir erst jetzt bewusst geworden.

»Chase, ich …«, beginne ich, muss dann jedoch abbrechen, weil mich meine Stimme verlässt. Liams Bandkollege gibt nur einen Brummlaut von sich und nimmt mich fest in die Arme.

»Lass einfach alles raus. Meine Grandma hat immer zu mir gesagt, dass man nur heilen kann, wenn man aufhört, alles in sich reinzufressen und mit sich selbst auszumachen.« Chase nickt wie zur Bestätigung. »Meine Grannie war ne weise Frau«, setzt er mit einem Schmunzeln nach und sieht mich prüfend an. »Ich weiß, zuerst fühlt man sich noch beschissener, aber dann fängt der Heilungsprozess an.«

Ich blicke zu Chase auf und horche einen Moment in mich hinein. Der Stein auf meiner Seele, der mich die letzten Tage hinuntergedrückt hat, ist tatsächlich fort. Mit Liams Bandkollegen über das zu sprechen, was mich in die Tiefe gezogen hat, hat mir gutgetan.

Ich umarme Chase und ignoriere Prinz Plüsch, dessen Geduld scheinbar aufgebraucht ist und der an seiner Leine zu zerren beginnt. »Danke«, wispere ich mit belegter Stimme und spüre, wie Chase mich seinerseits noch einmal fest an sich drückt.

»Immer, Kleine«, flüstert er und verwuschelt mir anschließend die Haare, was mich zum Zetern und Lachen gleichzeitig bringt.

»Ist das mit dem Haare zerzausen so ein Band-Ding?! Logan macht es bei Amy, Liam bei Elle und du jetzt bei mir ... bleibt eigentlich nur noch Jackson, um deiner Zukünftigen die Frisur zu ruinieren.«

Chase schüttelt entschieden mit dem Kopf. »Nichts da! Irgendjemand muss unseren Ruf schließlich aufrechterhalten, und da Jackson und ich schon in der Unterzahl sind, werde ich mich garantiert nicht einfangen lassen«, widerspricht er und bringt mich zum Schmunzeln.

»Liam hat das vor nicht allzu langer Zeit auch verkündet«, antworte ich in einem leichten Singsang. »Was bringt dich zu der Annahme, dass es dir anders gehen könnte?«, bohre ich mit einem amüsierten Unterton nach und kichere über seinen empörten Gesichtsausdruck.

Chase setzt sich in Bewegung und ich beeile mich, ihm zu folgen. Gizmo und Polly traben einträchtig an ihren Leinen vor uns her, ganz offensichtlich haben sie begriffen, dass es zurück nach Hause geht.

»Chaaase, ich warte noch auf eine Antwort«, stichele ich und stoße ihm den Ellenbogen in die Seite.

»Weil ich ein rational und analytisch denkender Mensch bin, der sich nicht von so einem Liebesfirlefanz - nichts für ungut - einlullen lässt. Was

Lockeres, kein Thema, aber der Heim-und-Herd-Typ à la Logan oder Ethan werde ich garantiert nicht.« Er verzieht das Gesicht und sieht dabei so erschüttert aus, dass ich erneut kichern muss.

»Lass Logan hören, dass du ihn als *Heim-und-Herd-Typ* bezeichnest, und er haut dir eine aufs Maul, so schnell kannst du gar nicht gucken«, entgegne ich.

»Ach komm schon, willst du etwa behaupten, dass der Kerl keine Tendenzen in diese Richtung zeigt?! Denk doch nur mal daran, wie er jedes Jahr zur gleichen Zeit völlig ausflippt und uns alle wahnsinnig macht. Gott … der Scheiß steht uns bald wieder bevor. Irgendwann packe ich heimlich meine sieben Sachen und verpisse mich, bis der Wahnsinn vorbei ist. Soll Logan mich danach zusammenstauchen, aber nächstes Jahr bin ich weg.« Chase schenkt mir einen eindeutigen Blick und fängt an zu grinsen, als bei mir die Klappe fällt. »Verstehe … Verdrängung ist auch in dem Fall eine mächtige Waffe, hm?«, zieht er mich auf und weicht mir aus, als ich ihm erneut meinen Ellenbogen in die Seite stoßen will. »Dieses Jahr wirst du nicht drumherum kommen, also bereite dich mental besser bereits jetzt drauf vor. Er plant das alles schon durch.«

Ich nicke resigniert, weil ich genau weiß, dass die einzige Ausrede, die Logan gelten lassen würde, dieses Jahr nicht mehr existiert. Lediglich mein Lebensmittelpunkt in Europa hat mich davon befreit - doch im Grunde genommen freue ich mich sogar darauf.

»Nicht dein ernst, oder?!«, platzt es aus Chase heraus. Habe ich laut gesprochen? »Du musst vergessen haben, *wie* irrsinnig und kontrollsüchtig er sich zu dieser Zeit aufführt.«

Ich lächele in mich hinein. So nervenzerrend die Macken meines Cousins auch manchmal sind, so machen ihn eben auch genau diese Eigenheiten liebenswert.

»Sag nicht, dass ich dich nicht gewarnt habe«, brummt Chase, als Logans Haus bereits in Sichtweite kommt.

Ich lege eine Hand auf seinen Unterarm und bringe ihn so dazu, kurz stehen zu bleiben. »Diese Unterhaltung …«

Chase sieht mich tadelnd an. »Bleibt natürlich unter uns.« Er zerzaust mir noch einmal das Haar. »Und jetzt muss ich leider zusehen, dass ich meinen Arsch wieder in die Höhle des Löwen bewege, bevor er einen hysterischen Anfall bekommt und zur Diva mutiert.« Chase greift sich mit einer theatralischen Geste an die Brust und äfft Logans gestressten Gesichtsausdruck so gekonnt nach, dass ich herzhaft lachen muss, bevor er weitergeht. »Kommst du, Kleine?«, ruft er über seine Schulter hinweg.

»Geh schon vor, ich bin gleich da«, antworte ich und gönne mir noch ein paar Augenblicke allein.

Dank Chase kann ich nun wieder klar denken und bin die dunkle Wolke über meinem Kopf namens Benedict endlich losgeworden. Das erste Mal seit seinem unschönen Auftritt und seiner lächerlichen Rückholaktion geht es mir besser.

Ich beschließe, Liam bei unserem nächsten Treffen alles zu sagen. Sowohl, was Benedicts Auftauchen hier in Toronto angeht, als auch die Details meiner Trennung von diesem Mann, die ich bisher für mich behalten habe.

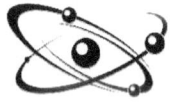

KAPITEL 23

Liam

Ich hasse es, das zuzugeben, doch ich leide unter einem besonders heftigen Anfall von Sehnsucht nach meiner Süßen. Emilia ist seit vorgestern in London, weil ihre Freundin heiratet und sie die Trauzeugin ist. Eigentlich hat diese Hochzeit erst nächstes Jahr stattfinden sollen, doch nun haben sich die Umstände geändert und der Termin wurde spontan vorverlegt.

»Herrgott, sei nicht so eine Mimose«, herrscht Chase, der mir gegenüber sitzt, mich an. »Bist du nun auch zu einem dieser Typen mutiert, die keine Minute ohne ihre Liebste verbringen können?«, zieht er mich auf und grinst, als ich nur meine Hand hebe und ihm den Mittelfinger zeige. »Ist doch wahr! Logan jault nur herum, wann auch immer Elle jobbedingt unterwegs ist, und auch Ethan wird zu einem jämmerlichen Weichei, wenn Amy nicht in seiner Nähe ist«, äußert er sich wenig schmeichelhaft über unseren Leadsänger sowie unseren Drummer.

»Irgendwann erwischt es dich auch noch, und glaube nicht, dass ich dich dann in irgendeiner Form schonen werde«, blaffe ich ihn an.

Chase hebt nur die Arme und schüttelt mit dem Kopf. »*Ich* bin sicherlich nicht so dumm, mich auf diesen Gefühlsquatsch einzulassen. Und schon gar nicht, mir dafür dann auch noch ausgerechnet die Cousine meines besten Freundes zu angeln, die er für tabu erklärt hat.« Unser Gitarrist grinst schadenfroh. »Ich hoffe, ich bin dabei, wenn Logan davon Wind bekommt.«

»Wenn ich wovon Wind bekomme?«, ertönt die Stimme unseres Leadsängers hinter mir und lässt mich vor Schreck ziemlich unmännlich zusammenfahren. »Falls es um die neuesten Schlagzeilen Liam betreffend geht, die habe ich bereits gelesen«, setzt er nach und liefert mir somit quasi eine Ausrede auf dem Silbertablett.

Die Presse hatte scheinbar Probleme, ihre Schmierblätter gefüllt zu bekommen und hat aus alten Archivfotos von mir und diversen Models, die ich in der Vergangenheit gevögelt habe, einen reichlich abstrusen Artikel gebastelt. Dieser lässt sich in reißerischer Form über meinen unsteten Lebenswandel, meine sexuellen Vorlieben sowie meinen Frauenverschleiß aus. Angeblich bin ich in den letzten Tagen in unterschiedlichen Clubs gesichtet worden und habe dabei natürlich nichts anbrennen lassen. Orgien, Orgien, Orgien.

»Genau darüber haben wir gesprochen«, antworte ich und Logan gibt sich Gott sei Dank damit zufrieden.

Seufzend nimmt er neben mir Platz und schiebt mir einen Internet-Ausdruck herüber. »Viel mehr Sorge macht mir ohnehin das hier.« Ich greife nach dem Zettel und erstarre, kaum, dass ich die Bilder genauer in Augenschein genommen habe.

Emilia vor ihrem Wohngebäude, aber das ist es nicht, was mir das Blut in den Adern gefrieren lässt.

Mein Blick heftet sich auf den Kerl, der sie auf einem Foto umarmt und sie auf dem nächsten küsst. Auf den letzten drei Bildern in der Reihe klaubt er gemeinsam mit ihr irgendwas vom Boden auf, während Lia ihn milde anlächelt.

Fuck.

Ich fühle mich, als hätte mir jemand mit voller Wucht seine Faust in den Magen gerammt.

»Ist das …«, fange ich an, meine Augen stur auf das Blatt Papier gerichtet, werde jedoch von Logan unterbrochen.

»Der Wichser Benedict, du hast es erfasst«, knurrt er und klingt so angepisst, dass ich ihm einen kurzen Seitenblick schenke. »Er muss bei ihr in Toronto gewesen sein, und sie hat nicht einen Ton davon gesagt … und jetzt ist sie auf dieser verfickten Hochzeit und die Presse dort überschlägt sich förmlich. Die sprechen von einer Neuauflage ihrer Beziehung und Emilia geht nicht an ihr verschissenes Telefon!«, blafft er und schlägt frustriert mit seiner Faust auf den Tisch.

Elle, die eben erst nach Hause gekommen ist und jetzt die Küche betritt, zuckt angesichts der Heftigkeit zusammen, mit der Logan auf die Tischplatte eindrischt. »Was ist denn los?«, fragt sie und sieht verwirrt zwischen ihrem Freund, Chase und mir hin und her.

»Emilia hat sich wieder von Benedict einwickeln lassen. Diese Flachpfeife ist hier gewesen, hat seinen ätzenden Charme versprüht und sie scheinbar dazu gebracht, ihm eine zweite Chance zu geben, wenn man diesem Artikel aus einem britischen Online-Klatschmagazin Glauben schenken darf«, antwortet er Elle.

Chase atmet geräuschvoll ein, während ich überhaupt keine Ahnung habe, was ich noch denken soll. Dass Lia mir nicht erzählt hat, dass ihr Ex in Toronto gewesen ist, zieht mir auf ziemlich unsanfte Art und Weise den Boden unter den Füßen weg. Sie in der gleichen Stadt wie ihn zu wissen, hat mir schon vorher nicht unbedingt gefallen, aber dieser Artikel erschüttert mein Vertrauen in sie und lässt mich zweifeln.

»Bist du eigentlich vollkommen bescheuert?!«, platzt es aus Chase heraus, der Logans Auftritt und meine Reaktion bisher stumm verfolgt hat. »Emilia geht doch nicht zu ihrem Exlover zurück.« Ich runzele die Stirn. Woher Chase diese Erkenntnis haben will, ist mir ein Rätsel.

»Die Zeitung sagt was anderes«, wende ich ein und

höre Logan neben mir einen zustimmenden Laut von sich geben.

Der Gesichtsausdruck unseres Gitarristen wird höhnisch. »Stimmt, unsere Erfahrungen, was den Wahrheitsgehalt von Artikeln über uns in der Presse angeht, sind ja auch durchweg positiv, wie konnte ich das vergessen?«, gibt er sarkastisch zurück. »Dann ist der Scheiß, den sie da über dich schreiben, wohl ebenfalls wahr, hm?! Welche Models hast du denn die vergangenen Tage gevögelt?! Und mit wie vielen von ihnen hast du deine Vorliebe für gewagteren Sex ausgelebt? Gab's mal wieder einen deiner berühmt-berüchtigten Dreier?«, redet Chase sich in Rage und bringt damit sowohl Logan als auch mich aus dem Konzept, wenn auch aus unterschiedlichen Gründen.

»Weshalb du die übliche Klatschkacke über Liam mit dem Bericht über Biddy vergleichst, ist mir schleierhaft«, kontert unser Frontmann. »Abgesehen davon mache ich mir einfach nur Sorgen. Unser Küken ist nicht gefestigt genug und für einen durchtriebenen Schleimscheißer, wie Benedict einer ist, dürfte es ein Leichtes sein, sie wieder herumzubekommen.«

Elle, die mittlerweile neben Logan Platz genommen hat, schlägt ihm auf den Oberarm. »Wie redest du denn von deiner Cousine?!«, empört sie sich und schnalzt mit der Zunge, als er etwas erwidern möchte. »Logan, ich liebe dich, aber was Emilia angeht, bist du dermaßen auf dem Holzweg, dass es fast schon weh tut.«

Chase pflichtet ihr nickend bei. »Dass du ihr quasi jegliche Intelligenz absprichst, ist so übers Ziel hinausgeschossen, dass mir die Worte fehlen. Dein Obergluckengetue in allen Ehren, aber hier liegst du daneben.«

Ich schweige, weil ich weder weiß, was ich sagen, noch, was ich denken soll.

»Wisst ihr irgendwas, das ich nicht weiß?!«, kommt es

misstrauisch von Logan und ich schaue alarmiert zu Chase. »Kennt ihr etwa den Typen, den sie hier in Toronto gedatet hat und um den sie so ein Geheimnis macht?!«, wird er energischer, ehe er plötzlich scharf einatmet und dann Chase mit seinem Blick fixiert. »Bist *du* vielleicht der Kerl?!«

What the fuck?!

Sowohl Chase als auch mir klappen die Kinnladen hinunter.

»Drehst du jetzt total ab?! Natürlich bin ich *nicht* der Kerl!«, schnauzt Chase Logan an und tippt sich vielsagend an die Stirn. »Du hast doch echt nicht mehr alle Latten am Zaun! Ich bin doch nicht so lebensmüde, deine Cousine zu vögeln, nachdem du lautstark verkündet hast, was mit uns passiert, wenn wir uns nicht an dein Verbot halten.« Chase schüttelt mit dem Kopf, steht auf und verlässt die Küche.

Wenig später höre ich die Tür zum Keller aufgehen und dann geräuschvoll ins Schloss fallen, offenbar will Chase sich erst einmal an der Gitarre abreagieren. Zumindest macht er das sonst immer, wenn er angefressen ist, und in dem Fall dürfte er mehr als angefressen sein.

»Du brauchst mich hier nicht mehr, oder?« Logan, der ohnehin von Elle abgelenkt wird, die ihn gerade fragt, ob er zu viel Pott geraucht hat, macht eine abwehrende Handbewegung.

Kurzentschlossen springe ich ebenfalls auf und verlasse den Raum. Ich muss dringend hier raus und einen klaren Kopf bekommen. Emilia anrufen und sie fragen, was zur Hölle sie sich dabei gedacht hat, mir nicht zu verraten, dass ihr Ex bei ihr gewesen ist.

Draußen auf der Einfahrt angekommen zerre ich mein Smartphone aus der Jackentasche und drücke die Kurzwahltaste für Emilias Nummer. Nachdem Logan erzählt hat, dass er Lia nicht erreicht hat, mache ich mir keine großen Hoffnungen, doch wider Erwarten meldet sie sich bereits nach dem dritten Klingeln.

»Liam«, begrüßt sie mich und klingt erfreut. Im Hintergrund ist wildes Stimmengewirr und leise Musik zu hören, vermutlich befindet sie sich noch auf der Hochzeitsfeier. »Ich habe gerade an dich denken müssen«, setzt sie nach. »Du feh…«

»Wieso weiß ich nicht, dass du dich mit Benedict getroffen hast?!«, unterbreche ich sie abrupt und höre sie einen überrascht und irgendwie auch ertappt klingenden Laut ausstoßen.

»Wie hast du davon erfahren?«, fragt sie und sorgt damit dafür, dass ich mich zum zweiten Mal an diesem Abend fühle, als hätte mir jemand seine Faust in den Magen gerammt.

Sie hat nicht vorgehabt, mir davon zu berichten.

Noch offensichtlicher geht es nicht.

»Liam?« Ihre Stimme klingt, als hätte sie ein schlechtes Gewissen. »Ich habe nicht gewollt, dass du es auf diese Art und Weise spitzbekommst, ich wollte dir in Ruhe erzählen, dass er …«

Ich habe keinen Nerv, mir das auch nur noch eine Sekunde länger anzuhören. »Willst du wieder mit ihm zusammensein? Ist es das, was du mir nicht sagen kannst? Ich mache es dir ganz einfach: Was wir in den vergangenen Wochen und Monaten miteinander getan haben, verpflichtet dich zu nichts. Wenn London und Benedict deine Zukunft sind, ist das so. Wir hatten Spaß zusammen, aber wenn er derjenige ist, den du liebst, dann akzeptiere ich das. Vielleicht ist das der Grund, weshalb du mich nie wirklich an dich herangelassen hast.«

Was rede ich nur für eine gequirlte Scheiße?!

Wieso zur Hölle gebe ich Emilia einfach frei?!

»Wie bitte?!« Sie hört sich vollkommen verdattert an. »Vielleicht bist es ja auch du, der einen einfachen

Ausweg sucht?« Jetzt klingt sie nicht mehr verdattert, sondern eher sauer. »Du scheinst zu vergessen, dass ich mich über sämtlichen Klatsch euch betreffend auf dem Laufenden halte. Also kenne ich auch die Schlagzeilen der letzten Tage.« Sie verstummt für einen Augenblick. »Ich habe wirklich versucht, dem keine Bedeutung beizumessen, dir zu vertrauen und nicht wieder so auszuflippen, wie bei dem Bericht über Theresa und dich … bis jetzt.«

Resigniert fahre ich mir mit der Hand über das Gesicht. »Ernsthaft? Nach allem, was gewesen ist, denkst du immer noch, ich würde wild durch alle Betten hüpfen und dich wie deine Arschgeige von Ex bei jeder sich mir bietenden Gelegenheit betrügen, nur weil du gerade nicht da bist?!«, werde ich nun selbst wütend, obwohl mich gleichzeitig eine dumpfe Ahnung beschleicht, wie Emilia sich gefühlt haben muss, als sie von Theresa und mir aus der Zeitung erfahren hat. »Ich bin nicht der mit dem verfickten Vertrauensproblem und ich bin auch nicht der, der sich hinter deinem Rücken mit seiner Ex trifft.«

Sie lacht zynisch. »Das hat einen simplen Grund: Du hast keine Ex. Theresa mal beiseitegeschoben, aber das haben wir ja bereits abgehakt, hm?« Ich höre das Klappen einer Tür und dann Verkehrsgeräusche, offensichtlich hat sie das Gebäude, in dem die Feier stattfindet, verlassen und befindet sich nunmehr draußen. »Liam, seien wir doch mal ehrlich, ein Typ wie du ändert sich nicht … und ich kann ebenfalls nicht aus meiner Haut. Ich brauche Zeit, um nach all dem wieder Vertrauen zu fassen. Zeit, die du mir offenbar nicht geben kannst oder willst.«

Was zum Teufel redet sie da?

»Lia, ich …«, beginne ich, doch sie stoppt mich.

»Ich muss gleich wieder rein, mich um die Hochzeitstorte kümmern und das nächste Partyspiel in

Gang bringen. Vielleicht ist es am besten, ich bleibe noch ein paar Tage länger als geplant in London … damit wir beide uns beruhigen und zur Tagesordnung übergehen können.«

Mir wird kotzübel. »Wie meinst du das?«, frage ich nach, weil sie klingt, als wolle sie so tun, als hätte es *uns* nie gegeben.

Lia seufzt leise. »Du hast mich schon verstanden, denke ich. Wenn du glaubst, dass ich mich wieder auf Benedict eingelassen habe, und ich im Gegenzug Schwierigkeiten habe, dir zu vertrauen, was die anderen Frauen in deinem Leben angeht … welche Zukunft haben wir da? Bislang hatte ich Hoffnung für uns, weil wenigstens einer von uns Vertrauen besitzt. Doch anscheinend haben wir beide keines.«

Ich bin ja sonst nie um eine Antwort verlegen, doch in diesem Moment fehlen mir tatsächlich die Worte.

»Siehst du … lass uns vernünftig sein. Es ist am besten so. Das erspart dir auch einen höllischen Streit mit deinem besten Freund.« Ihre Stimme klingt erstickt, als würde sie weinen, und Scheiße, das weckt meinen Beschützerinstinkt und verpasst mir gleichzeitig das Gefühl, den größten Bockmist meines bisherigen Lebens angestellt zu haben.

»Lia, warte …«, bitte ich sie, doch alles, was ich noch höre, ist verfickte Stille, weil sie aufgelegt hat.

Ich fluche, drücke die Wahlwiederholungstaste, lande aber sofort auf der Mailbox. Angepisst lege ich wieder auf, ohne eine Nachricht zu hinterlassen.

»Du bist echt so ein selten dämlicher Flachwichser«, spricht Chase mich an und lässt mich herumfahren.

Was zur Hölle?

»Wie lange stehst du schon da?«, blaffe ich ihn an. »Noch nie was von Privatsphäre gehört?!«, motze ich weiter, doch Chase schüttelt nur mit dem Kopf.

»Lang genug, um mitzubekommen, dass ihr zwei

euch wie Idioten benehmt. Fuck, ihr liebt einander und dieses Vertrauensding kann doch nicht der Grund sein, warum das scheitert!«, schnauzt er unbeeindruckt zurück. »Eigentlich sollte Emilia dir das erzählen und ich hoffe, sie verzeiht mir, dass ich ihr Vertrauen missbrauche und dir jetzt verrate, was ihr hinterfotziger Arsch von einem Ex mit ihr abgezogen hat ... aber ich tue es ja für einen guten Zweck.«

Chase sieht mich warnend an, als ich etwas entgegnen will, und so schließe ich meinen Mund unverrichteter Dinge wieder. Er fährt fort und erzählt mir detailliert, was vor einigen Wochen bei Benedicts Besuch passiert ist. Mit jedem Satz, den er ausspricht, fühle ich mich mieser.

»Shit«, fluche ich, als er fertig ist und raufe mir die Haare. »Ich habe keine Möglichkeit, das zu klären. Sie hat ihr Telefon ausgestellt und im Übrigen verkündet, dass sie noch ein paar Tage länger in London bleiben wird. Und selbst wenn sie ihr Scheiß Smartphone morgen wieder einschaltet, wird sie nicht rangehen, wenn sie meine Nummer sieht.« Die Vorstellung, dass sie in der gleichen Stadt mit diesem Pisser ist und ich ihr nicht sagen kann, was für ein eifersüchtiger Idiot ich bin, bringt mich um meinen Verstand. »Aber ich könnte ihr eine Nachricht schicken, in der ich alles klarstelle ... oder eine E-Mail«, überlege ich.

Chase sieht mich an, als hätte ich nicht mehr alle Tassen im Schrank. »Sowas regelt man *persönlich*, Alter. Nicht feige per Kurznachricht oder mit einer simplen E-Mail«, tadelt er mich und ich werde blass, während er schadenfroh zu grinsen beginnt.

»Nein, auf gar keinen Fall!«, lehne ich vehement ab, obwohl Chase noch gar nicht ausgesprochen hat, was ihm durch den Kopf geht.

»Oh doch. So schlagen wir zwei Fliegen mit einer Klappe. Du klärst den Bullshit, den du verzapft hast, mit Emilia, und du tust endlich was gegen deine verfickte Flugangst.« Er sieht mich mit einem Gesichtsausdruck an, der keinen Widerspruch duldet. »Ehrlich, dieses stundenlange im Tourbus herumgondeln nervt dermaßen, und ist ohnehin nicht mehr praktikabel, wenn wir erst auch in Amerika und Europa so richtig einschlagen … was, ohne arrogant klingen zu wollen, nur noch eine Frage der Zeit ist. Wir können keine Welttournee absagen, weil unser Keyboarder Flugangst hat und nur per Bus von Land zu Land fahren kann.«

Welttournee?! An Selbstbewusstsein hat es dem Klugscheißer noch nie gemangelt.

»Ich kann doch nicht einfach verschwinden und mal eben nach London fliegen. Was sagen wir Logan?«

Chase schaut mich erneut an, als wäre ich ein minderbemittelter Vollidiot.

»Es ist Wochenende und der Sklaventreiber hat uns gnädigerweise tatsächlich bis einschließlich Dienstag freigegeben. Rein theoretisch bekommt er vor Mittwoch also gar nichts von deiner Abwesenheit mit, weil er davon ausgehen wird, dass du dir mal wieder die Seele aus dem Leib fickst. Also alles easy, so lange er nicht seine Ortungs-App nutzt.« Er rollt mit den Augen. »Ich will mal nicht so sein und dir verraten, wie du das Ding loswirst, ehe du in den Flieger steigst. Auf lange Sicht solltet ihr unserem Bandleader aber schon reinen Wein einschenken, das hier ist langsam echt Kindergarten-Niveau.«

Ich schlucke hart.

Bei der bloßen Vorstellung, ein Flugzeug zu betreten, dreht sich mir der Magen um und ich habe das Bedürfnis, in Logans Vorgarten zu kotzen.

Aber Chase hat Recht.

Ich muss das mit Emilia persönlich klären … und ich kann nicht warten, bis sie aus London zurückkehrt.

»Fuck, wenn Lia nicht zu schätzen weiß, dass ich für sie in eine dieser Höllenmaschinen steige, versohle ich ihr den Arsch, bis sie nicht mehr sitzen kann«, stöhne ich und Chase fängt an zu lachen.

»Halleluja, ich kümmere mich um den Flug, während du deinen Kram zusammenpackst. Wir treffen uns gleich bei dir. Keine Widerrede, ich sorge dafür, dass du das Flugzeug auch tatsächlich besteigst. Kneifen in letzter Sekunde ist nicht. Ich habe zu Hause auch noch ein paar von diesen Leck-mich-am-Arsch-Tabletten, die bringe ich dir mit, du Pussy.«

Mit einem sich reichlich schief anfühlenden Lächeln entriegele ich meine Karre und schwinge meinen Arsch auf den Fahrersitz, als Chase sich zu seinem Motorrad begibt. *Bloß nicht dran denken*, ermahne ich mich … vergeblich. Meine Panik hat mich bereits jetzt voll im Griff … aber ich will, dass diese Sache nicht länger als unbedingt nötig zwischen uns steht.

Und vor allem will ich Emilia endlich ganz. Mit allen Konsequenzen. Wenn ich sie davon überzeugt habe, dass ich ein dämlicher Vollidiot bin und sie mir gehört, werden wir Logan informieren.

Totes, verscharrtes Tier hin oder her.

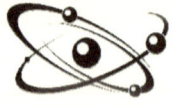

KAPITEL 24

Emilia

Seit unserem hässlichen Streit am Telefon während Maxines Hochzeitsfeier habe ich nichts von Liam gehört. Nicht, dass ich seinen Anruf entgegengenommen hätte, aber dass er es nicht einmal versucht hat, spricht meiner Meinung nach Bände.

Ich habe von diesem Artikel erst durch Logan erfahren, der mir auf die Mailbox gequatscht hat und den ich anschließend zurückgerufen habe, damit er nicht noch auf die Idee kommt, den nächstbesten Flieger nach London zu entern. Es hat mich unzählige Nerven gekostet und mir ein paar graue Haare beschert, doch letztlich hat er sich davon überzeugen lassen, dass die Schlagzeile nichts weiter als Müll ist.

Ich rolle mich auf die Seite und ziehe meine Knie an meinen Oberkörper. Ganz automatisch steigen mir die Tränen in die Augen, sobald meine Gedanken wieder zu Liam schweifen. Ich kann nicht fassen, wie dieses Telefonat verlaufen ist und dass *ich* letztlich unser … was auch immer beendet habe. Das war eine dumme Überreaktion.

Wütend auf mich presse ich meine Lippen aufeinander. Meine Weigerung, das zwischen uns als Beziehung zu bezeichnen, ist lächerlich. Insbesondere vor dem Hintergrund, dass ich Liam mehr als einmal meinen Freund genannt habe. Wenn auch nur innerlich und nicht laut ausgesprochen - aber exakt das war er für mich.

Dass die Dinge so aus dem Ruder gelaufen sind, ist meine Schuld. Ich habe ihm von Benedicts Aktion erzählen wollen, doch dann hat ein Termin den anderen gejagt und ich habe es immer wieder verschoben, weil ich es in Ruhe und nicht zwischen Tür und Angel machen wollte.

Aber war es wirklich so?

Oder habe ich es mir nur leicht gemacht, weil ich Angst hatte, dass wir uns deswegen streiten würden? Die Ironie angesichts dessen, was wegen meiner Aufschieberei zu guter Letzt passiert ist, entgeht mir nicht.

Es klopft an meiner Zimmertür und ich erhebe mich mit einem Seufzen. Sicher ist das Maxine, die zum wiederholten Mal versuchen wird, mich zu überzeugen, dass ich zu ihr und ihrem Mann in das Gästezimmer ziehen soll. Sie meint es gut, aber die Vorstellung, unter einem Dach mit zwei Frischvermählten zu wohnen, finde ich nicht sonderlich reizvoll. Das würde mich zwangsläufig an meine letzten Monate in London erinnern.

Ich tapse barfuß zur Tür und fange schon an zu reden, ehe ich meine Hand überhaupt auf der Klinke habe. »Max, ich weiß, du machst dir Sorgen, aber ich k…« Mir bleiben die Worte im Hals stecken, als ich die Tür aufreiße und Liam erblicke.

Er ist reichlich blass um die Nase und sieht im Übrigen ziemlich übernächtigt aus. Ich blinzele mehrmals, doch das Bild vor mir verändert sich nicht.

Liam ist tatsächlich hier.

Hier!

An einem Ort, den er in der Schnelligkeit nur auf eine Weise erreichen kann: Per Flugzeug. Er ist trotz seiner allseits bekannten, panischen Flugangst zu mir gekommen.

Sein Blick brennt sich in meinen und für einen Moment habe ich das Gefühl, als würde die Zeit stillstehen.

Liam lässt seine Tasche zu Boden plumpsen, breitet seine Arme aus und fängt mich auf, als ich mich in seine

Umarmung fallen lasse. Er hebt mich an und ich schlinge meine Beine um seine Hüften. Nur Sekunden später prallt mein Rücken auf die Wand neben der Zimmertür und Liams Lippen sind auf meinen.

Er küsst mich mit einer alles verzehrenden Leidenschaft und ich erwidere seinen Kuss beinahe schon verzweifelt. Mein Körper spielt völlig verrückt, sämtliche Nervenfasern in meinem Inneren scheinen unter Strom zu stehen und ich verliere mich in Liams Kuss. Finde mich wieder. Habe endlich das Gefühl, anzukommen und die Vergangenheit hinter mir zu lassen.

»Lia«, keucht er zwischen zwei zärtlichen Küssen und klingt ebenso aufgewühlt, wie ich es bin. »Fuck, du hast mir so gefehlt und unser hässlicher Streit tut mir so leid«, murmelt er und streicht mit seinen Lippen sanft über meine. »Allein *das hier* war diesen verteufelten Ritt in der Höllenmaschine wert.«

Ich schmunzele, schmiege mich fester an ihn und vergrabe meinen Kopf in seiner Halsbeuge. »Ich kann nicht glauben, dass du hier bist«, flüstere ich und quietsche kurz darauf erschrocken, weil Liam mir seitlich in den Hintern gekniffen hat.

»Glaubst du es jetzt?«, neckt er mich und lacht amüsiert auf, als ich mich zurücklehne und eine Schnute ziehe. Danach wird er ernst und sieht so eindringlich auf mich hinunter, dass die Schmetterlinge in meinem Bauch mit ihren Flügeln schlagen. »Wir müssen reden«, seufzt er und hört sich alles andere als begeistert an.

Ich nicke kläglich und lasse mich von ihm auf die Füße stellen. Nur ungern gebe ich den Körperkontakt und diese besondere Nähe zu ihm auf, aber er hat Recht. Zwischen uns stehen noch einige Dinge, die es zu klären gilt.

Liam bückt sich nach seiner Tasche, folgt mir in das Innere des Hotelzimmers und schließt die Tür dann hinter sich. Nachdem er seine Reisetasche abgestellt hat, nimmt er meine Hand, zieht mich mit sich zum Bett und setzt sich auf die Kante, ehe er mich auf seinen Schoß dirigiert.

Etwas verdattert suche ich seinen Blick. Wie ich mich so nah bei ihm auf unser Gespräch konzentrieren soll, ist mir schon jetzt ein Rätsel. Liams Geruch umwirbelt mich und ein Teil von mir möchte ihn einfach verführen, ihn dazu bringen, mit mir zu schlafen und den ganzen Mist der letzten Tage noch ein wenig verdrängen.

Liam streicht mir ein paar verirrte Strähnen meines Haars aus dem Gesicht. »Erzähl mir von Benedict«, bittet er mich und streichelt mir über die Wange, als ich zur Seite sehe. »Wieso hast du mir nicht verraten, dass er bei dir gewesen ist?«

Mein Kopf ruckt zu Liam herum. »Ich hatte vor, es dir zu sagen, das musst du mir glauben«, fange ich an und sein Mund verzieht sich zu einem liebevollen Lächeln, während er mich fester in die Arme nimmt. »Aber irgendwie war bis zu meiner Abreise keine vernünftige Gelegenheit da. Ständig waren die anderen um uns herum und ein Termin jagte den nächsten. Ich wollte dir davon nicht schnell und heimlich in einem von Logans Gästezimmern erzählen, und dir etwas Derartiges am Telefon oder per E-Mail mitzuteilen, kam mir ebenfalls falsch vor. Und wenn wir dann mal Zeit für uns hatten, war mir die zu schade für so etwas«, rechtfertige ich mich.

Hätte ich auch nur ansatzweise geahnt, dass Benedict und ich für die britische Boulevardpresse so interessant sind, dass sie uns einen Artikel widmen, hätte ich Liam gleich reinen Wein eingeschenkt. Aber ich habe mir nicht einmal im Traum ausgemalt, dass ich als Cousine des Bandleaders sowie des Drummers von *Gravity* für die Presse von Belang bin. Die Band war für mich fest mit Kanada verknüpft.

»Erzähl mir alles, Lia«, bittet Liam mich. Mit seinen Fingerspitzen streichelt er in beruhigenden, kreisenden Bewegungen über meinen Rücken. »Ich weiß, es fällt dir schwer, über das zu sprechen, was Benedict dir angetan hat, aber wenn wir als Paar eine Chance wollen, müssen wir da jetzt durch.«

Mein Herz stolpert mehrmals, während mein Verstand noch Probleme hat, das Gehörte zu verarbeiten.

Wir als Paar.

Wir.

»Emilia Davenport, du musst mich nicht angucken, als käme ich von einem anderen Planeten«, mosert er. »Ich denke, ich habe dir in den vergangenen Monaten mehr als einmal zu verstehen gegeben, dass ich mehr möchte. Im Grunde genommen wusste ich schon am Morgen nach unserem One-Night-Stand, dass ich in ernsthaften Schwierigkeiten bin«, gibt er zu und bringt mich so zum Lächeln.

Liam zieht mich an seine Lippen und gibt mir einen tiefen, hungrigen Kuss.

»Ich liebe es, dich zu küssen«, raunt er an meinem Mund. »Ich liebe es, Zeit mit dir zu verbringen. Dich im Arm zu halten. Dir zuzuhören, wenn du mir von deinen Träumen, Ängsten und Sorgen erzählst. Ich liebe das Gefühl, das du mir vermittelst, wann immer ich bei dir bin.« Er nimmt mein Gesicht in seine Hände und ich stelle das Atmen ein, weil die Art und Weise, wie er mich ansieht, nicht eindeutiger sein könnte. »Du bist mein Zuhause, Lia.« Liam bringt seinen Mund dicht an mein Ohr. »Ich liebe dich«, flüstert er und meine Welt steht still.

Mein Herz hämmert in einem wilden Stakkato in meiner Brust und mein Blut rast durch meine Adern. Es kribbelt unter meiner Haut, bis in meine Fingerspitzen, jeder Quadratzentimeter meines Körpers ist elektrisiert.

Liam lässt sich nach hinten fallen, zieht mich in seiner Umarmung mit auf das Bett, sodass ich halb auf ihm zum Liegen komme. An seine breite Brust gekuschelt und in seinen Armen geborgen habe ich den Eindruck, als könnte uns niemand etwas anhaben. Zuerst zögerlich und dann immer flüssiger erzähle ich ihm alles, lasse kein noch so unschönes Detail meiner Zeit mit Benedict aus.

Eine gefühlte kleine Ewigkeit später verstumme ich. Meine Kehle ist staubtrocken, aber ansonsten verspüre ich nichts als Erleichterung. Endlich ist diese dunkle Wolke, die Liam und mich quasi ständig begleitet hat, wirklich fort.

Ich bin frei.

»Wo finde ich den ekelhaften Bastard?«, fragt Liam mich und klingt dabei so angepisst, dass ich meinen Kopf hebe und seinen Blick suche.

»Er ist es nicht wert, dass du dir an ihm die Finger schmutzig machst. Außerdem ist er Vergangenheit«, bekräftige ich, greife nach Liams Hand an meiner Taille und bringe ihn dazu, seine Finger mit meinen zu verschränken. »Nicht mehr wichtig.«

Liam lächelt zufrieden, ehe sein Ausdruck plötzlich leicht unsicher wird. »Eine Sache ist da allerdings noch«, wirft er ein. Ich runzele verwirrt die Stirn, weiß nicht so recht, worauf er hinauswill. »Dein fehlendes Vertrauen in mich«, setzt er nach.

Beinahe augenblicklich werden meine Wangen heiß, weil ich mich daran erinnere, wie ich ihn bei unserem Telefonat mit Vorwürfen überschüttet habe.

»Emilia, ich verstehe dich grundsätzlich … und es ist auch okay, dass du Zeit brauchen wirst, bis dein Alarm da nicht mehr anschlägt. Aber wenn du an einem Punkt wie diesem tatsächlich immer noch glaubst, dass ich mich an dir rächen würde, indem ich mit einer Anderen in die Kiste steige, haben wir ein Problem.«

Ich schäme mich, weil ich ihm solche Dinge unterstellt habe. Bei dem bloßen Gedanken daran, dass ich mir sicher war, dass er so einen leichten Ausstieg aus der Sache zwischen uns gewollt hat, dreht sich mein Magen einmal um.

»Ich weiß, dass man so eine Erfahrung wie die deine nicht von heute auf morgen verarbeitet und an sich finde ich deine Eifersucht ja durchaus schmeichelhaft«, redet Liam weiter und schmunzelt, als ich ein empörtes Schnaufen ausstoße. »Aber du musst mir einen gewissen Vertrauensvorschuss geben. In einer Branche wie meiner sind Begegnungen mit schönen Frauen an der Tagesordnung und lassen sich nun einmal nicht vermeiden. Unterstellungen und Unwahrheiten gehören ebenfalls dazu, das weißt du doch am besten. Ich brauche die Sicherheit, dass du nicht sofort das Schlimmste vermutest und denkst, dass ich dich bei der erstbesten Gelegenheit betrügen würde.«

Ein Ausdruck von Traurigkeit huscht über sein Gesicht und trifft mich völlig unvorbereitet.

»Ich bin kein Player, Lia. War ich nie, auch wenn manch einer von außen betrachtet vielleicht was anderes behaupten würde. Aber ich war nicht in einer Beziehung, sondern immer frei, wenn ich ungezwungenen Sex mit verschiedenen Frauen hatte. Bei mir bekommst du, was ich sage. Und ich sage dir, dass ich mit dir zusammensein möchte. *Nur* mit dir. Keine anderen Frauen, das würde ich dir nicht antun.« Seine Lippen verziehen sich zu einem verschmitzten Grinsen. »Was zwischen uns im Bett passiert, ist ne andere, verhandelbare Nummer, aber auch da gilt immer: Nur, wenn wir beide das wollen.«

Ich atme tief durch und lege meine Hand an Liams Wange. »Ich vertraue dir und ich fühle mich sicher bei dir und mit dir. Dass ich dir die Schlagzeile vorgeworfen habe, tut mir leid. Im Grunde genommen habe ich tief in mir gewusst, dass es keine Grundlage für sie gibt, aber ich war so sauer und verletzt wegen deiner Anschuldigungen, dass ich Rot gesehen habe.« Liam grummelt und ich beeile mich, einen Kuss auf seine Lippen zu drücken. »Du musst mir glauben, dass ich dir vertraue. Im Bett … sonst hätte ich in jener Nacht mit Cole niemals zugelassen, dass du meinen Arsch entjungferst … und auch sonst, denn i…«

»Wie bitte?!«, unterbricht er mich. Liam unter mir versteift sich abrupt und sieht mich fassungslos an. »Habe ich mich gerade verhört?!«, krächzt er. »Fuck, Emilia, du hättest mir sagen müssen, dass du noch nie … ich glaube es ja nicht!«, blafft er und begräbt mich mit einer schnellen Drehung unter sich. »Du kannst mich dich doch nicht anal vögeln lassen und mir nicht verraten, dass du das nie zuvor gemacht hast!«, wirft er mir vor und stützt sich mit seinen Händen links und rechts von meinem Kopf ab.

»Hätte ich dir das in jener Nacht gesagt, hättest du es dann soweit kommen lassen?«, schieße ich zurück und Liam schüttelt ohne zu zögern mit dem Kopf. »Siehst du. Dann habe ich ja alles richtig gemacht.« Ich greife in Liams Nacken und ziehe ihn zu mir hinunter, bis sein Mund nur noch wenige Zentimeter von meinem entfernt ist. »*Ich* wollte es und ich habe *dir* vertraut. Blind.« Lächelnd beschließe ich, sein Ego noch ein bisschen zu streicheln, um ihn zu besänftigen. »*Dir* habe ich mit Freuden alles von mir gegeben, weil ich mich bei *dir* sicher und wohl fühle, in jeder Sekunde.«

Ich will den Namen meines Exfreundes Liam gegenüber in dieser Situation nicht mehr in den Mund nehmen, aber ich bin mir sicher, dass er versteht, was ich ihm sagen möchte.

»Und die Reste meines Misstrauens bekomme ich in

den Griff. Versprochen, wenn du künftig mit dem ein oder anderen Fangirlie an deiner Seite abgelichtet wirst, werde ich nicht gleich das Schlimmste annehmen«, setze ich nach.

Es wird mir nicht leicht fallen, diese Fotos zu sehen, da mache ich mir keine Illusionen. Ich bin ein gebranntes Kind und ich werde ein Weilchen brauchen, bis mir derartige Berichte keinen Stich mehr versetzen.

»Außerdem wird Logan dich eigenhändig zur Strecke bringen, sollte es tatsächlich einen Anlass dafür geben.« Kichernd beiße ich mir auf die Zunge, als Liam vernehmlich stöhnt.

»Der wird mich so oder so umlegen ... aber wir müssen ihm sagen, dass wir zusammen sind. Er ist mein bester Freund und ich habe auf dieses Versteckspiel keinen Bock mehr.« Seine Worte versetzen mich gleichzeitig in Hochstimmung und Panik.

»Er wird ausflippen«, gebe ich zu bedenken.

Mir ist bewusst, dass wir es ihm nicht länger verheimlichen können, und grundsätzlich will ich das auch nicht - aber besonders verführerisch finde ich die Aussicht, ihm reinen Wein einzuschenken, auch nicht.

»Totes, verscharrtes Tier, ich weiß«, erwidert Liam und lacht trocken. »Die überfürsorgliche Oberglucke wird sich hoffentlich an unsere langjährige Freundschaft erinnern und mich nicht um die Ecke bringen, ehe ich ihm erklären konnte, dass ich seine Cousine liebe und es mir scheißernst mit ihr ist.«

Schon zum zweiten Mal sagt er mir, dass er mich liebt und zieht mir damit den Boden unter den Füßen weg. Im positiven Sinne - und doch habe ich aus irgendeinem unerfindlichen Grund noch Angst, meine Empfindungen für ihn auszusprechen. Ich fühle mich schäbig, weil ich seine Worte nicht erwidere, doch Liam sieht nicht so aus, als würde ihn das stören oder verletzen.

Mit einem Seufzen kuschele ich mich dichter an Liam. »Ich bin so froh, dass du hier bist«, wispere ich.

»Ich auch«, antwortet mein Freund, klingt dabei aber irgendwie merkwürdig, sodass ich ihn erneut anblicke. »Aber mir graust jetzt schon vor dem Rückflug«, gibt er zu und sieht so jämmerlich aus, dass ich seine Lippen mit meinen verschließe und ihn sanft küsse.

»Zurück bin ich ja bei dir«, versuche ich, ihn zu beruhigen, doch Liams Miene verändert sich nicht unbedingt zum Positiven. »Hey, wenn du den Hinflug allein geschafft hast, packen wir den Rückflug gemeinsam doch mit links«, spreche ich ihm Mut zu und verschränke meine Finger mit seinen. »Gemeinsam schaffen wir alles … Langstreckenflüge und die Oberglucke inbegriffen.«

Liam stöhnt. »Boah, musst du mich *jetzt* an Logan erinnern?! Ich hatte ihn gerade aus meinem Kopf verbannt!«

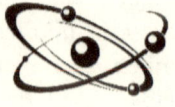

KAPITEL 25

Liam

Gemeinsam schaffen wir alles.

Schon klar.

Für heute steht dann auf dem Beziehungsprogramm, gemeinsam mit diesem Spielzeugflieger abzustürzen und das Zeitliche zu segnen.

Warum nochmal habe ich mich von Chase dazu überreden lassen, Emilia hinterherzufliegen?!

Der Versöhnungssex vorletzte Nacht war bombastisch, und dass meine Kleine mit mir zusammen sein möchte, ebenfalls - doch im Augenblick würde ich die Zeit am liebsten zurückdrehen bis zu unserem verschissenen Telefonat während der Hochzeitsfeier ihrer Freundin. Hätte ich mich am Telefon zusammengerissen, hätte ich in Toronto ganz gechillt auf Emilias Rückkehr warten können.

Aber Nein ...

Ich musste ja den eifersüchtigen Macker geben und wegen dieses Artikels einen Totalaussetzer bekommen, und das habe ich nun davon. Zwei verfickte Langstreckenflüge quasi fließend ineinander übergehend.

Und zu allem Überfluss sind wir auf dem Rückflug auch noch bei einer anderen Airline gelandet, bei der die First Class aus einzelnen Kabinen besteht. Auf dem Hinflug hatte ich zumindest jemanden neben mir sitzen, mit dem ich ins Gespräch gekommen bin und der mich ein wenig von meiner verfluchten Flugangst abgelenkt hat.

Doch jetzt gleich muss ich diesen scheiß Start allein hinter mich bringen, denn Emilia ist in der Kabine hinter mir.

Chase, der blöde Drecksack, hat es in seiner WhatsApp-Antwort an mich nur süffisant eine *Hardcore-Therapie* genannt und gemeint, dass ich danach wohl ein für alle Mal von meiner Flugangst kuriert wäre.

Einen Scheiß werde ich sein.

Die Jungs brauchen gar nicht zu glauben, dass ich mich nach heute auch nur noch ein einziges Mal in ein Flugzeug setze.

Europatourneen werden überbewertet und Amerika können wir auch mit dem Tourbus bereisen.

Die Stimme der Stewardess, die mich höflich fragt, ob alles zu meiner Zufriedenheit sei, reißt mich aus meinem Amok laufenden Gedankenkarussell.

»Sicher«, quetsche ich wortkarg hervor und sehe zu Emilia, die sich zurzeit noch bei mir befindet und vergeblich versucht, mich zu beruhigen.

Lia lächelt mich liebevoll an, doch in meiner Panik vor dem anstehenden Flug erreicht mich das nicht.

»Einen Augenblick können Sie noch bei Ihrem Lebensgefährten bleiben«, wendet sich die Flugbegleiterin mit einem verständnisvollen Gesichtsausdruck an meine Süße.

»Mein Onkel ist Schuld an dieser verschissenen Flugangst«, platzt es aus mir heraus, nachdem die Stewardess sich entfernt hat. »Ich habe das noch nie jemandem erzählt, aber mein Vormund hat sich einen perversen Spaß daraus gemacht, mich mitzunehmen, wann immer er mit seinem Segelflugzeug geflogen ist. Ich hatte nach dem Unfalltod meiner Eltern vor meinen Augen quasi Angst vor meinem eigenen Schatten und er wollte mich damit wieder *abhärten*.«

Die Erinnerung daran, wie er mich jedes verfickte Mal hinterher mit dieser Mischung aus Enttäuschung und ekelhafter Schadenfreude angesehen hat, überrollt mich für einen Moment.

»Er hat erst damit aufgehört, nachdem ich ihm

mehrmals seine verschissene Maschine vollgekotzt habe.« Der Gefühlskrüppel hatte eine besondere Vorliebe für einen extrem schnellen Sinkflug, der jedes Mal meinen Magen nach außen gestülpt hat. Besonders gern hat er auch immer mal wieder so getan, als hätte er die Kontrolle über die Maschine verloren. Ich habe in diesem Flieger so oft Todesangst ausgestanden, dass ich es nicht mehr zählen kann.

Emilia blickt mich mitfühlend an, hält mir ihre Hand hin und drückt meine Finger, nachdem ich ihre ergriffen habe. »Dieser Drecksack«, schimpft sie und streicht mir mit dem Daumen über den Handrücken. »Ich wünschte, ich könnte dir das hier irgendwie abnehmen«, murmelt sie und seufzt, als das Signal, dass wir uns anschnallen sollen, erstmalig ertönt.

Wie aufs Stichwort erscheint die Flugbegleiterin und bittet Emilia, in ihre Kabine zu gehen. Meine Kleine verabschiedet sich mit einem innigen Kuss von mir und verlässt mich dann.

Mein Magen macht einen Salto bei dem Gedanken daran, dass wir in wenigen Augenblicken starten werden.

Ich hasse diesen Teil des Fliegens ganz besonders.

Dicht gefolgt vom Landen.

Und vom Fliegen an sich.

Eigentlich alles, um es zusammenzufassen.

Die First Class ist nicht ausgebucht, hätten sie Emilia nicht wenigstens die Kabine neben mir geben können? Aber Nein, dort sitzt irgendein Geschäftsmann, der mich nur mitleidig angelächelt hat, als wir den Flieger betreten haben. Ich sehe *nichts*! Nur einen Abschnitt vom Gang, wenn ich aus meiner Einzelhaft-Kabine herausschaue. Selbst Blickkontakt mit einem Fremden würde mir gerade helfen, aber auch wenn ich einen langen Hals mache, kann ich nur den Schopf des Mannes in der Kabine neben mir erkennen.

Die nette Stewardess lächelt mich noch einmal ermutigend an, als sie ihren letzten Rundgang macht und checkt, ob alles vorschriftsmäßig ist. Als ob ich mich abschnallen würde. Niemals!

Selbst das leichte Ruckeln, als wir in Richtung Todeszone – auch Startbahn genannt – losrollen, macht mich schon panisch. Gefühlt bewegen wir uns schon Stunden fort, als wir erneut halten. Ich vermute eine Warteschlange vor der Startbahn.

Klasse. Noch mehr Zeit, mich selbst noch weiter in meine Flugangst zu steigern.

Ich zucke erschrocken zusammen, als Emilia zu mir in die Kabine schlüpft. »Was zur Hö…«, fange ich an, doch Emilias Finger auf meinem Mund stoppen mich.

Sie beugt sich zu mir hinunter und streift mit ihren Lippen über meine Wange. »Du musst leise sein«, wispert sie und ihr warmer Atem kitzelt meine Haut. »Ich fühle mich schuldig, weil du diesen furchtbaren Langstreckenflug nur meinetwegen durchmachen musst«, fährt sie fort und küsst die Haut direkt unterhalb meines Ohrläppchens. »Vielleicht kann ich dich ein bisschen ablenken …« Emilia legt ihre Hände auf meine Oberschenkel und geht zwischen meinen Beinen auf die Knie, ehe sie ihre kleinen, warmen Hände unter mein Shirt schiebt.

Heilige Scheiße.

Mein Blick brennt sich in ihren und sie lächelt wissend, während sie meinen Gürtel und dann die Knöpfe meiner Jeans öffnet.

Fuck.

Das kann doch gar nichts werden, denke ich mir. Aber das Pulsieren in meinem Schwanz macht diese Überlegung überflüssig.

»Lia«, stöhne ich heiser und packe ihr Handgelenk, als sie gerade mit ihren Fingern in meine Hose schlüpfen möchte.

Die Vorstellung, hier und jetzt von ihr einen Blowjob zu bekommen, törnt mich tatsächlich so an, dass meine Flugangst in den Hintergrund tritt. Sie sieht mich herausfordernd an, fährt sich mit ihrer Zunge über die Unterlippe und lächelt, als ich scharf einatme und sie wieder freigebe.

Das Spiel mit ihren neuentdeckten exhibitionistischen Neigungen und der daraus resultierende Nervenkitzel lassen mich langsam hart werden. Emilias Finger befreien meinen Schwanz und ich keuche, als sie mit trägen Bewegungen an ihm auf und ab fährt.

»Leise«, tadelt sie mich flüsternd und deutet mit einem Kopfnicken nach rechts.

Fuck.

Der Geschäftsmann.

Nur durch einen festen Sichtschutz von uns getrennt. Wenn ich jedoch stöhne und er aufstehen sollte, um zu sehen, ob mir etwas fehlt, würde er direkt auf meinen Schwanz starren. Ich bekäme wohl lebenslanges Flugverbot, was mich nicht stören würde, aber auf die Publicity – insbesondere in Verbindung mit Emilia – kann ich verzichten. *Totes, verscharrtes Tier.*

Lias Augen funkeln und ihr Gesichtsausdruck bringt mich um den Verstand. Sie sieht mich so voller Hingabe und Leidenschaft an und hält mich mit ihrem Blick gefangen, während sie ihre Lippen um meine Schwanzspitze legt und sie langsam in ihren Mund saugt.

Shit.

Ihre warmen, feuchten Lippen so um meinen Schwanz zu spüren, bringt mich an den Rand meiner Beherrschung. Jetzt schon. Lia nimmt meinen Schaft langsam tiefer auf und ich beiße mir auf die Innenseite meiner Wange, um kein verräterisches Keuchen von mir zu geben.

Immer wieder lässt sie meinen Penis fast aus ihrem Mund gleiten, nur um ihn beim nächsten Mal noch ein wenig weiter in sich aufzunehmen. In meinem Nacken kribbelt es und alles, woran ich noch denken kann, ist ihr süßer Mund. Am liebsten würde ich in ihr Haar greifen, sie dirigieren, doch gleichzeitig fühlt sich exakt das hier so gut an.

Ich kann ein heiseres Stöhnen nicht unterdrücken, als Emilia ihre Zunge erstmalig gegen das Bändchen auf der Unterseite meines Schwanzes drückt. Der Blick, den sie mir schenkt, ist tadelnd. Langsam gibt sie mich frei und schüttelt mit dem Kopf.

»Wenn du nicht leise sein kannst ...«, droht sie nahezu lautlos und schmunzelt über meinen empörten Gesichtsausdruck.

»Mach weiter«, flehe ich und bete, dass der Typ in der Kabine neben uns Kopfhörer in den Ohren hat und nicht mitbekommt, was wir hier treiben.

Scheiße.

Emilia hat wieder angefangen, mich mit ihrem Mund und ihrer Zunge zu verwöhnen. Immer schneller bewegt sich ihr Kopf auf und ab und dieser Anblick zusammen mit den Empfindungen, die ihre Lippen um meinen Schwanz in mir auslösen, treibt mich meinem Höhepunkt schneller entgegen, als mir lieb ist.

Ich kann nicht länger widerstehen und greife in ihre Haare, balle meine Finger zur Faust und führe sie. Lia erstarrt für einen Augenblick, wird dann aber wieder weich und lässt sich von mir anleiten.

Fuck. Fuck. Fuck.

Am liebsten würde ich sie auf meinen Schoß ziehen und sie ficken, eine harte, schnelle Nummer, aber *das* wäre vielleicht doch etwas zu riskant. Emilia zwischen meinen Beinen ist auf den ersten Blick nicht sichtbar, auf meinem Schoß, mich wild reitend, leider schon.

Ich stöhne, als sie mich so tief wie nie zuvor in ihren

Mund gleiten lässt und den Unterdruck noch erhöht. Ihre Hand tastet nach meiner und ich komme in der verfickten Sekunde, in der unsere Finger sich ineinander verhaken. Ich fühle, wie Emilia schluckt und dieses Gefühl ist so heiß und scharf, dass ein Schauer über meine Wirbelsäule rieselt.

»Fuck, Lia«, keuche ich und lasse meinen Kopf ermattet gegen die Kopfstütze sinken, während Emilia meinen Schwanz langsam aus ihrer Mundhöhle entlässt.

Sie lächelt mich süß an, ehe sie beginnt, meinen Schaft sauber zu lecken. Irgendwo in der Ferne höre ich das Signal, dass wir unsere Gurte lösen dürfen.

Bitte was?! Ich habe tatsächlich vom gesamten Startvorgang nichts mitbekommen! Mit einer schnellen Bewegung drücke ich auf den Knopf, der die Außentür zu meiner Kabine schließt, und danach den, der signalisiert, dass ich nicht gestört werden möchte.

Nachdem ich meinen Penis verstaut und meine Kleidung wieder gerichtet habe, ziehe ich Emilia auf meinen Schoß. Ich nehme ihr Gesicht in meine Hände und küsse sie, ohne zu zögern. Bereitwillig erwidert sie meinen Kuss und kuschelt sich in meine Arme, nachdem ich unsere Knutscherei unterbrochen habe.

Emilia seufzt zufrieden, als ich meine Lippen auf ihren Scheitel presse und in sanften Bewegungen über ihren Rücken streichele. »Interessanter Ansatz, um mich meine Flugangst vergessen zu lassen … daran könnte ich mich gewöhnen … um mich vollständig zu kurieren, reicht das eine Mal aber nicht«, murmele ich mit einem neckenden Unterton und höre sie leise kichern.

Zwar ist mir nach wie vor ein bisschen mulmig zumute, aber die mich sonst beherrschende Panik bleibt aus, weil meine Süße bei mir ist und ich sie im Arm halten kann. Emilia gibt mir durch ihre Nähe die nötige Ruhe und Sicherheit.

»Ich glaube nicht, dass meine Cousins und der Rest

der Meute besonders begeistert von der Tatsache wären, dass ich dich auf all euren Flugreisen als deine persönliche Blowjob-Therapeutin begleite«, kontert Lia und bringt mich für einen Augenblick zum Lachen, ehe ich wieder ernst werde, weil mir bewusst wird, dass wir nun wirklich bald Logan von uns erzählen müssen.

»Wir bringen es der Glucke langsam und schonend bei, ja?«

Emilia hebt ihren Kopf und grinst verschmitzt. »Die Blowjob-Therapie?«, zieht sie mich auf, was ihr einen kräftigen Klaps auf ihren heißen Knackarsch einbringt. »Ich hoffe, er flippt nicht völlig aus, wenn er erfährt, dass du der Mann in meinem Herzen bist«, nuschelt sie und ich kann nichts gegen das Lächeln tun, das sich auf meinem Gesicht ausbreitet.

Sie hat mein Liebesgeständnis bisher nicht wörtlich erwidert, obwohl ich mir sicher bin, dass sie das Gleiche empfindet wie ich. Dass sie mich als den Mann in ihrem Herzen bezeichnet, kommt einem *Ich liebe dich* jedoch für meinen Geschmack ziemlich nahe.

»So schlimm wird es schon nicht werden«, beruhige ich sie, greife in ihren Nacken und ziehe sie zu mir hinunter, um sie ein weiteres Mal in eine leidenschaftliche Knutscherei zu verwickeln. »Ernsthaft, mach dir keine Sorgen.«

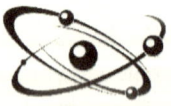

KAPITEL 26

Emilia

Händchenhaltend gehen Liam und ich auf die Türen des Gates zu, die sich in diesem Augenblick langsam öffnen. Ich lächele ihn verliebt und überglücklich an, während ich seine Finger drücke - und Sekunden später bricht die Hölle los.

Ein wildes Blitzlichtgewitter prasselt auf uns ein und zahlreiche Reporter brüllen uns ihre Fragen entgegen. Liam sieht mich ebenso verdattert an, wie ich selbst mich fühle.

Woher zum Teufel wissen die von uns?!

Jeder Klatschreporter in Toronto scheint sich auf den Weg gemacht zu haben, um uns bei unserer Rückkehr abzupassen.

»Liam, seit wann läuft das zwischen Ihnen?!«

»Sind sie seit Ihrer Rückkehr aus Europa ein Paar, Emilia?!«

»Ist es etwas Ernstes?!«

»Was sagt Ihre Familie zu Ihrer Liebe?!«

»Wie haben Sie Liam gezähmt, Miss Davenport?!«

Mein Kopf fliegt zu Liam herum, der seinerseits hilflos mit den Schultern zuckt. Mit einem derartigen Empfangskomitee haben weder er noch ich gerechnet.

Ich verfluche mich für meine Nachlässigkeit. Normalerweise checke ich auch im Flugzeug meine Nachrichten, WiFi in der First Class sei Dank. Doch heute habe ich lieber mit Liam geknutscht, sogar noch während wir auf unser Gepäck gewartet haben.

»Oh Gott ... Logan«, stöhne ich, als mir bewusst wird, dass er längst von uns erfahren haben wird.

Langsam und schonend ist damit wohl vom Tisch.

Dieser Holzhammer entspricht allerdings exakt dem

Gegenteil und wenn ich meinen Cousin richtig einschätze, wird er auf Hundertachtzig sein. Der einzige Grund, warum er uns nicht am Flughafen überfallen hat, dürften die Pressegeier sein, denen er nicht noch zusätzliches Futter liefern will. Oder aber Ethan und Chase haben ihn überwältigt.

Wie aus weiter Ferne nehme ich wahr, dass Liam ein kurzes Statement abgibt, dass unsere Beziehung noch jung, aber sehr ernst sei. Mehr wolle er derzeit nicht sagen und mehr bekommen die Reporter auch auf Nachfragen nicht aus ihm heraus.

»Bitte respektieren Sie unsere Privatsphäre«, fordert Liam die Journalisten auf, greift wieder nach meiner Hand und führt mich durch die Menschentraube, die den Eingang des Gates buchstäblich verstopft und die nicht nur uns, sondern auch unseren Mitreisenden das Verlassen des Flughafens schwer macht.

»Ruhig bleiben, meine Schöne«, murmelt er, nachdem er sich zu mir gebeugt hat. »Gemeinsam, du erinnerst dich?« Er drückt meine Hand und lächelt mich aufmunternd an.

Mir ist elend zumute, weil ich mir wirklich gewünscht habe, Logan in einem ruhigen Gespräch reinen Wein einzuschenken. Doch das lässt sich jetzt nicht mehr ändern. Draußen angekommen sieht Liam sich einen Augenblick suchend um. Die Reporter, die uns immer noch am Arsch kleben, ignoriert er gekonnt.

Er lotst mich zum Taxistand, übergibt dem Fahrer unser Gepäck und nimmt neben mir auf dem Rücksitz Platz, nachdem ich eingestiegen bin. Fahrig fische ich mein Smartphone aus der Tasche und schalte den Flugmodus aus, um anschließend meinen Social-Media-Account zu öffnen.

Schlimmer könnte es nicht sein.

Liam vor meinem Hotelzimmer.

Ich, wie ich die Tür öffne und ihm in die Arme falle.

Wir, wie wir uns wild und leidenschaftlich küssen, ehe wir gemeinsam im Inneren des Raumes verschwinden.

»Ich bin quasi schon ein totes, verscharrtes Tier«, murmelt Liam an meinem Ohr und seufzt, ehe er mich mit einem schiefen Grinsen ansieht. »Aber ich würde nichts anders machen … gut, die Scheiße, die ich am Telefon verzapft habe, würde ich mir schenken und Logan gern in Ruhe alles gestehen, aber ansonsten?«

Schweigend legen wir die letzten Meilen zu Logans Adresse zurück, die Liam dem Fahrer ganz automatisch genannt hat. Uns beiden ist klargewesen, dass unser erster Weg uns dorthin führen würde, auch ohne Logans Drei-Wort-Befehl, der via WhatsApp bei uns eingetrudelt ist.

Krisensitzung bei mir!

Ich lege einen Arm um seinen Hals und streiche mit der Nasenspitze über seine Wange, ehe ich ihn sanft küsse. Dass Liam, für den neben *Gravity* eben auch seine langjährige Freundschaft zu Logan auf dem Spiel steht, so reagiert, beruhigt mich und verursacht ein warmes Gefühl in meinem Bauch.

So glücklich mich der Eindruck macht, dass ich für Liam an erster Stelle stehe, so wichtig ist es mir gleichzeitig, dass sich das mit uns weder auf die Band, noch auf seine Beziehung zu meinem älteren Cousin auswirkt. Allein die Vorstellung, dass diese Männerfreundschaft meinetwegen zerbrechen könnte oder *Gravity* als Einheit darunter leidet, dass ich mich in Liam verliebt habe, dreht mir den Magen um. Ich weiß, wie hartnäckig sich der Streit zwischen Logan und Ethan damals gehalten hat und das, obwohl alle in ihrem Umfeld interveniert haben.

Kein weiteres Wort, weder bei Liam, noch bei mir, und auch der Rest der Bande hüllt sich in Schweigen.

Eine gefühlte Ewigkeit später stoppt der Taxifahrer

vor Logans Einfahrt, kassiert ab und lädt anschließend unser Gepäck aus. Ich will gerade nach meinem Koffer greifen, als Liams Hand an meinem Unterarm mich aufhält.

»Egal, was er da drinnen gleich von sich gibt, denk immer daran, dass er das nur aus Liebe zu dir macht«, ermahnt er mich, sorgt damit aber nicht unbedingt für Beruhigung bei mir.

Im Gegenteil.

Er vermittelt mir das Gefühl, als würde er das Schlimmste erwarten.

»Bringen wir es hinter uns«, murmele ich, schnappe mir meinen Koffer und gehe auf das Tor zu. Entschlossen hämmere ich den Code in das Tastenfeld und halte Liam meine Hand hin, als das Tor sich langsam öffnet. »Gemeinsam.«

Hand in Hand gehen wir auf das Gebäude zu und bleiben abrupt stehen, als sich die Haustür öffnet. Prinz Plüsch und Polly stürmen uns entgegen und begrüßen uns, als hätten sie uns jahrelang nicht gesehen, während Logan nur mit verschränkten Armen und in bedrohlicher Haltung im Hauseingang steht und uns mit undurchdringlicher Miene anstarrt.

Elle taucht hinter ihm auf und quetscht sich seitlich an ihm vorbei, nachdem sie ihm etwas zugezischelt hat, das ich nicht verstanden habe. Sie boxt ihm auf den Oberarm, was ihn aus seiner Starre löst und dazu bringt, seine Freundin anzublicken. Sein Gesichtsausdruck ist angefressen, was Elle jedoch nicht daran hindert, ihm noch einen kräftigen Schlag auf den Hinterkopf zu verpassen, ehe sie auf uns zukommt.

Logan glotzt ihr mit reichlich perplexer Miene hinterher und sieht dabei zu, wie seine Freundin erst mich und dann Liam zur Begrüßung umarmt. Sein Ausdruck wird säuerlich, ehe er auf dem Absatz kehrtmacht und einfach im Haus verschwindet. Erst denke ich, dass es mit uns zu tun hat, doch Elles nächste Worte verraten mir, was hinter meinem Rücken abgeht.

»Die Presse«, schimpft sie und schaut über meine Schulter an mir vorbei. Ein Blick nach hinten verrät mir, dass soeben der erste Wagen gegenüber der Einfahrt stoppt. »Haben die nichts Wichtigeres zu tun?«, mosert sie weiter und stemmt die Hände in die Hüften, ehe sie zwischen Liam und mir hin und her blickt und uns schließlich aufmunternd anlächelt. »Wir können es ja sowieso nicht ewig rausschieben, also bringen wir es hinter uns, oder?«

Ich lächele, auch wenn ich so langsam sauer werde. Logan benimmt sich mal wieder wie ein verzogenes Kleinkind, dem man seinen Schnuller weggenommen hat. Dass er uns nicht mal vernünftig begrüßt hat, wurmt mich. Sowohl Liam als auch ich sind erwachsen und haben ihn nicht um Erlaubnis zu fragen, wenn wir etwas miteinander anfangen.

Dennoch … sein Segen ist mir wichtig und wenn ich ganz ehrlich zu mir bin, war die Angst vor seiner Reaktion bei mir ebenso wie bei Liam nun einmal der Hauptgrund für unser Schweigen. Ich möchte, dass mein Cousin mit seinem besten Freund und mir einverstanden ist.

Im Haus angekommen stellen wir unser Gepäck beiseite und folgen Elle in die geräumige Küche, an deren Tisch doch tatsächlich die gesamte *Gravity*-Meute nebst Anhang - soweit vorhanden - sitzt. Amy lächelt mich Mut machend an, während Ethan mir zuzwinkert. Chase grinst breit und sieht aus, als hätte er einen Höllenspaß und Jackson, der etwas blass um die Nase herum wirkt, verdreht die Augen, als Logan sich geräuschvoll von seinem Stuhl erhebt und sich an die Kaffeemaschine begibt.

»Was hast du zu deiner Verteidigung zu sagen, Liam?«, fragt mein Cousin seinen Bandkollegen in einem derart eiskalten Tonfall, dass ich tatsächlich ein wenig zusammenfahre. »Habe ich mich nicht klar ausgedrückt?« Mit der Kaffeetasse in der Hand dreht er sich wieder zu uns um und fixiert Liam mit seinem Blick. Mich behandelt er, als wäre ich Luft und überhaupt nicht anwesend. »Emilia war tabu. Für jeden von euch. Alle haben sich dran gehalten, nur du konntest es nicht lassen, hm?«

Liam neben mir atmet scharf ein, bleibt jedoch stumm. Jahrelange Erfahrung hat ihn vermutlich gelehrt, dass man Logan erst einmal wüten lässt.

»Sämtliche Weiber Torontos machen nur zu gern die Beine breit für dich, aber du musstest dir Emilia krallen? Was hat dich so gereizt an ihr? Der Kick des Verbotenen? Dass ich sie für unantastbar erklärt habe?!« Mit jedem Wort ist Logan lauter geworden und zum Schluss brüllt er fast. »Dass ihr Exlover ihr das Herz gebrochen hat, reicht noch nicht, was?! Nein, Mr. Playboy höchstpersönlich, dem ja alles egal ist, muss natürlich auch nochmal darauf herumtrampeln und sich die Bestätigung holen, dass er wirklich Jede flachlegen kann!«, ätzt er und wird von Sekunde zu Sekunde absurder.

»Ich liebe Emilia«, antwortet Liam ruhig und Logan sieht für einen Moment lang so verblüfft aus, dass er mir fast ein bisschen leidtut. »Vielleicht war es anfangs der Reiz des Verbotenen, ja, aber ich habe ziemlich schnell gewusst, dass ich mehr will«, erklärt er sich weiter und meinem Cousin klappt die Kinnlade buchstäblich hinunter.

»*Du* willst mehr?!«, krächzt er und läuft vom Hals aufwärts so besorgniserregend rot an, dass Elle zu ihm geht und ihm in einer beruhigenden Geste eine Hand auf den Unterarm legt. »Dass ich nicht lache, Mr.-ich-bin-kein-Kerl-für-eine-Frau!«, blafft er höhnisch. »Willst du mir ernsthaft weismachen, dass du anders bist als ihr verschissener Ex? Dass du sie nicht am laufenden Band und bei der erstbesten sich bietenden Gelegenheit betrügen wirst?!«, schnauzt er und versetzt meinem Herzen einen Stich.

Aber nicht, weil er seine Finger zielsicher genau auf meinen Schwachpunkt gelegt hat. Nein, viel mehr trifft mich der Umstand, dass er seinem besten Kumpel ein derart schäbiges Verhalten unterstellt, obwohl er es besser weiß. Die Erkenntnis, dass ich Liam tief in meinem Inneren vollkommen vertraue, lässt mich für einen kurzen Moment taumeln.

»Wahrscheinlich muss sie bei dir genauso aufpassen, dass sie sich nichts wegholt, wie sie es seinerzeit bei Benedict mus...« Logan verstummt abrupt, weil Elle ihm so heftig auf die Brust geboxt hat, dass er tatsächlich ein bisschen nach hinten stolpert.

»Logan, es reicht«, ertönt Ethans feste Stimme und wenig später schiebt sich der jüngere Davenport in mein Blickfeld. »Liam ist wie ein Bruder für uns, er ist dein ältester Freund, und du behandelst ihn gerade, als wäre er ...«, fängt er an, doch Logan unterbricht ihn.

»Er hat mein Vertrauen missbraucht! Ich bin davon ausgegangen, dass ich mich auf ihn verlassen kann! Dass er sich um Biddy kümmert, ihr hilft und beisteht, wie ein Bruder!« Er sieht mit einem verächtlichen Gesichtsausdruck, für den ich ihn am liebsten ohrfeigen möchte, zu Liam neben mir. »Wenn ich allein daran denke, dass ich ihn noch zu ihr geschickt habe, als sie so fertig war wegen des Umzugs«, mault er weiter und fixiert Liam mit Eiseskälte im Blick, während er sich langsam auf ihn zubewegt. »Wahrscheinlich kam dir das ganz gelegen, um sie zu verführen, hm? Hast du dir deine Hilfe mit einem Fick bez...«

»Es reicht!«, stoppe ich ihn und stelle mich schützend vor Liam. »Noch ein einziges beleidigendes oder herablassendes Wort aus deinem Mund, und ich

vergesse mich, Logan Davenport!« Ich hebe meinen
Arm und lege meine Finger auf seinen Brustkorb.

Dass ich ihn nicht aufhalten kann, wenn er sich
wirklich in den Kopf gesetzt hat, Liam ein paar aufs
Maul zu geben, ist mir bewusst. Dennoch hoffe ich,
dass ich zu ihm durchdringe und ihn aus diesem
irrationalen und übertriebenen Beschützermodus reißen
kann.

»Wie Ethan schon sagte, Liam ist dein ältester
Freund, und du führst dich gerade auf, als hätte er ein
Kapitalverbrechen begangen!«, fauche ich und sehe ihn
offen an, ehe ich weiterspreche. »Dabei ist das Gegenteil
der Fall. Liam macht mich glücklich. Er hat mich aus
diesem Loch geholt, in dem ich mich seit Benedicts
Verrat und unserer hässlichen Trennung befunden habe.
Liam war es, der diese Taubheit in meinem Inneren
vertrieben und der mir wieder das Gefühl gegeben hat,
lebendig zu sein.«

Die Finger meines Freundes an meinem Handgelenk
lassen mich kurz innehalten. Obwohl Logan uns immer
noch fassungslos und mit diesem mordlüsternen
Ausdruck im Gesicht anstarrt, schiebt Liam seine Hand
in meine und verflechtet seine Finger mit meinen.

»Aber … er … ihr … keiner von euch hat was
gesagt!«, beschwert er sich und so langsam begreife ich
den Kern seines Problems.

Es ist nicht der Umstand, dass ich seine kleine
Cousine bin und er glaubt, mich beschützen zu müssen.
Nein, zu schaffen macht ihm der gefühlte Verrat an
sich. Der Eindruck, von Menschen, denen er vertraut
hat, hintergangen worden zu sein. Und Himmel, das
verstehe ich, vermutlich besser als jeder andere
Anwesende in diesem Raum.

Ich stelle mich auf die Zehenspitzen und streiche
Logan mit den Fingerspitzen sanft über das Gesicht.
»Großer, du musst dir keine Sorgen um mich machen

oder mich beschützen. Nicht vor Liam. Es tut mir leid, dass wir dich angelogen und dich so lange im Dunkeln haben tappen lassen«, wispere ich. »Aber was du gerade abgezogen hast, war nicht in Ordnung und genau das war der Grund, warum wir geschwiegen haben.«

Logan schnaubt und sieht beleidigt zur Seite, was ein mehrstimmiges, einhelliges und vom Küchentisch kommendes Stöhnen auslöst.

»Fuck, Alter, jetzt krieg dich mal ein! Wenn Ethan das mit Biddy und Liam seit Wochen gutheißt, wirst du ja wohl auch damit klarkommen!«, ranzt Chase ihn an und lässt so unbeabsichtigt eine weitere kleine Bombe platzen.

»Wie bitte?! *Du* hast davon gewusst?!«, fragt mein älterer Cousin und sieht seinen kleinen Bruder entrüstet an.

Ich sollte das nicht denken, aber zumindest starrt Logan jetzt Ethan und nicht mehr Liam mit dieser Mordlust im Blick an. Gar nicht gut sind jedoch das betretene Schweigen und die offensichtliche Art und Weise, mit der alle anderen in der Küche plötzlich vermeiden, auch nur im Ansatz in Logans Richtung zu gucken.

»Moment mal … vielleicht sollte ich anders herum fragen. Wer von euch hat denn nichts gewusst, hm?!«, blafft Logan und seufzt wenige Augenblicke später resigniert. Er blickt zu seiner Freundin, die betreten zu Boden schaut. »Du auch?!«

Elle sieht wieder zu ihm auf und nickt nach kurzem Zögern. »Ich habe Emilia und Liam versprochen, dass ich nichts sage, aber auch ohne das … ich wollte, dass sie eine Chance haben, um zu kapieren, dass da mehr zwischen ihnen ist, ehe du dich einmischst.«

Logan schnaubt ein weiteres Mal. »Ehe *ich* mich einmische?! Was soll das denn heißen?!«

Es bricht ein wilder Tumult los, in dem alle

durcheinander sprechen und meinem Cousin lauter Gegebenheiten an den Kopf werfen, zu denen er sich ihrer Meinung nach nicht um seine eigenen Angelegenheiten gekümmert hat.

»Wenn's dich tröstet, ich habe von der ganzen Sache wie du ebenfalls erst aus der Zeitung erfahren«, meldet sich Jackson erstmalig zu Wort. »Ich habe zwar mal einen Verdacht gehabt, bestätigt hat mir den jedoch keiner von den Arschgeigen hier.«

Logan zeigt ihm den Mittelfinger und lacht dreckig. »Du glänzt zurzeit ja auch durch permanente Abwesenheit«, wirft er ihrem Bassisten vor und winkt ab, als dieser den Mund öffnen will, um sich zu verteidigen. »Schon klar, ist mal wieder eine deiner Einsiedlerkrebsphasen«, kanzelt er Jackson ab, ehe er sich erneut auf Liam und mich konzentriert.

»Tust du ihr weh, breche ich dir jeden Knochen einzeln. Erwische ich dich auch nur dabei, dass du eine andere Frau auf eine Art und Weise ansiehst, die mir nicht gefällt, breche ich dir jeden Knochen einzeln. Betrügst du Emilia, bist du tot … nachdem ich dir jeden Knochen einzeln gebrochen habe. Solltest du es …«

»Ich liebe Liam und ich vertraue ihm, also hör endlich auf!«, unterbreche ich Logan. »Wenn du ein Problem damit hast, tut es mir leid, aber deswegen werden weder er noch ich unsere Beziehung beenden.«

Chase neben uns am Küchentisch fängt an zu klatschen, hält aber inne, als ich erbost zu ihm blicke.

»Wenn es dir jedoch um mein Glück geht, solltest du dich mit mir freuen.« Bittend sehe ich ihn an. »Du solltest dich mit *uns* freuen, denn haben nicht sowohl Liam als auch ich verdient, glücklich zu sein?«, appelliere ich an sein großes Familienherz, das unter seiner harten Schale schlummert.

Logan seufzt und sieht uns mit einem Hauch von Schuldbewusstsein an. Es vergehen mehrere

Augenblicke, in denen es vollkommen still ist und niemand spricht. Mein Herz hämmert in meiner Brust und mein Blut dröhnt in meinen Ohren, doch gleichzeitig erdet Liams Nähe mich.

»Wenn er dich wirklich glücklich macht, Küken«, beginnt er und wird von Amy unterbrochen.

»Looogan!«, mosert sie ihn an und schüttelt entschieden mit dem Kopf. »Fang jetzt nicht mit solchen Einschränkungen an. Liam macht sie glücklich. Punkt.«

Logan verdreht die Augen. »Kröte, hör auf mit diesen Spitzfindigkeiten«, schnappt er zurück und konzentriert sich dann wieder auf mich. »Er macht dich glücklich … also soll es mir recht sein.«

Chase fängt an zu wiehern. »Wie großzügig du doch bist«, verarscht er seinen Bandkollegen, woraufhin dieser sich auf ihn stürzt und seine aufgestaute Energie an ihm abreagiert.

Mein Mitleid mit Chase hält sich in Grenzen, ich bin einfach nur froh, dass die ganze Situation letztlich relativ glimpflich abgelaufen ist. Ethan mischt sich in die wilde Rauferei ein, was jedoch nur dazu führt, dass sich nun drei, statt zwei Männer auf dem Boden wälzen und sich gegenseitig nichts schenken.

Der Einzige, der sich raushält, ist Jackson, der lediglich einen vielsagenden Blick mit mir tauscht und sich dann an die Stirn tippt. Liam zieht mich ein bisschen mit sich nach hinten und bringt seinen Mund dicht neben mein Ohr.

»Das mit Cole darf er nie erfahren«, flüstert er, ehe er mit einem leisen Brummlaut seinen Mund über meinen Hals streifen lässt.

»Ich bin nicht lebensmüde«, antworte ich trocken. »Ich habe sicher nicht vor, Logan in unser Sexleben einzuweihen.«

Liam lacht an meiner Haut und die Vibrationen

gehen mir durch und durch. »Aber ich würde gerne noch einmal hören, was du vorhin gesagt hast«, raunt er heiser und bringt mich zum Erschauern. »Meinetwegen auch später, wenn wir allein sind.«

Ich drehe mich halb zu ihm und lege meinen Arm um seinen Hals, ehe ich ihm tief in die Augen blicke und die sich prügelnden Gravity-Jungs sowie den Rest der Welt ausblende. »Ich liebe dich, Liam Ashby«, wispere ich, stelle mich auf die Zehenspitzen und küsse ihn. »Ich glaube, ich habe dich von der ersten Sekunde an geliebt«, setze ich nahezu tonlos nach und seufze versonnen, als Liam meinen Mund wieder mit seinem verschließt. Er küsst mich zärtlich und innig, bis die mosernde Stimme des *Gravity*-Frontsängers uns auseinanderreißt.

»Bloß weil ich mein Okay gegeben habe, müsst ihr nun nicht gleich anfangen, vor meinen Augen hemmungslos rumzumachen!«, empört er sich atemlos und kassiert dafür einen Boxhieb von Ethan in den Magen.

»Wichser«, knurrt Liam und zeigt ihm den Mittelfinger, bevor er mich freigibt und langsam auf Logan zugeht.

Obwohl mir ein wenig mulmig zumute ist, zwinge ich mich dazu, gegenüber von Amy am Tisch Platz zu nehmen und mich nicht einzumischen. Das jetzt ist ein Ding zwischen Logan und Liam, bei dem ich nichts zu suchen habe. Zumindest sagt mir das mein Instinkt, der im Gegensatz zu eben keinen Alarm gibt. Was Logan vorhin vom Stapel gelassen hat, war teilweise unter der Gürtellinie und grenzüberschreitend, aber Liam ist nicht nachtragend und weiß, wie er diese Reaktion einzuordnen hat.

»Selber Wichser«, grollt mein Cousin, schlägt ohne zu zögern in Liams ausgestreckte Hand ein und zieht ihn dann mit einem Ruck in eine brüderliche

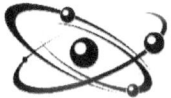
Umarmung. »Dennoch, wenn du ihr wehtust …«

»…dann brichst du mir jeden Knochen einzeln, du blöder Pisser, ich hab's begriffen!«

KAPITEL 27

Liam

Irgendwann in den letzten Wochen haben wir uns angewöhnt, die anderen ganz spießig sonntags zum Essen zu mir nach Hause einzuladen. Ich koche, während Emilia sich um die Nachspeise kümmert und backt. Im Moment ist es noch ruhig und unsere Terminkalender relativ leer, sobald das neue Album draußen ist, wird sich das wieder ändern. Also genießen wir diese Augenblicke mit unserer Familie.

Lia schaut über meine Schulter und tunkt ihren Zeigefinger anschließend frech in die auf dem Herd vor sich hinköchelnde Pastasauce. »Emilia Davenport!«, tadele ich sie, drehe mich um und gebe ihr einen Klaps auf den Arsch, während sie mit einem genüsslichen Seufzen ihren Finger langsam wieder zwischen ihren Lippen hervorzieht.

»Himmlisch«, seufzt sie und befeuchtet ihren Mund provokant mit ihrer Zunge. Dieses kleine Biest weiß ganz genau, dass unsere Gäste jeden Moment aufschlagen werden und keine Zeit mehr für das da ist, was mir gerade im Kopf herumschwirrt.

»Später, meine Schöne«, knurre ich und sie schlingt mit einem Lachen ihre Arme um meinen Hals.

»Armer Schatz«, neckt sie mich und küsst mich in der Sekunde, als es auch schon an der Tür klingelt.

»Seit wann benutzen die Idioten ihre Schlü…«, fange ich an, unterbreche mich aber selbst, als ich höre, wie die Haustür aufgeschlossen wird.

»Seid ihr angezogen?«, bölkt Logan ins Innere des Hauses und ich verdrehe die Augen.

»Du blöder Flachwichser, du hast uns ein einziges Mal beim Rummachen auf der Couch erwischt«, rufe ich zurück, während ich Emilia den Kochlöffel in die Hand drücke und mich auf den Weg in Richtung des Flurs mache.

Elle neben Logan macht eine vielsagende Handbewegung und quietscht erschrocken, weil ihr Liebster ihr ebenfalls einen Schlag auf den Hintern gibt. Scheint ne beliebte Methode unter uns *Gravity*-Jungs zu sein.

Ich begrüße meinen Bandkollegen mit einem Handschlag, während ich Elle in meine Arme ziehe und einen Kuss auf ihren Scheitel drücke. »Hi Sweety«, murmele ich amüsiert und gebe sie wieder frei.

Ein Blick über ihre Schulter verrät mir, dass auch der Rest der Bande im Anmarsch ist. Ethan und Amy kabbeln und necken sich, Chase und Jackson hingegen sind in eine ernsthaft anmutende Diskussion vertieft.

»Wo habt ihr eure Flohtransporter gelassen?«, frage ich Logan, weil mir erst jetzt auffällt, dass Elle und er ohne ihren tierischen Anhang aufgekreuzt sind.

Logan grinst mit einem Hauch von Schadenfreude. »Die habe ich über die seitliche Pforte gleich in deinen Garten gescheucht. Prinz Plüsch, das durchgeknallte Trüffelschwein, pflügt vermutlich bereits deine Beete um.« In schöner Regelmäßigkeit zieht er mich damit auf, dass ich mir einen kleinen Kräutergarten habe anlegen lassen, als sei ich irgend so ein spießiger Opa.

»Penner«, kommentiere ich seine Erklärung und mache auf dem Absatz kehrt, um mich wieder in die Küche zu begeben. Ich traue meiner Süßen nicht so recht, wenn ich nicht aufpasse, nascht sie die Hälfte der Sauce weg, bevor sie überhaupt auf den Tisch kommt.

Eine halbe Stunde später sitzen wir alle um meinen großen Esstisch und unterhalten uns wild durcheinander. Amy erzählt von den langsam in die heiße Endphase gehenden Aufnahmen zum ersten

Caged-Birds-Album, was mich schmunzeln lässt, weil ich das alles nicht zum ersten Mal höre. Cole hat vor drei Tagen die Nacht mit Emilia und mir verbracht und uns beim Abendessen vorher ebenfalls berichtet, wie gut sie vorankommen und dass die erste Singleauskopplung bereits feststeht.

Jackson neben mir ist immer noch ein wenig still und in sich gekehrt, hat aber wieder etwas mehr Farbe um die Nase als in den letzten Wochen. »Was macht dein Rücken?«, frage ich ihn dennoch, nachdem ich mich zu ihm gebeugt habe.

»Es wird. Die erneute Physiotherapie hilft mir«, erwidert er und knufft mich mit dem Ellenbogen in die Seite, weil ich ihn noch einen Moment lang prüfend ansehe. »Ernsthaft. Es ist alles okay. Ich würde euch dieses Mal sagen, wenn das nicht der Fall ist«, versichert er mir und beruhigt mich so.

»Ist euch eigentlich klar, dass drei von uns vergeben sind, wenn wir das nächste Mal auf Tour gehen?«, wirft Chase plötzlich ein und lenkt so die Aufmerksamkeit aller am Tisch auf sich.

Elle mir schräg gegenüber lächelt amüsiert. »Wer sagt denn, dass es bis dahin bei Dreien bleibt?«, kontert sie und Chase verzieht entsetzt das Gesicht.

»*Ich* bin garantiert nicht so irre ... nichts für ungut«, platzt es aus ihm heraus, während er die Frauen am Tisch entschuldigend ansieht.

Ich fange an zu lachen und tippe mir an die Stirn. »Sowas kannst du nicht steuern. Wenn's passiert, dann passiert es, ob du willst oder nicht«, wende ich ein, eh mein Grinsen schadenfroh wird. »Und ich freue mich tierisch drauf, wenn's bei dir soweit ist, denn dann wird dein Karma dich so richtig ficken«, ätze ich und zucke zusammen, als Emilia mir auf den Hinterkopf schlägt. »Wofür war das denn?! Du hast doch selbst miterlebt, *wie* hämisch Chase sich immer aufgeführt hat! Und das war nicht nur bei mir so, sondern auch bei Ethan und Logan. Die Arschgeige hat sich einen Spaß draus gemacht, klugzuscheißen und uns seine blöden Sprüche um die Ohren zu hauen.«

Logan und Ethan nicken zustimmend.

»Wir werden es so ausschlachten, wenn du endlich eingefangen wirst«, stänkert Logan mit einer Miene, die nichts anderes als die pure Vor- und Schadenfreude zeigt.

»Du wirst leiden!«, klinkt sich Ethan mit ein und lacht dreckig. »Die, die glauben, es besser zu wissen, sind in der Regel die, die am schlimmsten dafür bezahlen werden«, klugscheißt unser Drummer in bester Chase-Manier.

Jackson neben mir hebt ergeben die Hände, als alle Blicke einschließlich der unseres zweiten Gitarristen sich auf ihn richten. »Haltet mich aus der Nummer raus, ich bin neutral. Die Schweiz.«

Chase stöhnt entnervt. »Wenn du glaubst, dass dich das rettet, wenn dein Arsch dran ist, bist du schief gewickelt!«, blafft er unseren Bassisten an.

»Ach, interessant, dann gehst du ja grundsätzlich doch davon aus, dass es irgendwann auch bei dir soweit ist, hm?«, hakt Amy nach, die sich bisher rausgehalten hat.

»Blödsinn! Ich bin nicht so dämlich, mich an die Leine legen zu lassen … nichts für ungut.« Chase setzt seinen besten Welpenblick auf und erweicht so tatsächlich Amys, Elles und auch Emilias eher säuerliche Mienen.

»Du, so dämlich ist das gar nicht, du bekommst zum Beispiel regelmäßig fantastischen Sex, ohne dass du erst umständlich eine aufreißen musst«, schaufelt Logan mal wieder sein eigenes Grab. Er grunzt, als Elle ihm auf den Oberarm boxt und ihn anschließend mit einer Mischung aus Unglauben und Liebe ansieht.

»Schon klar, das ist natürlich *der* Vorteil einer festen Beziehung«, frotzelt sie trocken und drückt unserem Frontmann einen Kuss auf die Lippen. »Was Chase angeht, um was sollen wir wetten?«

Chase schnauft angenervt. »Wird das jetzt zur Regel, dass die Ladys mitwetten?!«, schimpft er, wird aber ignoriert. »Und um was wollt ihr überhaupt wetten?! Da ist nicht mal in der Ferne am Horizont irgendeine Tussi zu sehen, für die ich auch nur ansatzweise in Erwägung ziehen würde, mein Single-Dasein aufzugeben!«

Elle zuckt mit den Schultern. »Ich wette, dass du dich verlieben wirst, und ich lehne mich sogar so weit aus dem Fenster, dass ich behaupte, dass das noch dieses Jahr passieren wird.«

Chase wiehert und klopft sich vor Lachen auf die Schenkel, und auch wir übrigen sehen Logans Süße eher zweifelnd an.

»Dieses Jahr ist zu einem guten Teil schon rum«, wirft Jackson ein. »Aber dennoch … ich wette auf die erste Oktoberhälfte«, nuschelt er. »Der übliche Wetteinsatz?«

Alle nicken.

»November«, gebe ich meinen Tipp ab.

Logan grinst und schließt sich mir nickend an. »November. Im November wird dir dein Arsch sowas von auf Grundeis gehen.«

»Euch ist klar, dass ihr den Pott splitten müsst, wenn sich eure Wetteinsätze überschneiden, hm?«, klugscheißt Chase, aber auch das interessiert niemanden von uns. Das Ganze und vor allem seine Reaktion machen gerade viel zu viel Spaß.

Ethan wiegt seinen Kopf leicht hin und her. »Chase ist ne harte Nuss … Anfang nächsten Jahres.«

»Du Feigling!«, platzt es aus Amy heraus, die dafür einen bösen Blick ihres Liebsten einsteckt. »Dezember. Dieses Jahr.«

Ich sehe zu Emilia, die als Einzige noch keinen Tipp abgegeben hat. »Raushalten ist nicht drin, meine Schöne. Mitgefangen, mitgehangen«, ermahne ich sie angesichts ihres Gesichtsausdrucks.

Zwischen Chase und ihr hat sich eine Art Freundschaft entwickelt, und dass sie ihm nicht in den Rücken fallen will, ehrt meine Süße, aber Gnade kann ich dafür nicht walten lassen.

»Ebenfalls Dezember«, seufzt sie schließlich und weicht dem entrüsteten Blick unseres zweiten Gitarristen aus. »Tut mir leid, Chase.«

Chase schnaubt lediglich und zuckt mit den Schultern. »Und das soll jetzt der Vorteil einer Beziehung sein, ja? Dass man von seinem Partner genötigt wird, an albernen Wettspielen teilzunehmen?«, mault er mit einem übertrieben theatralischen Unterton. »Noch so ein Grund, warum ich kein Interesse an einer habe«, grummelt er.

Danach bricht eine rege Diskussion um die Vor- und Nachteile einer Liebesbeziehung aus, die ich zurückgelehnt und stumm verfolge, während ich Emilia zu meiner Linken mit einem Arm um ihre Taille an mich ziehe.

»Ich liebe das hier«, murmele ich, sehe zu ihr und lächele, als sie nickt.

»Ich auch.« Sie streichelt mir sanft mit den Fingerspitzen über die Wange, eine zärtliche und intime Geste, die mir jedes Mal unter die Haut geht.

Für einen Kerl wie mich klingt das reichlich sentimental, aber erst jetzt erkenne ich wirklich, dass das Zulassen von Nähe einen zwar verletzlich und angreifbar macht - aber auch stark.

Einem anderen Menschen nah zu sein, ist kein Zeichen von Schwäche, wie ich es jahrelang nach dem Tod meiner Eltern gedacht habe.

Jeder Einzelne hier am Tisch ist Familie für mich

und bedeutet mir auf seine individuelle Art so unglaublich viel.

Sie alle haben einen Platz in meinem Leben und keinen von ihnen möchte ich missen.

Und Emilia?

Emilia ist mein Zuhause, mein Ankerpunkt, bei dem ich zur Ruhe komme, egal, wie hektisch und chaotisch mein Alltag oder mein Job gerade sind.

Sie hat mich dazu gebracht, mich aus meiner Komfortzone zu bewegen und mich auf etwas Neues einzulassen.

Sie macht mich so verflucht glücklich, dass es manchmal beinahe schon wehtut.

Sie ist alles, was ich brauche.

Sie vervollständigt mich.

ENDE

Nächster Teil: »GRAVITY: Chaotische Verlockung«

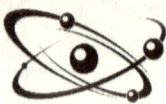